[illegible]凡奧斯卡

第六部

大長老的陰謀

VOLUME VI

OSCAR PILL

ELI ANDERSON

LE SECRET DES ETERNELS

a novel

艾力・安德森——————著

陳太乙——————譯

春天出版

Spring Publishing

阿爾逢思上場

「在我短暫的一生中，能不能有一次，讓我看見你按照該有的方式去做事？」勞倫斯低聲問。

奧斯卡在他前方，沿著二樓的走廊小心翼翼地往前，卻看見德洛姆先生的車剛離開宅邸。露薏絲座在父親旁邊。前一天晚上，從艾菲爾鐵塔的恐怖之夜回來之後，她通知了他們：

「明天早上你們自己用早餐，不必等我。我有瑜伽課。」她很快地說，並閃躲奧斯卡的目光。

「好，那我希望妳今天晚上能跟我們一起來參觀。」薇歐蕾興沖沖地請求，「所有國家的代表團都會來。」

「我不知道。我想……你們可能會想自己人聚一聚。」

瓦倫緹娜正準備說服他們的新朋友一起加入，但露薏絲已經閃避走人。

奧斯卡則始終保持沉默。他猜得到露薏絲為什麼刻意跟他們這一群人保持距離：知道他脫離險境，她終於放心，那時候，她的表現十分感人，但他的反應卻很不恰當。不必多麼矯揉做作，但他至少可以禮貌一點，對露薏絲和她的擔憂表現出善解人意的態度。然而，昨晚，蒂拉的話語不斷迴盪在他腦海，而與她肌膚相親的灼熱觸感仍殘留在他手上和身上，燃燒著他的心神思緒。總而言之，足以讓他把對露薏絲的罪惡感拋諸腦後。

其實，露薏絲今早不在反而讓他自在。這麼一來，午餐之前，大家都有一段自由的空檔，他的計畫會比較容易進行。

「正常地把事情做好，就這麼一次！」勞倫斯繼續碎碎唸，彷彿期盼一場奇蹟。

「你究竟要我怎麼做？」奧斯卡問，腳步並未放慢。

「就跟全世界一樣啊：想要獲得什麼東西的時候，要對那樣東西的主人謙恭有禮，徵求許可。」

「不可能。」奧斯卡回應，乾脆有力，一面步下最上層幾階樓梯。

「為什麼不可能？」

「因為，如果我請德洛姆先生讓我們查閱他的藏書，他一定會告訴布拉佛先生。這可是你分析給我聽的。」

「那麼就問露薏絲！」

奧斯卡沉默不語。在他昨晚那種表現之後，他怎麼還有臉開口要求露薏絲任何事呢？

「她可能也會告訴她爸爸。」他只得編造藉口。

「才不會！」瓦倫緹娜插嘴，破天荒第一遭支持勞倫斯的論點，「她什麼也不會說，我很確定。」

奧斯卡轉過身來，揮手阻止，不讓兩人繼續說下去。

「聽著，絕不能等我回歡樂谷之後才去打聽阿爾弗瑞德是誰。而且，你們又告訴過我，就連你們想進庫密德斯會的圖書室都變得比以前困難了！」

「已經有好幾個星期，在超級黏膠彭思嚴密的監視下，根本無法越雷池一步！」勞倫斯坦承。

「他破解了我們所有的計畫。」瓦倫緹娜加油添醋地說，「我確定，賽蕾妮亞和羅妲，放在樓梯間的那兩尊雕像，根本就在監視我們，把我們的一舉一動都通報給布拉佛先生和彭思。就連雪莉也在管我們……」

「而且，在藏書室的娜娜，」勞倫斯又說，「有點像叫相撲選手織毛衣，叫人立刻坐立難安。」

「就說吧！」奧斯卡下結論，「我們別無選擇。一定要翻閱德洛姆先生的藏書不可。」

勞倫斯看了看手錶；那是賽莉亞去年送給他的，還說那是他的生日禮物——那可說是他一生中最快樂的時光之一。他小心翼翼地擦拭錶面。

「現在十一點。如果我們運氣好，也許他們中午之前不會回來。動作快！」

他們踮起腳尖下樓。除了勞倫斯以外：他每走一階，鞋子就發出恐怖噪音，踩得震天響。

「刻意改變習慣才會引人側目。快發出噪音！」

「好吧！」瓦倫緹娜說，一面往回爬上樓梯，「既然你這麼說……」

她跨上扶手，順勢滑下，一路發出牛仔般的尖叫，並做出套繩圈的動作。奧斯卡用眼角的餘光監看著廚房的門，把她半路攔下。

「我得提醒妳：別忘了我們等一下跟代表團有約！別在這個時候掛『跌斷腿』的病號！」

他們盡可能保持自然，穿越玄關大廳，遇見露西——負責維持宅院整潔的婦人。她一消失，奧斯卡就打開一扇門，把兩位好友先推進去，自己跟著進去後把門帶上。

「德洛姆先生的書房！」勞倫斯衝口喊出，「你瘋了嗎？萬一被他發現我們趁他不在的時候偷跑進來……」

「別無選擇。」奧斯卡回應，完全不覺得不對，「藏書室跟這個房間相通。」他補充說明，並直接走向另一扇門。

進入藏書室之後，勞倫斯立刻忘記所有疑慮，在幾千冊整齊列放在雪白漆木書架上的作品前呆若木雞。

「我懷疑這裡的書簡直比庫密德斯會還多！」

「下次有空再數吧！」奧斯卡斷然表示，「我需要的是關於醫族的書。既然爸爸在信裡提到阿爾弗瑞德，那麼他很有可能也是醫族成員。」

一顆可愛的小腦袋從他長褲側邊的口袋冒出來。

「啪嗒！你在這裡做什麼？」

「讓他出去。」勞倫斯建議，「否則牠會亂叫。」

奧斯卡把啪嗒放出來後，好友三人便開始以最快的速度檢視每本書的書脊，而小狗則在他們之間跑來跑去。

「我已經可以向各位宣布：阿爾弗瑞德沒有寫書。」勞倫斯高高站在查書梯上宣稱，「我現在在B開頭的作者前方。」他說，一面扶正金邊圓眼鏡，「已經從波達吉跳到布里德了，中間沒有任何一本書的作者叫鮑登。或者就算他有寫，但沒納入德洛姆先生的藏書中。」

「你說的這一大堆對我們一點幫助也沒有。因為，這麼一來，我們得被迫去找到一本提到他的書。」女孩雪上加霜，目光掃視那幾千本書，「假如要一本一本地翻找，至少要花十年。噢！啪嗒，別來煩我！」她對小狗嚷道。狗狗咬住她的牛仔褲管，死命地想把她拖到藏書室底端，「我們不是來玩的……」

啪嗒低吼，怎麼也不肯放開，非常頑固。牠的鼻尖又變成黑帕托利亞漿液的奇特琥珀色。瓦倫緹娜感到好奇，讓步隨牠拖著走。

瀏覽屋主熱愛擅長的法律或建築類書籍幾分鐘之後，奧斯卡不得不認為這裡的藏書恐怕幫不上忙。他正想放棄，瓦倫緹娜卻歡呼起來。

「啊哈！你們絕對想不到啪嗒把我帶到了哪裡！我相信牠有神奇的嗅覺，朋友們……」狗狗在書架下方歡快地搖尾巴，鼻尖異常閃亮。

「沒時間玩猜謎了，趕快說妳找到了什麼？！」勞倫斯問，焦急難耐。

「假如提示是一本古老的皮面精裝書，沾滿灰塵，醫族歷史的金礦寶庫，你們會想到什麼？或者應該問：會想到誰？」

「阿爾逢思侯爵！」奧斯卡喜出望外，「德洛姆先生擁有一部阿爾逢思．德．聖賴林克斯的歷史課本？」

瓦倫緹娜以行動代替回應，把書冊重重地擺在一張設計感十足的白色橢圓桌上。一陣小小的塵絮揚起，書冊抖動了幾下，彷彿一位很老的老先生咳起嗽來。少年們彼此交換了個存有疑慮的眼神。奧斯卡聳聳肩。

「你們有更好的主意嗎？」

他拿起《醫族傳奇史詩——從中古世紀到當代》，翻開書頁。當然，如同所有醫族書籍，尊貴的典籍拒絕服從任何未經作者或書主許可的讀者，一行行字句立即消失。醫族少年感到很挫敗，翻回蝴蝶頁。

「完了，沒有德洛姆先生的許可行不通。我大概得同意你說的了，勞倫斯。」

「等一下，奧斯卡，你看！」

蝴蝶頁輕輕顫動起來，一行整齊漂亮的Z字顯現。

「那是鼾聲！」奧斯卡脫口大喊，找回了希望，「竟有此事！阿爾逢思的魂魄在這本書裡！」

「這怎麼可能？！」瓦倫緹娜問，「他不是在布拉佛先生的書裡嗎？！我以為死在體外世界的醫族靈魂可以住進一項物品裡，但是只有一項。」

「合理！」勞倫斯嚷起來，「這部作品印刷了幾百份，而每一本裡都有他的魂魄分散——至少，在每一本阿爾逢思自己挑選的書裡。很顯然地，他也挑中了德洛姆先生這一本。」

「你還等什麼？奧斯卡？」瓦倫緹娜提心吊膽地監視入口房門，「快叫醒他！」

「慢慢來啦！」男孩回應，「我得提醒妳：他早已過了我們這個年紀。」

「那我也得提醒你：我們可沒有時間慢慢蘑菇！」

奧斯卡嘆了口氣，轉向書頁。

「親愛的阿爾逢思，我有沒有打擾到您？」

書頁輕顫，角落上出現一點蠅頭墨跡，然後就沒有下文。

「阿爾逢思！」瓦倫緹娜早已沉不住氣，大喊起來，「是我們啊！勞倫斯和瓦倫緹娜！我們在巴黎，跟奧斯卡在一起！他有話想跟你說！快起床！等等就可以再睡了啦！」

奧斯卡把她往後推開，責備地瞪了她一眼。啪嗒也跑上來，拉扯瓦倫緹娜的褲管。

「他會被嚇得心臟病發作！」醫族少年低聲嘟噥，「那可就好看了……」

他做了個深呼吸，用平靜的口吻繼續：

「阿爾逢思，是我沒錯，我是奧斯卡．藥丸。您還記得嗎？」

字跡終於顯現，半信半疑地，伴隨著鵝毛筆刮紙書寫的聲響。

「什麼？奧斯卡．藥丸？這個名字我有點印象……我們認識嗎？」

「拜託，阿爾逢思，我們當然認識啦！」奧斯卡嚷起來，「在庫密德斯會，布拉佛先生的藏書室裡，我們聊過幾十次，甚至上百次！」

「我會想起來的。」老先生用更細的筆補充，粗細有致的字體再度出現，「而且您並非獨自在此，對不對？」

「這就對了，沒錯。」瓦倫緹娜鍥而不捨地說，「我們也在，勞倫斯和我也在這裡。不過，如果您不記得了，也沒關係，我們有個問題想……」

「等等，有了！」突然間，阿爾逢思以一種平整無瑕的字跡高呼，「對，我都想起來了：一個紅頭髮的小女孩，無禮又急躁，而且還有個討厭的壞毛病，喜歡把上了年紀的老先生比喻成蔬菜泥或當成快死的廢物……」

瓦倫緹娜被堵得啞口無言。阿爾逢思真是深藏不露！

「阿爾逢思，您這個老狐狸！」女孩氣死了，「太棒了，好厲害的演員，我完全沒看出來。」

「這下子，」勞倫斯重重地癱坐在一張橙色塑膠椅上，脫口說出真心話，「瓦倫緹娜竟然承認自己上當……阿爾逢思，以前，我已對您充滿敬意，但是現在，我更佩服得五體投地。」

「謝謝，我親愛的朋友們。」阿爾逢思回答，對自己的傑作頗為滿意，「事實上，扮演『老先生』這個角色，我算是挺在行的；尤其是有人來煩我的時候。不過這是我們之間的秘密，對吧？」

奧斯卡微笑起來，不過，並未忘記此行的目的，以及緊急的事態：德洛姆先生可能隨時進來。

「阿爾逢思，既然您已經清醒了，記憶也完好無缺，剛好可以幫我們一個忙。」

「我在聽。」阿爾逢思回應，全神貫注。

「您認不認識一個名叫阿爾弗瑞德・鮑登的男人？」

侯爵猶疑起來，奧斯卡神經質地用手指敲著頁面。

「別這樣搖晃我，」阿爾逢思抗議，「這樣會害我不專心！」

「抱歉。」奧斯卡回應，並抽開手。

「鮑登，鮑登……沒有，對這個名字，我沒什麼感覺；或者該說，印象很模糊。一位藝術家？還是演員？等等，偶爾，我的記憶還是有不足的時候，我不得不承認。」

「噹噹噹，別搞鬼嘍，阿爾逢思！我以後再也不敢相信您了！」瓦倫緹娜搖著食指說，「您的頭腦清楚得很，所以，假如您知道什麼關於這位阿爾弗瑞德的事，請行行好，全部告訴我們吧！」

頁面又變成空白，顯示幾行字，簡單扼要：

「不，真的。我不知道。很遺憾無法幫上你們。祝今日愉快。」

蝴蝶頁上這些字才顯現又已不見。奧斯卡試圖挽留：

「不，阿爾逢思，求求您，這件事重要無比！別拋下我們不管！」

「好極了。」勞倫斯責備瓦倫緹娜，「妳惹到他了。」

「我認為，他只是不想回答而已。」她說，「你們不認為嗎？」

「當他真的沒清醒，或假裝沒清醒的時候，跟現在並不一樣，妳說得對。我們應該給他一些方向。」

奧斯卡無法甘心就此罷休。他決定最後放手一搏。

「阿爾逢思，如果您不願意為我做這件事，那就請您為我父親做吧！您還記得我們在庫密德斯會藏書室的第一次相遇？您曾告訴我，您很欣賞他，並且永遠願意幫我。」

三名少年好友緊張得屏住呼吸。頁面上再次出現字句，字跡顯得猶豫不決：

「我很想幫您，孩子；但是您問的都是我不能回答的問題。」

「為什麼不能？」奧斯卡懇求。

「因為所牽扯到的那些事，埋藏起來比較不危險。」老侯爵乾脆直言。

奧斯卡無法接受這樣的答案。對他而言，一直以來，真相就不該被遺忘或隱瞞。兩年前，他為此付出了慘痛的代價，但一點也不後悔。

「阿爾逢思，我知道我父親是一場陰謀的犧牲者。我會一直去挖掘，如果需要的話，直到我生命結束那天也不放棄，但我一定要知道過去發生了什麼事。他留下了一封信，信中提到阿爾弗瑞德·鮑登。」

「我許下過諾言，孩子。別逼我背叛自己的承諾。」

「我必須知道他是誰，阿爾逢思。求求您！對我，您也曾許下過一個承諾……您把那個承諾當成什麼了？」

他幾乎用吶喊地說完。氣氛沉重靜默。他的心狂跳不已，等著阿爾逢思回答，侯爵的回應必然會改變事態情勢。邁向真相的線索是否存在懸繫於可敬的歷史學者的態度——儘管真相只有朦朧雛形。書頁掀起，彷彿深深嘆息。

「阿爾弗瑞德·鮑登是一名醫族。」阿爾逢思終於迅速寫下，隨即迅速擦除；犯下這項違背誓言的行為，他深感恥辱。

「這裡有沒有關於他的任何蛛絲馬跡？」奧斯卡問。

「無論在哪裡，您都找不到的。這裡沒有，庫密德斯會也沒有，其他地方也不會有。」

「這……這樣我該怎麼辦？為什麼他沒留下任何蛛絲馬跡？」

「因為有一類醫族不需留下痕跡。」阿爾逢思回應，「他們就是自己的蹤跡。」

奧斯卡思索了一下，答案很明顯，昭然若揭。

「您的意思是說，阿爾弗瑞德．鮑登是……」

「……不朽之身。」阿爾逢思替他把話說完，「一名了不起的不朽之身。」

啪嗒忽然圍繞著阿爾逢思的書打轉，還用爪子去抓封面。

「牠是怎麼啦？」勞倫斯訝異不解。

「牠有事情想告訴我們。」奧斯卡回答，也感到納悶。

就在這個時候，隔壁相連的房間傳出聲響：有人剛進入了德洛姆先生的書房，而且腳步聲朝藏書室接近。

「牠想告訴我們的就是這個！」勞倫斯脫口喊出，臉色發白，「把這本書收起來，快！」

「阿爾逢思！」奧斯卡低聲問，「阿爾弗瑞德．鮑登在哪裡？我在哪裡可以遇見他？」

「我們沒時間了！」瓦倫緹娜悄聲說，一面拉他的胳臂。

奧斯卡心不甘情不願地闔上書本，匆忙放回原處。

幾秒鐘之後，房門開啟。

信號

法蘭斯瓦．德洛姆走進藏書室，環顧四周，吃了一驚：房間裡一個人也沒有。但他相信自己的確聽見有人說話。他聳聳肩，走出藏書室，關門上鎖。

緊鄰的候客室內，奧斯卡和好友們吁了一口氣，總算放心。

「謝謝妳，露薏絲。」他對從一扇隱藏小門進入藏書室的女孩說。

「當露西跟我說她看見你們穿越了玄關大廳，後來就沒再看見你們，我立刻曉得你們大概在這裡——而且恐怕會被我父親當場逮到。他跟我兩人，我們剛好同時回到家。」

「聽著，我可以解釋，我……」

「我不需要任何解釋。」露薏絲回答，一面把他們推往玄關大廳另一側的出口，「你有你的自由。」她的眼神意味深長，又補上一句：「所有領域皆如此。」

她對他草草一笑，與前晚在艾菲爾鐵塔下方的晚會上還掛在臉上的燦爛笑容大相逕庭。然後，她獨自離去。

「我想，你們只剩一點時間吃午飯了。接下來，各代表團還有下一站行程。你們得趕快了！」

「親愛的，非常親愛的，親愛至極的朋友們，」艾略特透過麥克風激動地說，眼中泛著淚光，彷彿在主持一場幸福感人的家族聚餐。

在玻璃金字塔大廳高高的電扶梯上方，美國大使的助理停下腳步，觀察他的演講效果，笑得合不攏嘴。兩千名青少年，再加上伴隨他們的監護師長，都不耐煩地嘆了一口氣。艾略特卻認為這是感動的表現。他一隻手放在心口上，終於下定決心說下去。這一次，贏得了解脫的嘆息。

「這次的會面，可說是各位這屆精～采大會中最棒的一次。」艾略特加重語氣下猛藥，從不吝惜使用最高級說法。「令人驚嘆的艾菲爾鐵塔是為了一八八九年的萬國博覽會而建造——與在場的眾多代表團一樣來自世界各國！——參觀了鐵塔之後，現在，各位所在的羅浮宮，堪稱世界最雄偉的博物館。你們將發現，這裡並非僅保留給藝術創作的代表們。不，在這裡，你們能找到幾百幅華美極了的作品，象徵你們每一位所代表的最優良品德。那麼，與其發表冗長的演說（再次聽聞一片解脫嘆息），如果各位願意的話（各種語言的「願意」如滾雪球般此起彼落），我提議，大家分成小組解散，跟隨可～愛的導遊們，沿著一條經過特別設計的路線……請睜大眼睛，打開耳朵，開始參觀！」

艾略特結束了他熱情奔放的演說，拋高帽子引人注目之後，少年代表團們湧入電扶梯，朝身材纖瘦的他奔來。他不得不閃開，以免遭到踩踏。

「多麼充沛的活力！」他興奮激動地讚嘆。這時，企鵝校長昨晚突如其來的怪毛病也好了，朝他走過去，「想必是我激發了他們的求知慾，讓他們流口水！」

「一定是這樣！」企鵝校長說。

如果你還囉哩叭唆地講下去，讓人昏昏欲睡，恐怕是你被他們一口咬掉吧！

阿特伍德女士嘴裡誇讚艾略特，心中卻這麼想。

不過他的長篇大論都被拋諸腦後了。一組組的青少年散入博物館的各個角落，彷彿到處亂飛的塵埃。美國代表團混在其他人群中，在第一項作品前方的圓亭停下腳步。

「米洛的維納斯。」艾登僅這麼說了一句。他似乎曉得每幅畫，每座雕刻，每位藝術家。

摩斯露出不以為然的譴責表情，湊上前去。

「她根本就不完整。」他說得好像很有品味，一派輕鬆，「除了破碎的雕像以外，他們總還有其他東西可以展出吧！」

大家都笑了起來，他也跟著哈哈大笑，卻不清楚眾人捧腹大笑的原因。直到他恍然大悟原來人家並不覺得他好笑，而是可笑時，就決定到參觀結束之前，都避免再發表任何評論。

「我倒很想把我的手臂借給她。」薇歐蕾低聲對馬提說，「那麼我就可以畫出她動手畫的東西。應該會是小鳥，我確定。」

巴特在這方面一竅不通，但他虔誠地凝聽薇歐蕾，觀察兩位似乎心有靈犀的藝術家。他撇過頭去，神情黯淡。大家都朝下一件作品走去。

奧斯卡則整個人心不在焉。抵達之時，每個人都驚嘆得目瞪口呆：空間巨大遼闊，處處金碧輝煌，精雕細琢的天花板高高在上，一個經典皇家聖地的雄偉氣派；這些，奧斯卡都不在乎。就算蒂拉跪下來，發誓永遠愛他，他也不會看進眼裡。他的前方，完美女神化身為肉體豐滿的雕像，石刻的長巾似乎比絲綢更飄逸；那雙肩膀，他真想湊上雙唇；那樣的髮型，比自然更逼真。

「真美，不是嗎？」

他從冥思遐想中清醒過來，環顧四周：所有小組都已經繼續往前，這裡只有他一人。另外只剩那位老先生，身材非常高大，站得非常直挺，肩膀寬闊，就站在他背後。在老先生旁邊，有一位銀白長髮披肩的女士，用和藹的眼神望著他。她一襲亞麻長褲與外套，看上去也十分有型。她朝米洛的維納斯走近一步，假裝在地板上滑行。要不是那頭白髮與爬滿千百條美麗細紋的皺皮膚，說這對男女只有四十多歲也不為過。

奧斯卡對他們報以微笑。

「對，很美。事實上，那不僅是美，但我找不到恰當的字眼來形容。」

「你說得對。」老太太同意，「我們也一樣，曾試圖尋找一個貼切的字眼。就連『神奇』似乎都太弱了。所以我們又回來看她，默默無語。」

奧斯卡也沉默不言。他們說得對：當內心的感動已說明一切，又何必再多說什麼？雄偉的階梯，寬闊的廳堂，羅浮宮形成一只不同凡響的藏寶箱，收納這一切只需誠心欣賞的藝術品。他們留在原地一起凝望雕像。後來，醫族少年終於想到要趕上其他同學，於是向兩位老人家點頭致意，隨即離開。

他跑過好幾個廳，登上德農館二樓。最後一組人剛離開。他錯過了導遊的解說，懊悔不已，連忙加快腳步。這時，那個聲音又在他身後的寬闊畫廊裡響起：

「跑過藝術品前卻視而不見，多麼可惜！」

奧斯卡轉過身：那對老人跟著他，安坐在大廳中央的一張軟墊小長椅上。他覺得有必要為自己辯解一下。

「我是那一團的人。」

這時，他突然想起：博物館已被代表團大會包下；因而對這兩位此時在場感到訝異。

「你們是某個代表團的導護老師嗎？」少年問。

老婦人輕笑起來，與伴侶互換了個眼神。

「我的天，不。我們從來都受不了太刻板的框架——當然，支撐畫作的畫框除外。」她頑皮地強調，「那麼，我們怎麼可能去導護什麼人呢？」

奧斯卡也笑了起來。老太太這番話簡直就跟他自己會說的一樣。

「而且，當人們樹立護欄把自己圍起來之後，」老先生補充，「就變得盲目，再也看不見針對我們發出的訊號。你覺得我說得對不對，奧斯卡？」

醫族少年驚愕地注視他。

「您怎麼會知道我的名字？我們曾經見過？」

老夫婦的眼中閃過一道陰影。

「我們從未見過面。」美麗的老婦人坦承，「但是人家跟我們保證一定可以認出你來。真的。你也是，你傳送出許多信號。」

她的聲音瞬間顫抖了一下。

「對很多人來說，那些信號看不見。」她又說，「但我們可以。」

「你也一樣，在等一個信號，你還記得嗎？」她的伴侶問道。

奧斯卡一點也沒忘記。自從抵達巴黎之後，他不厭其煩地反覆思考布拉佛先生在出發前夕對他所說的話。他對這項任務不由自主地癡迷。他一直在等待一個信號，一個字，一個手勢，一個眼神。後來，漸漸地，他甩掉煎熬的等待，以便享受這座城市與大會組織呈獻給他的一切。這個男人剛剛這番話重新點燃了他對神秘任務的興趣。

他內心悸動地注視他們。而如果他一直偵察著的那個眼神、那個字、那個手勢，正是與他以奇妙默契交談的這對古怪夫婦所顯露的這些？他的心跳節奏加快。

「你們是誰？」

「只是傳遞訊息的使者。」老先生說，「或者你也可以說是指引正道的調度員。」

「你們……你們有沒有東西要給我？」

「有：一則建議。」老先生回答，並四下張望，「首先，別太相信那些陰魂不散的暗影。再來，到處逛逛，讓優雅伸手放在你身上。」

「奧斯卡！你在做什麼？我到處在找你。」

蒂拉走進畫廊。奧斯卡不禁被女孩分心了一下，隨即轉身——已遲了一秒：長椅上一個人影也沒有。他以為那是一場夢。大廳另一端，有個人影消失在門後，但匆促間所捕捉到的形象與老夫婦並不相符。他是否該像老先生所說的，小心不懷好意的偷窺者？他本想去追上那個稍縱即逝的人影，但蒂拉抓住他的雙手，熱烈擁吻他。

「你要一起來還是寧願獨自在角落裡慢慢參觀？」女孩笑著邀他。

她似乎因為他不在而惱怒，又因為找到他而開心；這足以讓奧斯卡感受到自己被需要，並十分幸福。他與女孩一起回到團隊裡。不過，老夫婦的話深印在他的思緒中，以致他無法好好專心聽不時被蒂拉碎碎唸打斷的導遊解說。

「你的房東，她沒來嗎？」

奧斯卡用詢問的眼神看她。

「我的『房東』？妳在說誰呀？」

「那個女孩啊，我不知道她叫什麼……有點太普通了。」她隨口說，彷彿露薏絲只是某種無關緊要的巴黎消遣似的。

「沒來。」奧斯卡回答，「她待在家裡。我想，明天的慶祝晚宴她應該會來。」

「假如她能找到男伴的話。」蒂拉補上一句，一副無所謂的模樣，「不過你呢，」她依偎著他嬌嗔，「你已經被訂走了。」

奧斯卡不敢相信自己聽到了什麼：這是他一直夢寐以求的話。

「妳要我當妳的白馬王子？」

「你說呢？當我說你已經被訂走的時候，難道我想的是達拉那隻女長頸鹿？」

奧斯卡露出笑容，樂不可支。

「我以為妳會比較喜歡選另一個代表團的傢伙作伴，若甚至找摩斯——昨天晚上，妳身邊圍繞著那麼多男孩。」他帶著責怪的語氣提醒她。

「或許吧！但只有一個算數。不過，如果你不願意，」蒂拉為扭轉情勢，又說：「告訴我，我會去找別人。」

「我當然願意。」少男猴急地回答。

「我真的好高興。」她結束話題，深情地望了他一眼。

她離開他身邊，去欣賞那幅讓大家都心醉神馳的作品。

「看看這副笑容，一定是剛才那位白頭髮的老太太邀你陪她去參加明天晚上的舞會，對吧？」

奧斯卡回頭，看見傑瑞米嘴角斜笑，一臉嘲諷地盯著他。他聳聳肩。

「嫉妒鬼。」他說。

結果，好友的玩笑話還是把奧斯卡從雲端上扯了下來，而老夫婦的建議又浮上腦海。他朝勞倫斯和瓦倫緹娜走去。

「布拉佛先生跟我提過的傳話使者剛剛現身了。」他悄聲對他們說。

「在這裡？」勞倫斯吃了一驚，「是誰？」

「我一點也不知道。不過，他們似乎認識我。我需要你們幫我解讀他們的訊息……」

他專注地回想了一會兒，把指示如實地講給他們聽：

「『讓優雅伸手放在你身上』。」

「就這樣？」瓦倫緹娜問，顯然很失望，「這並沒有真的告訴我們你該取得什麼。」

「真的沒有。」勞倫斯也同意，「不過，或許揭示了你該往哪裡去取得那樣物品。你還記得艾略特的話嗎？他曾提到：有些作品象徵你們所代表的優良品德。」

「優雅……」奧斯卡重複這個字眼，「但是要怎麼知道哪件作品最能代表這項品德？」

「這個嘛，就必須很了解羅浮宮才行。」瓦倫緹娜指出。

「去翻翻目錄說明怎麼樣？」勞倫斯提議。

「太長了。」瓦倫緹娜回應。

「而且沒有用。」奧斯卡接著說，「我知道誰能幫我們。」

乘著翅膀

不等好友們反應，奧斯卡鑽入組隊人群中，直到第一排，拉住艾登的手臂。

「你做什麼啦！」好友嚇了一跳，「我會錯過導遊的解說！」

「這幅畫，你懂的比他多。」奧斯卡安慰他，「我需要你幫忙。」

他們去跟瓦倫緹娜和勞倫斯會合。

「當然！」勞倫斯恍然大悟，氣惱自己竟沒想到，「在我們的代表團裡，要回答這個問題，誰比得過文化先生？」

「什麼問題？」艾登問，等不及地想回去聽導遊講解。

奧斯卡也同樣等不及地回答：

「艾登，依你的意見，在這座博物館裡，哪一項作品最能代表優雅？」

「噢！這可不是我個人的意見。」男孩謙卑又毫不猶豫地說，「根據所有專家的看法，那是尚·多明尼克·安格爾的一幅畫：一位華美而引人遐思的土耳其宮女。不過我已經忘了這幅作品展在哪裡。」

「就在同一座館裡。」高大的達拉回應。一如以往地，她剛才刻意保持了點距離，「抱歉，我並不是要偷聽你們的談話……」

「沒事，妳反而幫我解決了問題。」奧斯卡率直地說，「妳知道那幅宮女在哪裡嗎？」

「我只在入口接待處的分頁上瞄到一眼，但假如記得沒錯的話，應該是在達魯藝廊，二樓，新古典主義區。」

「謝謝！」奧斯卡對她說，人已經一溜煙跑開。

幾分鐘之後，他們抵達達魯廳，在一幅絕讚的畫作前方停了下來。畫布上呈現一位撩人的裸女，斜倚在藍色與金色的布幔床褥之間，毫不遮掩。奧斯卡走向前去。

「『讓優雅伸手放在你身上』。」少男複誦這個句子。

他的目光沿著那名裸女的手臂而下，直到握著一把羽毛扇的玉手。在那極富東方色彩的背景下，她的肌膚宛如凝脂。在她的纖指之間，他辨識出一個淺色的方塊，似乎比畫布突出一些。

「一樣融合在畫作裡的物品。」勞倫斯大為驚嘆。

「太強了，這些醫族！」瓦倫緹娜醉心不已，「我確定，我的溫斯頓一定有份，為這幅名畫……」

「妳的溫斯頓？」勞倫斯驚嚇到了，重複她的話。

「你對愛情一竅不通。」女孩聳聳肩，回敬他一句。

勞倫斯默默不語，漲紅了臉。奧斯卡揮手要他們安靜。

「你們會害我們被發現！」

他猶豫了一下，確認他們沒受到廳內的警衛監視。警衛在展廳另一側，貪婪地盯著一名棕髮美女看——想必是某個外國代表團的導護人員——女郎完全忘我地凝視著另一幅畫作。於是，奧斯卡握住那個用魔法突出畫作的物品，小心翼翼地不去碰到畫布，以免觸發警鈴。他抽出一張紙條，急忙攤開，讀出紙上用綠寶石色墨水寫下的文字：

「找回力量之前，各自分散。」

「謎題就快猜完了吧？」瓦倫緹娜不耐煩起來。

「我們一定被人跟蹤了。」勞倫斯猜測，始終不敢輕忽，「所以他們建議我們擺脫那些間諜。」

「那麼，我們就聽他的。」奧斯卡提議，並在廳內探索起來。

「哇啊！從你嘴裡說出這句話，真該錄音起來。」勞倫斯特別指出，「好，我去敘利館，妳呢，娜娜，妳回代表團去。」

「為什麼我天生愛冒險卻不能去別的地方冒險，擅自作主的這位先生？」

「好啦！」奧斯卡不想浪費時間，於是仲裁，「妳去敘利館，換成勞勞回團隊裡去。至於我呢，我想我知道我應該去哪裡。」

三個好友分開，奧斯卡朝通往地面樓的階梯出去。

他在連串台階最下方停下腳步，抬眼注視一尊女性軀體：披裹長巾，在一陣想像的風吹之下，在身後形成無數褶襬。她沒有頭，但背上長出一雙翅膀，似乎剛被豎立在一艘艦艇的甲板上，以神的恩澤守護船隻。

薩摩特拉斯勝利女神：這是那尊朝宮殿天頂聳立的雕像名稱，毫無疑問地，絕對詮釋了力量。奧斯卡祈禱自己的選擇無誤。

他繞了巍峨的底座一圈。這一次，石雕褶縫中沒有插入任何紙條，肉眼看不出任何訊息。奧斯卡茫然不知所措，掏出鍊墜，伸向那尊希臘雕像。這時，突然一陣摩擦輕響，啪啪鼓動的聲音，把他驚得倒退一步：勝利女神分身出一個活生生的人，與雕像的形態一模一樣，但如同幽靈似的，稍微有點透明。她鼓振翅膀，當著醫族少年驚駭的目光，飛了起來，輕巧地降落，彎下腰來。奧斯卡毫不猶豫，跳上雕像活分身的背，雙臂環抱她的頸子。

下一個剎那，她已再度起飛，無比的生龍活虎。她在階梯上方盤旋畫了一圈，加快速度，直接衝向一面牆。奧斯卡幾乎來不及閉上眼睛。再度睜開眼睛時，他仍騎在雕像分身的背上，乘著一雙有力的翅膀，飛越少年代表團，而大家似乎都看不見他。就連已經回到團隊中的勞倫斯也沒察覺到他們就在空中。奧斯卡的目光移到自己的手臂上：跟神秘的坐騎一樣，變成透明。

雕像展翅，繼續飛越德農館。依序經過他們下方，正方形的沙龍，寬闊的大藝廊，而到了一尊狩獵女神戴安娜的右方，她停止飛行，緩緩降落。奧斯卡下到地面，身體恢復結實。勝利女神直起身子，雙翼垂下，一陣風穿堂而入，將她如星塵一般吹走。

少男旋轉一圈，四處張望。他在一座大廳裡，空間中央被一塊大面板隔開，四周的牆面上，展示著一系列畫作。廳內一個人也沒有。他走近一幅巨大的畫作。畫中呈現一場盛宴，場面豪華，有精雕細琢的圓柱、宮殿、富麗的裝扮和閃亮的珠寶。背景的天空中散布雲朵，賦予畫作豐厚的景深。奧斯卡讀取畫作標題：《迦納的婚禮》，作者是某位叫維諾內斯的人。稍遠之處，他認出一座大教堂中，有位皇后受封加冕的豪華場面：那是一幅標題為《巴黎聖母院內拿破崙一世與約瑟芬皇后加冕圖》的歷史名作。其他牆面上，好幾幅藝術作品並列，一件比一件知名：《梅杜莎之筏》、《荷拉斯兄弟之誓》、《自由引導人民》。

他環繞展廳一周，尋找新的信號。這一次，無論他如何細心觀察，或拿出M字金鍊墜，都沒有用：什麼也沒發生。這時，他注意到，在一面玻璃櫃後方，有一幅尺寸較小的畫，固定在中央展牆的凹壁中。他湊上前去，觸及一抹眼神。一種有魔法的眼神，彷彿你走到哪裡，就跟隨你到哪裡。奧斯卡又往前幾步，十分逼近畫像。

畫家畫的是一個女子的半身像，她穿著一件暗色長袍端坐，雙手交疊，背景是以棕色和赭色為主調的鄉間風景。她的頭上覆著一層薄紗，朦朧隱約地露出臉部輪廓，既沒有眉毛也沒有睫毛，無可比擬的純淨。但是，最奇怪的，想必是她的微笑，彷彿代表了一切的微笑：頑皮、幸福、神秘，盡在不言中。

奧斯卡彎腰細讀牆面上的一張小告示：麗莎・格拉迪尼，弗朗西斯科・喬宮多之妻——1503—1506年間。他倒退了一步，恍然頓悟。

《蒙娜麗莎的微笑》，世界上最著名的一幅畫。

就在這個時候，一束不知來自何處的光線打在婦人的臉上，燦爛無比。奧斯卡感覺到T恤下傳來那股典型的熱流，迫使他掏出鍊墜：字母也一樣，閃耀光芒。

不敢置信地，他將鍊墜伸向畫像。

「不，不會是這樣，這不……可能吧？」

第四項

醫族少年環顧四周：幾千個看不見的光點似乎將光線集中打在多幅大師級畫作中數不清的臉孔上。他揮動鍊墜，閉上眼睛，彷彿受到神奇的命定驅使，咒語自動從他口中誦出：

於此牆後，顯現吧！不朽之身！
對我們宣告更美好的人生。

於是，如同一場魔法，畫作開始融化。布料上的豔紅與頭巾上的靛藍混在一塊，天空的蔚藍淌入海水的碧綠，金子的澄黃落進大地的赭紅，然後，宛如一道斑斕的瀑布，五顏六色從所有畫框滴答流瀉。當色彩落到地面，地板上產生一股繽紛的渦流，粉碎牆壁，壁面消失在眩目的綠寶石金光中。

待細碎的粉塵消散，目瞪口呆的奧斯卡已非一人獨處。

崩解的牆壁之後，在一座與他所處的廳室一模一樣的空間內，有人坐在軟墊沙發上，有人站著，有的倒在地上，有的坐在桌前，法國的不朽之身們注視著他。

其中有皇帝拿破崙一世，身邊圍繞著一大群人，見證他為跪在面前的妻子加冕。有的男女衣衫襤褸，疲累不堪卻全神貫注，擠在一張擺在地板上的船筏上。一名頭戴弗里吉亞無邊軟帽的女性高高聳立在戰亂之上，揮舞著一面法國國旗，身旁跟著一名臉色被煤灰抹髒，革命情緒激昂的小男孩。右方的牆後也已變得完全透明，一如其他畫作中的場面，《迦納的婚禮》中，帶著數不清的賓客和奢華的威尼斯背景，盛大的饗宴也活靈活現起來。所有人都停下動作，目不轉睛地注視著他。

所以，他只曾在庫密德斯會的藏書室見識過的現象，原來在醫族這個秘密族派運作著的國家都有：一面掛了畫像的牆後，存在一個一模一樣的複製空間。在那裡面，早已逝世的人物決定以半透明幽魂的形態，重回自己原來的軀體，永恆不朽。近代的醫族長老會經常徵求不朽之身的意見，他們長久以來的經驗彌足珍貴。

奧斯卡轉身望向中央壁面：蒙娜麗莎與其他所有人物一樣注視著他，臉上掛著那抹謎樣的笑容。她的身軀籠罩在朦朧薄霧之下，看起來更難以捉摸。在她附近，後方的背景裡，站著一名男子，鬍鬚密長，眉毛蓬亂，面無表情。她的罩衫上，一只與奧斯卡相同的鍊墜閃閃發光。

「日安，奧斯卡．藥丸。」蒙娜麗莎說，帶著濃厚的義大利口音，「法國的不朽之身向你致上歡迎之意。我們都在等你。」

「你們全都是法國的不朽之身？」奧斯卡問，逐漸從驚異中平復。

「這麼說吧！法國是我們第二故鄉。」她修正說法，「於是，為這個國家極為美麗又遼闊的不朽之身廳堂，也就是你那座展廳的牆壁後面，我們與法國友人們一起注入許多心血。例如我們這位朋友德歐多。」貴婦說著，對一位站在著名的梅杜莎之筏旁邊的男子點頭。船筏上，遇難者一片哀號。

「德歐多．傑利柯，願意為您服務。」畫家向他致意，「各位先生，不需再哭號哀嘆，畫作已暫時憑空消失，你們可以待會兒再回來擺姿勢。」

「喔？是嗎？」其中一人詫異地問道，聽到能卸下那張被飢餓和恐懼扭曲的面容，顯然鬆了一口氣，「您確定我們真的可以休息一下？」

「沒錯。小藥丸來到此地是為了拿你們知道的那樣東西，不是為了欣賞這幅畫……」

「這樣的話，太好了。」船難者們齊聲歡呼，紛紛艱難起身，「這一波又一波無止境的大浪打來，您無法想像有多麼不舒服。而且，沒有比遠處那艘船更叫人沮喪的東西了：無論我們怎麼喊，怎麼叫，它也永遠不會過來。」

蒙娜麗莎附近的長鬍老人走向隔在醫族少年面前那道看不見的牆。

「小朋友，但願引導你來到這裡的路上，我們已甩掉你的敵人。」

「我的敵人？什麼敵人？」

「那些人想搶走我們準備交給你的東西。我們接到了醫族大長老溫斯頓．布拉佛的請求。」

奧斯卡這才恍然大悟自己如何一路來到不朽之身面前。勞倫斯整天嘮叨要小心提防並非沒有道理。

「是什麼東西？」奧斯卡問，激動不已，「布拉佛先生什麼也沒告訴我。」

「他做得對。」男子讚賞，「這是為了顧及你的安全——也為了我們的安全著想。」

「您是什麼人？」

「果不其然，你的好奇心真的很強。不過我會回答你的問題，因為你的任務太危險，你不能不知道這一點。有時候，害怕是我們最好的防護。」

蒙娜麗莎譴責地瞪了一眼：她已失去那無憂無慮的笑容。老人不顧她的默默抗議，深深注視奧斯卡。

「我的名字不重要。我是李奧納多．達文西；叫我李奧納多就好。今天，我們要交給你的東西，不是別的……就是醫族的第四項精神支柱。」

「第四項支柱？但是……」

「跟大家所以為的相反，它並沒有消失。」李奧納多先一步回答了他的問題。

奧斯卡記起一年前的可怕場景：在老雷歐尼的二號小宇宙，幫浦國的中心，存在三項醫族的支柱，是他軀體賴以維生的奇妙力量，奧斯卡偶然揭露此事。糟糕的是，他們可恨的敵人黑魔君也曉得了這項秘密。接著，布拉佛先生斬釘截鐵地表示：第四項支柱曾經存在，但早已毀損消失。如今，正當病族的威脅不斷擴大，妥藏精神支柱成為首要之務，神秘的第四項支柱竟然重見天日！而萬一病族魔頭也得知這項支柱依舊存在，必然如同對待其他三項一樣，魔爪無論如何都會伸過來！奧斯卡終於體悟到託付給自己的這項任務有多麼重要——又有多麼危險。

「我明白你為何驚訝。」天才藝術家加重語氣，「但現在我不能跟你多說，因為時間緊迫。代表團員們很快就會來到這間展廳，我們必須消失。你必須帶走這項支柱，奧斯卡．藥丸。」他說完後轉身望向婚禮的盛宴。

奧斯卡也轉過身去，仔細觀看每位賓客的神情：自從李奧納多發言以來，他們都沉默不動。迦納盛大的婚宴長桌中央，一名黑色捲髮蓄鬍的男子，罩著一圈光暈現身。

「日安，奧斯卡。」他打招呼，雙手合握。

在他身邊的婦人較為年長，攤開手掌，罩著一方頭巾的臉上，表情無限柔和。她的掌心裡出現一樣長型物體，凹凸不平，裹在一塊綠寶石天鵝絨布裡。男子拿起這項物品，交給奧斯卡。醫族少年抓住接過來。一股充滿活力生機的液體從支柱流出，擴散到他全身。他不禁後退，隨即改變主意，對婦人發話：

「夫人……」

「從來沒人這麼叫過我。」她露出溫柔的笑容糾正他。

奧斯卡本想回應說他本人從來沒有跟她說過話，更別說是在她活生生的時候。

「您……您是一位醫族？」

「不，但我先生是。」她回答，望向身旁一名木匠，「否則，我怎麼可能以處子之身懷孕呢？奧斯卡？」

「透過體內入侵術？」奧斯卡猜到，「原來如此！這就是聖靈和耶穌誕生的秘密！」

「這是我兒子。」瑪利亞又說，並伸手搭在鄰座年輕人的肩上，彷彿藉此證明先前所說的一切。

奧斯卡深受震撼，轉頭看他：

「那麼……您也是，也是醫族？」他問。

「不完全是。」年輕人坦承，「不過，這麼說吧：我擁有一些跟你們旗鼓相當的能力。因此，我受邀在這次華美的聚會重生，藉此稍微休息一下。你知道，十字架扛起來可是很重的。」

他有點意興闌珊地說。

鄰近幾間展廳突然傳來嘈雜人聲，打斷了他們的談話。

「現在，」李奧納多插嘴，「我們該消失了，奧斯卡。」

「等一下！」奧斯卡揚起珍貴的支柱，「您還沒仔細告訴我，我該拿這個東西怎麼辦？！」

「我正要說。」畫家安撫他，「第一，永遠不要揭開支柱，必須好好地包裹在保護布裡——你的醫族披風用的是相同的材質。只有收件人有資格揭開。」

「收件人是誰？」

「世界上最強大的人。」李奧納多回答，「因為，若非如此，無法保護這項支柱。不過，同時更因為：在你們這些不免一死的凡人中，他是溫斯頓．布拉佛最信賴的人。」

突然一個聲響，比剛才的喧鬧近得多，引起他們注意。奧斯卡猛然轉身：他覺得，有那麼一瞬間，這座廳內並非只有他一人。然而，不見任何風吹草動。李奧納多皺眉不快，從神奇的廳室環顧周圍，俯身湊近隔離兩人那道看不見的牆壁。

「靠過來，奧斯卡．藥丸，讓我把他的名字告訴你。」

奧斯卡把耳朵貼上半透明的牆板，李奧納多張開嘴唇，悄聲說出一個姓名。醫族少年霍然直起身，不敢置信。他還想問其他問題，但蒙娜麗莎出言阻止。

「我們分開的時刻到了，奧斯卡．藥丸。祝你好運。」

少男心不甘情不願地拿出鍊墜，唸誦咒語。

於此牆後，消失吧！親愛的不朽之身！

請將最好的消息留給我們。

奧斯卡默默複誦自己剛才的字句：將最好的消息留給我們。持咒的意義從未顯得如此重要；不到一秒的瞬間，牆面恢復實體，畫作完好如初，重新顯現在展廳內。

他僅期盼這並非只是一句神奇的話語。

他朝門口走去，正準備離開，附近展牆凹面中的一幅小畫像引發他的注意。怎麼會這樣？那張面孔，一張男性的臉，所表現的只是拘謹，某種膽怯——甚或恐懼。然而，湊上前去：眼中一道不尋常的微光深深吸引他，如同昆蟲受光線吸引一般。他注視了男子的面孔一會兒，終於彎腰查詢畫作的標題。

然後，他以為心臟就要從胸口跳出來。

盟友

他不得不一讀再讀，讀了好多次，才確認自己不是在作夢。畫像出自新古典主義時期一位德國大畫家之手：西蒙．霍夫曼。奧斯卡從來沒聽說過這號人物。不過，畫中人的大名，可就不能說他不知道了：自從抵達巴黎之後，那個名字就在他腦海中不停地縈繞盤旋。

他最後再讀了一遍畫作標題：《阿爾弗瑞德．鮑登醫生之畫像》。所以，阿爾逢思說得沒錯：阿爾弗瑞德．鮑登的確是一位不朽之身。不過，奧斯卡和朋友們片刻也不曾想過他竟然是一位法國的不朽之身，「住在」距離德洛姆先生的私宅僅幾條街外的地方，這座華麗的美術館中；而奧斯卡甚至不需要等回到庫密德斯會的藏書室，就能遇上這位神秘人物。

他睜大眼睛，心臟噗通噗通地狂跳：阿爾弗瑞德．鮑登眼中那道奇怪的微光已經熄滅。奧斯卡知道這意味著什麼：不朽之身離開了牆後的神奇複製廳！他轉頭看警衛：自從勝利女神把奧斯卡帶到這裡來以後，他就在座位上莫名其妙地睡著；而現在卻進到廳內。醫族少年連忙取出鍊墜，想唸出可以顯現不朽之身廳的咒語，但人潮已接近鄰側畫廊，他不能冒險揭發聚集在這些牆面後的那群卓越人物。

一想到幾分鐘之前，他忽略了這個低調人物的存在，就懊悔地咬牙切齒；畫像大概是被婚宴上的賓客遮住了。現在，他必須在參觀團抵達之前離開，並希望沒人注意到他剛才不在。他沮喪地抱著阿爾弗瑞德．鮑登這個遺憾，慢慢走遠。

剛穿過畫廊門口，一個棕色捲髮小女孩跳到他面前，眼睛閃閃發亮。

「嘉莉！」奧斯卡驚呼，盡可能地把精神支柱藏在身後，「妳在這裡做什麼？！」

裝無辜這種事，羅南．摩斯的小妹從來做不出來，於是坦率承認：

「別再裝了。我沒聽見你們說什麼，但什麼都看見了。」

奧斯卡火冒三丈，翻了個大白眼，隨後謹慎地環顧四周。方形廳內只有他們兩人。

「妳到底什麼時候才能學會待在妳該待的地方？」男孩低聲咆哮。

「噢，夠了，別這麼容易生氣好不好？！那你呢？你什麼時候才會明白？我哥跟我，我們完全是不同的人，而且我跟你是同一國的。」

「聽著，我已經跟妳解釋過了。妳……」

「……我不是醫族，對，我知道。就算我沒有自知之明，你也跟我說過很多次，假如連這樣都還不懂，那我不是聾子就是呆子。不過，不是醫族又怎樣？」

「這表示，妳看到的事都必須保密。妳必須忘掉這一切，嘉莉。妳懂我的意思嗎？要是有人知道妳看到了，妳會有危險的。」

「我不怕。而且，如果有危險，你就更應該跟人家結盟。而我，我就是你的盟友。」

嘉莉閃亮的目光流露真誠。奧斯卡嘆了一口氣。代表團距離他們不遠，就快到了。他猶豫了一下，仔細打量女孩。她才十二歲，但擁有十五歲少女的成熟和自信——當她好惡分明的衝動性格沒任意發作的時候。他不知道有這樣一個盟友有何好處，不過總之別無選擇：她全部看見了，不能不採取因應措施。而且，很奇怪的，儘管她是羅南的家人，他還是相信她。

「好吧。」他下定決心，「既然妳想幫我，那就幫我吧！」

「太好了！」嘉莉高興得拍起手來，「難得你不把我當成敵人或智障……我該做什麼？」

「什麼都別做。妳什麼都不用做。事情由我來做，妳呢，妳給我靜止不動五秒鐘以上，看妳撐不撐得住。」

過了一會兒，一個年輕女子脫離萬國廳警衛的軀體，散開她那頭長長的捲髮。她拉上皮夾克，俯身觀看那傢伙：他繼續沉睡，癱在椅子上，動也不動。拉薇妮亞四處張望：展廳裡只有她一人，醫族少年已經離開。怎樣都無所謂了，反正她剛才在這座廳裡所看見的已非常足夠。

剛才，在大宮女畫作前方，選擇跟蹤他而非另外兩名少年，還真是做對了。她從警衛大腦中的所見所聞更證實了情報無誤，她判斷正確。不久後，她就能實現對她那可怖情人黑魔君所許下的承諾。從在歡樂谷開始，她就是對的：巴黎之旅對溫斯頓．布拉佛的年輕使者而言意義重大，而現在，她知道原因了。拉茲洛一定會對她很滿意——並且驕傲。

精神支柱——況且不是隨便哪一項，而是第四項，傳說中已經消失，而黑魔君應該也不再寄望的第四項。所以，這項支柱已經唾手可得。可惜啊！為了達成目的，她還是必須借助於魯斯托可夫，甚或也要巴特斯幫忙才行。

喧鬧嘈雜愈來愈響。再過一會兒，幾百名少年就要湧入這裡。她已沒時間再做任何危害小藥丸的事，不過這一切都不重要了，那些事並不急在一時。稍後，明天或後天，她將搶奪精神支柱；這一次絕不失手。

她忍不住放聲大笑，穿梭各廳，逃逸消失。

勞倫斯原形畢露

奧斯卡感到有個溫暖的形體靠著他，一張臉孔依偎在他肩窩中輕撫。他微笑起來。一天多以前，他把蒂拉擁入懷中的畫面，與此時溫存的感覺契合重疊。這會兒，觸感變得比較活潑有力，而且潮濕。他睜開眼睛，嚇了一跳：一團毛茸茸的小狗竄到他面前，還有一片粉紅色的小舌頭舔著他的鼻子、臉頰和額頭。奧斯卡推開啪嗒，從床上坐起；出現這種錯亂，他自己都覺得好笑。要是被蒂拉知道他把一隻狗淌著口水撒嬌誤以為是她的愛撫，她可能會很開心吧……他伸了個懶腰；前一天裡其他的記憶浮現，驅走了女孩的倩影。

阿爾弗瑞德．鮑登，與他差之毫釐，失之千里。阿爾弗瑞德．鮑登，就在世界最大的美術館的某座廳裡……而這也是世界上監視最森嚴的美術館。他只有一個想法，和一個目標：回到那裡，找機會跟那位不朽之身交談。他想像著父親手中執筆，寫下那封信，然後又燒掉它。信是寫給誰的？為何而寫？他必須知道阿爾弗瑞德究竟知道父親多少事，這應該就是一切的起點。而倘若其中有陰謀，阿爾弗瑞德必能解開複雜又密切關聯的重重謎團。

他的煩惱逐漸加重，積壓在頸子上，逼得他不得不起身。在他身邊，勞倫斯穿戴整齊，坐在自己的床上，默默不語。

「你已經醒啦？」他問，一面按摩後頸。

「我沒睡好。」勞倫斯回答，注視著牆上某個點。

奧斯卡打量他，感到不對勁。平常總是笑咪咪的勞倫斯似乎也被壓埋在千斤重的心事下。

「我頭好痛。」奧斯卡呻吟，「覺得腦袋裡好像被灌了鉛似的。」

「哼！那可真令我驚訝！要是你的腦子真的夠靈光❶，就不會做出那些事！」

醫族少年徹底清醒起床，好友充滿攻擊性的發言令他錯愕。

「你怎麼這樣說？」

「因為自從你跟那個女孩出雙入對以來，你真的很讓人受不了！」勞倫斯大發脾氣，似乎就等這一刻，「她害你變笨！你怎麼能喜歡她，而不選……不選……」

他的話到一半說不下去，整張臉充血通紅，彷彿累積了兩天的鬱悶無法發洩。奧斯卡像是被雷擊般似的，驚愕不已。

「可是……勞勞，你是怎麼了？首先，我跟蒂拉，我們在一起也不過兩天——甚至連兩天都不到！」

「但是你已經癡迷了好幾個月！你變得盲目，再也聽不進任何人說話！一意孤行！相反地，凡是下指令或使喚別人之類的事，都不是問題！勞倫斯，阿爾弗瑞德．鮑登是誰？勞倫斯，你去敘利館；勞倫斯，做這個；勞倫斯，做那個！」

奧斯卡不懂自己為何要遭受這一連串斥責。他穿著睡褲，一言不發，不知道該如何反應。勞倫斯砍下最後一刀。

「好吧，讓我來告訴你，你的蒂拉，連露薏絲的腳跟都搆不到！」

醫族少年失去耐性。

「現在為什麼又扯到露薏絲身上？！她是朋友，跟這些一點關係也沒有！我跟蒂拉或跟別的女孩交往，對你究竟又有什麼影響？」

「對我有什麼影響？」勞倫斯大喊，一身黃皮膚轉為深赭紅色，「我覺得很煩！這就是對我的影響！而且我很失望！吼！我不想再跟你吵了。」

不等奧斯卡挽留，他走出房間，砰的一聲關上門。奧斯卡在房間裡呆愣了一會兒，茫然不知所措。他放棄去試圖了解好友的腦子裡到底發生什麼事，把自己關進浴室，沖了一個很久很長的澡。換好衣服後，他下樓去。

餐廳裡，大家都已就坐。露薏絲與薇歐蕾和瓦倫緹娜笑得正開心。自從女孩在她父親的藏書室解救了他們以來，奧斯卡就沒再見過她；而這短暫的隔離似乎抹去了艾菲爾鐵塔晚會的不快陰影。她用燦爛的笑容迎接奧斯卡，跟一早醒來從勞倫斯那兒嚐到的排頭大不相同。那傢伙，他也已經入席。他目光漠然，瞄了奧斯卡一眼，然後移到露薏絲身上。

「昨天妳沒來羅浮宮真是太可惜了。簡直太奇幻了。」

「那裡我經常去。」露薏絲安慰他，「我爸爸是羅浮宮之友會的成員。」

「嗯，不過，昨天，整座館都被我們包下來了。」瓦倫緹娜進一步說。

❶ 法文中，腦子裡有鉛意味聰明。

露薏絲猶豫了一下，決定坦承：

「其實，昨天我去了。」

「什麼？但我們都沒看見妳！」勞倫斯嚷起來，顯然十分失望。

「你們沒看見我，因為我在挪威代表團。」她說，卻沒再多作解釋。

瓦倫緹娜湊上前。

「是我看見紅臉，還是妳臉紅了？」她問，問題尖銳，「說嘛！我們想知道全部！感覺上是戀～～～愛故事！」她故意滾舌拉長句子，一面做出搧風的動作。

「什麼感覺也沒有啦！」露薏絲回答，笑嘻嘻的，「昨天，史文邀我一起去，我就答應了。」

「史文？史文是誰？怎麼從來沒聽過這個人？」

「我是在鐵塔之夜認識他的。車廂搖晃的時候，我跌進了他的懷裡！脫困之後，他去打聽了一下，找到了我……就這樣。」

她看了奧斯卡一眼，目光中帶有一絲滿意，終究又補上一句：

「好吧，對啦，我承認我還滿喜歡他。」

奧斯卡專注地塗抹麵包，似乎不怎麼在意露薏絲的戀愛狀況。女孩覺得掃興，差一點沒大嘆一口氣。勞倫斯則把頭埋在盤子裡，卻一點食物也沒碰。露薏絲的話對奧斯卡來說不痛不癢，卻似乎反而大大影響了他的心情。

「我超愛這個故事！」瓦倫緹娜歡呼，興奮極了，「而且，六是我最喜歡的數字。」

露薏絲對她投以疑惑的眼神。平常，她覺得瓦倫緹娜比薇歐蕾容易理解，但是這一次，她卻實在搞不懂。

「六？」她問，「跟數字六有什麼關係？」

「呃……他叫史文（sven），而不是七（seven）；比七少了一個字母。所以就是六。所以，我挺喜歡他的。」說完結論後，她一口咬下杏桃。「很合乎邏輯，不是嗎？」

「啊！是啊，當然，很合乎邏輯。」在露薏絲的贊同下，瓦倫緹娜又強調了一次，「史文等於七減一，人們應該多為他們想想。」

露薏絲轉頭看勞倫斯。

「勞倫斯，你還好嗎？今天早上，你都沒說什麼話。」

男孩試著微笑，結果擠出一絲苦笑。

「我累了。」他好不容易說。

「不過，還是必須清醒才行喔！」露薏絲的父親剛走進餐廳，向大家宣布，「就在半個小時之後，遊覽車會到榮譽軍人院前面接你們。我想，他們為你們準備了一個挺歡樂的下午……」

德洛姆的私宅距離集合處只有幾條街。陽光燦爛，晴空清澄，他們決定走路過去。同一個地點，大約有二十個代表團一起出發，三輛遊覽車已在場等候。

沿路上，勞倫斯刻意與他們一小群人保持距離，薇歐蕾和露薏絲則跟在他後面。露薏絲認真地聽著從數字轉成名字及名字轉成數字的另一個版本；而隊伍最後，奧斯卡走在瓦倫緹娜旁邊。

「他是怎麼了？」他把早上的爭吵描述給女孩聽，徵詢她的意見，「從來沒看過他這樣。」

瓦倫緹娜微笑，並不真的感到訝異：一個男孩可能感受到千百種事，卻通常無法察覺另一個男孩也有同一種感受。

「你一點都不曉得他發生了什麼事？」她問。

「不曉得。」奧斯卡非常誠懇地坦承，「我跟妳保證，根本沒有理由讓我們吵架。」

她沒再多問。

「我會試著跟他聊聊。」她說，並結束這個話題。

從聖多明尼克街這頭開始，榮譽軍人院廣場上已見一大群青少年攢動；大家都聚集在地鐵站附近。奧斯卡試著尋找其他美國代表團員，這時，一個身穿洗白T恤、牛仔褲、籃球鞋，又瘦又高的傢伙杵在他們面前。他一派悠閒，擁有戶外運動人士的清新氣色，金髮凌亂，藍色的眼睛炯炯有神。他不是那種會讓人第一眼就迷上的男孩，不像艾菲爾鐵塔下的巴西男孩赫拉西歐那樣吸引蒂拉——想必也吸引了大會中百分之九十的女孩——也不像奧斯卡：醫族少年陽剛的體魄和脫俗的外表也讓不少女孩心動。不過，只要與他對望一眼，看他一面邁步一面說話，很快就會為之著迷。他衝著露薏絲燦爛一笑。

「你就是小六！」薇歐蕾嚷起來，「我敢確定！」

「而妳，我不知道妳是誰，不過妳很好玩！」史文用帶了一點斯堪地那維亞納口音的標準英文說，細長的眼睛盯著薇歐蕾的紫色眸子。

「我來跟你介紹：薇歐蕾，我的朋友。」露薏絲對他說，「她弟弟和她都是美國代表團的團員。瓦倫緹娜和勞倫斯陪他們一起來。」

所有人都露出笑容，除了勞倫斯以外：他跑去躲了起來。瓦倫緹娜跟上他，抓住他的胳臂。

「放開我。」勞倫斯低聲對她說，「我想一個人靜一下，拜託妳。」

從他的眼神中，她讀到了一種揉合了絕望與憤怒的情緒。她用微笑回應，這是她的拿手好戲。他投降了。

「怎樣，妳要做什麼？」

「跟你聊聊，就我們兩個。」她說，把他拉到一旁。

我們無福消受

與其說勞倫斯就著矮牆坐了下來，不如說他是癱倒在上面。瓦倫緹娜在他旁邊坐下。他們周遭，只聽見處處歡笑，高談闊論，見面招呼。她推推身邊的傢伙；他仍繼續愣愣地盯著鞋尖。

「我知道這其中發生了什麼事。」她宣稱，並用食指戳戳好友的太陽穴。

「那太好了，因為我不知道。」

她挨近他。

「真的？這可是你第一次不知道某件事，也是我第一次知道你有不知道的事。」

勞倫斯什麼也沒回應，只嘆了口氣。瓦倫緹娜認為這表示她可以繼續說下去。

「聽著，你很清楚自己為什麼生奧斯卡的氣：你把自己投射到他身上，希望他做你想做的事，勞勞。就這麼簡單。你感到痛苦，因為你無法忍受他不喜歡你所喜歡的女孩。但是，這件事你不能苛責他啊……」

「她比蒂拉那個騷包好那麼多！」

勞倫斯閉上眼睛。瓦倫緹娜伸手環住好友的肩膀，用頭去碰勞倫斯的頭。

「勞勞，你知道，我們運氣很好：我們的世界，這裡這些人，他們大多並不了解。」她的目光掃過眼前這片嘈雜人群，「儘管如此，我們還能跟他們做同樣的事：跟他們一樣地生活，跟他們在一起；像他們那樣睡覺，甚至還能這樣旅行。而且我們學到好多事——假如連你都不因為能學習而高興，那還有誰會呢？」

勞倫斯沒抬起頭，但是有在聽，她知道。

「這簡直不是用運氣好可以形容的：這是奇蹟。」瓦倫緹娜接下去說，語氣認真起來，「你還記得我們在那邊的樣子嗎？我駕駛紅牛艇，你窩在礦山裡。在這裡，我們跟他們一樣會長大，跟他們很像，除了一兩個顏色上的差別以外──我的意思是，我們顯然比他們漂亮多了。」她說，藉此緩和一下正經八百的談話，「不過……誰知道我們會發生什麼事呢？」

「妳到底想說什麼？」黑帕托利亞少年終於開口問她。

「說這個：我們應該要惜福，滿足於這份幸運就好。即使我們不能做到所有他們能做的事。因為，有一件事是我們做不到的，親愛的勞勞：我們不能談戀愛。總之，不能跟他們談戀愛。而且你知道，所以才會把自己投射到奧斯卡身上，然後，夢想取代他。」

她強迫他抬起頭。

「你覺得自己能忘掉她嗎？」

「不行。」勞倫斯坦承，「妳知道，愛情這玩意是控制不來的。」

「我知道。」瓦倫緹娜回答，沒有追問當事人是誰，「那麼，這麼說吧！你必須忘了她在你眼中的模樣，想到她的時候，要當成普通朋友。她是一個超級好女孩，可以變成一個超級好朋友。這樣對你比較好，勞勞。對你好……對你跟奧斯卡之間的友誼也比較好。你可別說這份情誼不算什麼，我才不相信。」

她讓他慢慢消化這番話，又補上幾句：

「你知道，友情至少跟愛情一樣重要。尤其對我們這種從別的地方來的人而言。聊勝於無——而這已經難能可貴。」

她凝望周遭的人群，彷彿想一眼望穿全部。

「一切這麼美好，或許這就是這個世界給我們的最佳禮物。」她篤定地結論。

勞倫斯抬眼望向露薏絲，看她跟史文說話，顯然陶醉在他的魅力下；然後又看看美國代表團。就在這個時候，奧斯卡也望向他們這邊，探尋他的目光。他對勞倫斯微笑，又期盼又焦急。勞倫斯認了，站起身。

「來吧，我們走，他們在等我們。」遊覽車司機們打開了車門，他對瓦倫緹娜說：「朋友都在等我們。」

遊覽車朝東開了一個多小時之後，駛入一座遼闊的停車場。在那裡，其他遊覽車已經就位停妥。少年團員們於是被帶往一扇大門……狂躁興奮之情有如一根火柴扔入了稻草堆似的爆發開來。

不到一會兒，專為這次大會清場的歐洲迪士尼樂園被代表團人潮侵襲，少年們湧向各式各樣的遊樂設施。由於活動方急著疏導各國代表團，可憐的艾略特沒時間好好發表讓人打瞌睡的演說，大家只聽見幾個斷斷續續的句子，例如：「……童年與成人世界之間的美妙橋梁……」或「……慶祝本次精采大會四海一家之精神的迷人國度……」，又或「……突破疆界，奉獻給遊戲之創造力與啟發力的奇幻布景……」，以及其他非常艾略特式的華麗宣言在園中穿梭飛迸，卻無法真的找到一隻願意傾聽的耳朵。

在奧里克．魯斯托可夫嚴密的監控下，美國代表團走入人潮之中。這個鬼魅般的教官總在少年們最沒想到——也最不想看到——的時候出現。不知道該如何解釋，但他的存在特別令奧斯卡不舒服，像是一道沉重的陰影，在他看來簡直不懷好意。最讓他受不了的是，他心底十分確信：魯斯托可夫把注意力全集中在他身上，盯他比盯任何人都緊。

後來，他總算還是把那個大個兒背後靈的尖銳目光拋到腦後。一群人來到園中最刺激的設施：飛越太空山。他們前面已排了幾百個人，美國代表團員們仍決定耐心等待，儘管伊莉絲一直大吼大叫，為了命令其他代表團讓他們先玩，搬出各種只有她以為好的爛理由，當然啦，別人的自律能力都太低了。不過，有個男人從控制室走出來，指著人群中的他們這幾個。

「美國代表團，到前面來！」那人宣布。

一片噓聲中，美國團員們越過不耐煩跺腳的其他青少年，走向隊伍最前端。

「你們不懂嗎？我是特權人士。」伊莉絲非常認真地不斷重複這句話，最後惹得人群狂怒不已。

「妳再繼續這樣，」莎莉悄聲對她說，「還沒走到，我們就被亂棒打死了。」

他們到了雲霄飛車前方之後，男人把奧斯卡、莎莉、伊莉絲、摩斯和艾登挑出來。

「其他人坐下一班。」男人指揮。

「我們是一起的。」蒂拉表示，並黏在奧斯卡身邊。

「晚點再來找妳的小情人。」男子粗魯地把她拉走。

奧斯卡對蒂拉微笑，放開了手，跟她一樣覺得掃興。她挪開目光，嘆了口氣，手指焦躁地撥弄T恤的縫線。他氣自己為什麼要丟下她。

「玩別的設施時再補回來。」他對她承諾。

她挺起胸膛，一副不在乎的樣子，注視遠方。

「一定要急在今天嗎？」那個技師問道，「小妞，別擺這種臭臉嘛！他又不會飛走！好了，上路！」

五名少男少女坐進艙椅，扣上安全帶。奧斯卡在第一排，對留在月台上的蒂拉最後一次揮手。女孩轉身面向其他團員。

「還好嗎？藥丸？」摩斯在他後面打了個呵欠，「不會太怕吧？（他湊向前，低聲補上一句。）抓緊欄杆喔！誰知道我會不會突然想解開你的安全帶……」

奧斯卡懶得理他。他覺得這一切已經太可疑，沒空去管摩斯的恐嚇——即使那傢伙真的有可能說到做到。

「準備好了嗎？」男子大喊，「出發嘍！」

列車像瘋狂的野馬一般衝出，沒入螢光光束橫掃的黑暗中，在第一個隧道內開始加速。一個又一個的黑洞，劇烈震盪和彗星以駭人高速接踵而來。奧斯卡欣喜欲狂：他從小就酷愛「刺激」的遊樂設施，飛越太空山十分符合他的水準。

當列車在一座彩色銀河中停下，安全帶自動解鎖時，他和其他友人們都大吃一驚。五人面面相覷，茫然失措。這時，一個他們熟悉的聲音不知來自何方，憑空響起。

一人一塊磚

「我建議你們都下來。」

兩顆超新星之間，一個纖弱的身影從隧道發亮的紅色天空浮現。

「魏特斯夫人？」奧斯卡試探性地問。

這一次，老夫人在亮處現身。一身蘋果綠套裝，舒適便鞋。

「很高興又見到你們。」她對大家說。

少年們的遊興被中斷，個個都想抱怨。魏特斯夫人出現，想必這表示他們的享樂要提前結束了。

「而你們也是，都很高興看到我，我知道。什麼都別說，你們會妨礙到我。」她說，阻斷他們的衝動。

平時冷靜從容的面孔透露一絲揮之不去的憂色。

「我們通常不會臨時徵調你們。」她解釋，「不過，目前的情勢逼得我們不得不如此。」

「什麼情勢？」莎莉問，不改單刀直入的個性。

魏特斯夫人猶豫了一下，嘆了口氣，開始說明。

「情勢很簡單：戰爭幾乎已正式展開，這件事與我們息息相關。各位都想得到：這一切是誰在後面作祟。大長老幾乎所有的時間都在旅行，求助其他地方的高手……保護該保護的事物。」

魏特斯夫人沒有深入說清楚，但奧斯卡感覺得出來，她指的是醫族的各項精神支柱——和他這次的任務，當然。關於這一點，他的同伴們知道多少呢？

「必須用最快的速度應對才行。」老夫人表示，「你們必須盡快取得第三項戰利品，能早一天是一天。你們的進度愈快，就愈能替其他醫族分憂解勞。而最重要的是，這樣你們才有能力保護自己，拯救自己的生命。別忘了，」她銳利的目光深深地注視奧斯卡和摩斯，「你們之間的團結非常重要。現在，請披上披風：我幫你們從寄宿家庭帶過來了。」

女長老帶他們穿過一扇小門，列車逕自駛離，車上空無一人。他們來到一間空蕩蕩的大廳，連一扇窗也沒有。地面上，綠寶石色和米白色地磚排列成一面棋盤。

「好好照著我的指示做。」魏特斯夫人命令，「你們要用鍊墜輕觸地磚，白色的不碰，只能碰深綠色的。」

醫族少年們都感到好奇，遵循照做，低頭一步一步地走遍整座廳，彷彿在找黃金。

「這太可笑了！」伊莉絲終於忍不住抗議，「我們根本不知道要找什麼！而且……」

魏特斯夫人不讓她肆無忌憚地說下去：她把鍊墜上下顛倒，迅速揮掃，指向女孩。伊莉絲的披風鼓脹，掀起，堵住了她的嘴。她試圖扯掉，卻是白費力氣，尖叫聲被悶住，愈來愈沒力。最後，她終於停止亂動，垂下眼睛，乖乖認輸。起初其他人都驚呆了，後來又忍不住想笑；但魏特斯夫人打消了他們的念頭。

「請重新排好隊。」她的語氣不容反抗。

所有人拿出加倍的力氣，拂掠每一塊綠地磚，不敢多問到底要發現什麼。

艾登率先反應。

「魏特斯夫人！您看！」

被他的鍊墜觸碰之後，有一塊地磚似乎有了動靜：彩釉下，一個金色M字浮現，逐漸升起，與男孩的M字接觸。金光的亮度增強，沿著艾登的手臂蔓延到全身。

「兩腳踩在那塊大理石磚上，」魏特斯夫人對他大喊，「不要超出磚外！」

現在，艾登彷彿被包覆了另一層透明閃亮的皮膚。過了一會兒，莎莉也找到一塊魔法地磚，籠罩在那奇異的光線中。輪到伊莉絲的時候，一聲叫喊穿越了厚厚的披風。魏特斯夫人一揮手，還她自由，只聽她如瀑布般宣洩：

「好，聽著，我很願意站在這塊地磚上，不過我現在馬上警告您！要是……」

魏特斯夫人只再次舉起鍊墜，伊莉絲立即像被關掉的收音機一樣閉上了嘴。剛才的教訓一次就夠了。她兩腳併攏，站在那塊磚上，氣沖沖地撫平裙子上的摺痕，雙臂交叉，高高地抱在她一路扣到領口最上方的襯衫胸前。

魏特斯夫人才剛垂下手臂，摩斯也站在一塊被她的鍊墜照亮的地磚上。奧斯卡是最後一個找到他那塊磚的人。不理會摩斯的嘲笑，他就定位站好，任光暈籠罩。

「該我了。」老夫人宣布。

她的鍊墜很快地捕捉到那塊準備迎接她的地磚。她直挺挺地站在上面，朝大廳中央伸長項鍊。

「照我的方式做！」她命令。

在所有鍊墜的作用之下，地上出現一條金線，從一塊磚跑到另一塊，形成一個完美的圓，由六名醫族等分。少年們驚異地睜大雙眼，目睹圓圈內的地面波動起來，彷彿大理石化成了液體。中央圓心凹陷，廳內的棋盤變成盆狀，愈陷愈深。不久之後，醫族六人立足之處已形同火山口邊緣，承載他們的地磚搖搖晃晃，隨時可能墜入無底深淵。

「好好站穩。」魏特斯夫人為他們打氣，「別掉下去了。」

艾登擔憂地與奧斯卡和莎莉互望一眼。女孩用強健的雙腿站穩馬步，其他人也模仿她。六塊地磚緩緩下降，所有人都往地底下滑。奧斯卡抬起頭：他們穩穩地乘著深綠色大理石磚滑降時，頭頂上方的金色圈口開始縮小；他們彷彿進入一個巨大的深袋，被封在裡面。

過了一陣子之後，廳內已不見人影，地面恢復平坦，沒留下任何痕跡。

觀察室

地面上的磚板靜止不動，而醫族六人則宛如人體手電筒一般，朝橢圓形密室中央前進。一離開腳下的大理石板，他們的身體就不再發亮，全體陷入一片漆黑。

「我們在哪裡？」奧斯卡問；他只辨識得出模糊的形狀。

「歡迎來到太空山的觀察室，法國醫族的名勝之一。」魏特斯夫人回答。

黑暗僅持續了一會兒：廳室中央，一團乳白色的事物逐漸發出亮光。醫族少年們發現一尊美男子的軀體，動也不動地躺在一張柔軟的圓形床墊上。他穿著牛仔褲、緊身T恤，胸膛的肌肉線條畢露；臉上的線條則比例和諧，顯得平靜自在。

「他是誰？」奧斯卡壓低嗓門問，怕把他吵醒。

「他叫羅傑。」

「羅傑？」伊莉絲驚喊一聲，「好奇怪……我不喜歡這個名字。」她斬釘截鐵地說。

「那麼，等他醒來之後，請他改個名字好了。」艾登低聲嘟囔。

伊莉絲轉頭看他。

「抱歉？我覺得好像聽到什麼不好聽的話。」

「妳應該是聽錯了。」

「你幹嘛怕她？」莎莉不爽，「我覺得你簡直比她還煩耶！」

「妳聽到不好聽的話？很正常。」艾登對伊莉絲說，「是莎莉把我當成小孩一樣在罵我。」

「我哪有罵你？我只是稍微激你一下。」莎莉聳肩回答，「假如你比較喜歡當弱雞的話……」

「你們認為現在真的是吵架的時候嗎？」魏特斯夫人問，語氣嚴厲。

廳裡恢復安靜，羅傑的腹部咕嚕響了一聲，又繼續沉睡。

「羅傑的妻子是卡洛塔，就是崙皮尼女爵的姪女，上次好心接待你們進入她的安布里耶小宇宙。」老夫人接著說，「現在，你們要在他體內做同樣的事。」

「他睡著了耶！」摩斯提出，「您有先知會他嗎？」

魏特斯夫人揮手掃開他的疑問。

「這種事不要緊。男人們總傻傻地害羞，尤其是安布里耶這個部分……」

奧斯卡湊近年輕男子。他一動也不動，但是有呼吸。

「感覺上他像是昏了過去。」

「該處理的，安娜瑪莉亞．崙皮尼都處理了，你們不必擔心。」

「您的意思是崙皮尼女爵在……」

「……他體內，對。」魏特斯夫人證實，「說得確切一點，在他的第五世界裡。」

「在賽瑞布拉啊……」奧斯卡喃喃自語，兀自出神。

隨著醫族之路逐漸進展，他愈來愈嚮往那個並非所有人都敢前往冒險的神秘小宇宙。他對那裡的印象非常短暫，並且奇怪；幾乎沒有多少記憶，但始終保留了探索的欲望和一種強烈的感覺：無論如何，一定要去冒險。會是在今天嗎？

「你想都別想，奧斯卡．藥丸。」魏特斯夫人警告他。一如以往，她似乎能讀到他的心思。醫族少年避開目光。老夫人接著說明。

「我們讓羅傑以為他跟嬌妻在威尼斯宮殿有約。他一到達，安娜瑪莉亞就進入他的第五世界。她讓他陷入這場深沉的睡眠，同時在他腦中生成一場想像的約會。只讓他在清醒時分記得，之後很快就會忘記。」

莎莉觀察羅傑的表情。

「看樣子，他很高興：你們看，他在笑耶！」

「這個狀況不該持續太久。」魏特斯夫人警示，「否則，思想會扎根，恐怕他以後會對小卡洛塔提起……而且，像這樣操控思想並不是一件好事。」

「為什麼？」摩斯問，「相反地，可能很有用啊……證據就在眼前。」

魏特斯夫人瞪著他，頭痛起來。他怎麼可能不往這裡想？摩斯天生就愛支配別人。

「這跟所謂的『洗腦』很像。」她解釋；「這是一種專制的行為。有一天，當你們有機會去賽瑞布拉冒險的時候，請牢牢記住這一點。現在，別再拖拉了。」

「什麼？我們自己去嗎？」伊莉絲不安地問。

「當然不可能。」魏特斯夫人安撫她。

「那誰來帶我們？阿力斯特嗎？」奧斯卡滿懷希望地猜測。

他們身後響起一陣笑聲。

「唉呦，我的寶貝們，誰能帶你們去一個男性的小宇宙？當然是對男人瞭若指掌的那個人嘍！」

看見那烏黑的埃及豔后髮型，異常白皙的皮膚，鮮血般的紅唇和豔麗的指甲，奧斯卡微笑起來。

「帕洛瑪！」他脫口大喊，感到既訝異又好笑，「要帶我們去安布里耶島的是您？」

帕洛瑪．魏特斯是一位高大成熟的女性，蛇蠍性感——所以，與她的妹妹完全是兩個極端——雙手扠腰，以搖曳的步伐款款走來，彷彿受邀上精品時裝的伸展台上走秀似的。她穿著一件黑色矽膠連身裝，服貼得不能再服貼；領口頗開，足以展現可觀的低胸效果；腳下顫巍巍地踩著高跟短靴。厚厚的粉底下隱約可見深深的皺紋；不過，玲瓏的曲線可是會叫妙齡女子都嫉妒。

「我的天使，你真令我失望：所以，你根本沒懂嘛……好好記住一件事：我深知男人私密的一切。一切，你懂嗎？比男人自己還清楚。」她故作慵懶，嘆了一口氣，「好了，上路的時候到了，不是嗎？」

她那塗著厚重睫毛膏的目光總算觸及羅傑被遺忘在米白色床單上的身軀。她猛然直起身子，為之傾倒，急躁地在緊身衣的拉鍊口袋中翻找，眼睛始終盯著男孩，一面在她的心形紅唇上再塗上一層鮮亮猩紅。

「貝妮絲！這尊阿波羅是哪位？」帕洛瑪彷彿觸了電似的，「妳把一名天使拉下凡來，卻沒事先通知我？看看我，我幾乎沒化妝！」

魏特斯夫人翻了個大白眼。

「那有什麼關係？！他既看不見妳，也聽不見妳！」

「吼，可悲的女人，這個男孩總會醒來，而他醒來的那一刻，我打算在場！有的時候，妳真的很討厭。好吧，」她轉身對少年團們說：「套上這些連身裝，把披風穿在裡面，你們可能會用到。」

「為什麼要穿成這樣？」艾登問，一面拉上銀色連身衣。

「因為在我們要去的地方，這身打扮可以讓你們不被發現。而你們必須不被發現。」

她檢查每個人是否正確著裝，調整了莎莉的穿法：女孩已經把袖子捲起來，一副在大太陽下揮汗工作的模樣；而伊莉絲則努力不把連身衣內的裙子弄皺。

「可憐的小傢伙，」帕洛瑪哀嘆，「就連我妹也不會穿像這樣的裙子和襯衫！拿去吧！」她發給每個人一個囊袋。

「要化妝嗎？」莎莉擔心地問，用指尖掐著袋子，一臉嫌惡。

「是剛從我的武裝配備研發實驗室出爐的最新武器。」帕洛瑪糾正她，「我現在沒時間跟你們解釋它們的功效，我們到了那邊再看。走吧！」

「等一下！」

伊莉絲尖銳的喊聲讓帕洛瑪皺眉。

「又怎麼了？」

伊莉絲比平時挺得更僵直，這表示有事讓她感到難為情。

「嗯……呃……我不知道該怎麼去。」她終於吞吞吐吐地說。

「什麼意思?妳不知道『怎麼去』?」魏特斯夫人詫異,「妳的體內入侵術一向做得很完美呀!」

「我知道。」伊莉絲回答,仍然緊繃;「但這一次,不一樣。」

「為什麼?」莎莉惱火地問。

「因為……因為你們絕對別想叫我從那裡進去!」她忿忿地指著羅傑張開的雙腿,「太噁心了!」

帕洛瑪嘆了口氣。

「可憐的孩子,在妳這個年紀,我早就夢想著——」

「帕洛瑪!」魏特斯夫人嚇得尖喊起來,「莊重一點!」

「噢!別在那裡裝聖女了,妳以為我不記得妳第一次禁——」

「拜託!別太過分了。」魏特斯夫人氣若游絲地說。

「親愛的妹妹,如果每次人家提起我一生的真愛,我都這麼激動,那我每個月都要心臟病發作一次!」

魏特斯夫人沒回應。奧斯卡暗中觀察她。她試著保持風度,但她交握在胸前的雙手不由自主地微微輕顫。等得不耐煩的莎莉救了她。女孩直視伊莉絲的眼睛。

「好,假如妳覺得從耳朵或腳趾去安布里耶比較好,那我們就直接在那裡會合。不過,我們其他人,」她盯著羅傑的長褲鈕釦說,「我們先走了!」

帕洛瑪微笑起來。

「說得好！我的小妞，以後妳跟男人可有得玩了……如果妳肯把自己弄得像個女孩子的話。」她把莎莉從頭到腳打量一番，「這件事，我們等回來後再來處理。」

莎莉不由自主地後退一步：一想到最後得穿上晚禮服，打扮得像個參加奧斯卡頒獎典禮的好萊塢明星一樣，她覺得置身龍潭虎穴獅子洞也挺不錯。奧斯卡拿出鍊墜，迫不及待地想更進一步，取得第三項戰利品；另外，也興奮地想揭開關於自己這個性別的神秘面紗。

帕洛瑪拉上連身裝的拉鍊，在羅傑的額頭上親吻了一下，在他耳邊輕輕吹入幾個字：

「我們晚點再見好嗎，親愛的？」

岩石後面

「還少兩個。」帕洛瑪發現，皺起眉頭，「唉！我這輩子從來都不想被孩子拖累，現在卻招惹這種麻煩！所以，是哪兩個不在？」

奧斯卡回頭張望：從左到右，一片沙灘無盡延伸。他認出摩斯壯碩的身影，失望地嘆了一口氣。稍遠的地方，灘岸上，莎莉踏在水裡，像個拉車伕似的破口大罵。伊莉絲從岸邊一塊岩石上衝下，氣喘吁吁，一身淋漓。

「我從兩國世界過來的，海面不太平靜，只是這樣而已。」

「都已經叫妳照我們的方式做！」奧斯卡對她叨唸起來，「要是妳肯聽我們的話……」

她注視著他，目瞪口呆。

「這……這是造反了嗎？！」她嚷起來，抓著帕洛瑪當證人，彷彿剛才發生了最不可思議的事情，「你很清楚，發號施令的人是我！希望我不必再糾正你一次！」

「我永遠不會再犯。」奧斯卡溫馴地回應。

他聳聳肩，對興味盎然地觀看這一幕的帕洛瑪微笑。

「至少，」他對她說，「現在只少一個人了。」

的確，放眼望去，絲毫不見艾登的蹤影。其他兩名少男少女過來會合，大家一起在沙灘和岩石上搜尋，卻徒勞無功。

「我們分頭去找怎麼樣？」奧斯卡提議。

「我才不想為史賓瑟浪費時間。」摩斯公然表示。

「而我，我不想為任何人浪費時間。」伊莉絲火上加油地接著說，自己還忙著把頸後的辮子重新編整齊。

奧斯卡轉身望向莎莉，希望她能幫忙為好友出力。

「我們沒時間了。」帕洛瑪裁示，「讓我通知我妹妹說這個少男大概在可愛的羅傑體內迷路了，然後我們就出發。再拖延下去，不只是他，你們大家都拿不到戰利品。」

莎莉嘆了一口氣，拿出鍊墜。

「好吧！」她說，「不祭出厲害的辦法，就找不到他。」

「妳打算怎麼做？」奧斯卡好奇地問。

「我們的字母經過配對結合。」她壓低嗓門承認，只讓奧斯卡一個人聽見。

「你們的鍊墜？你們把鍊墜配對了？」醫族少年大吃一驚。

他想起大長老布拉佛先生的鍊墜曾跟他的鍊墜相連。這件事，他從來沒跟任何人提起過，而現在卻發現他有兩個夥伴也運用了同樣的魔法，他感到很訝異。

「對。」莎莉坦承，「當初我們別無選擇：那是在去年，為了拯救阿力斯特。」

「聽起來妳不太甘願。」

「我們兩個根本扯不上關係。」女孩冷冷回答。

奧斯卡並不贊成莎莉的反應，不過也沒有堅持追問。

「妳認為用妳的鍊墜能找到他嗎？」他問。
「假如他不是在很遠的地方，我想可以。」
她揮動金字母，身體旋轉，一面朗誦咒語：

透過結合的字母，
我們一生為伍，
我是你敵人的敵人，
當我陷入陰影無人記起，
唯你不棄不離。

奧斯卡和莎莉環顧四周：什麼也沒有，嗅不出一線生機。她對換主詞，把最後那句子重唸一次：

當你陷入陰影無人記起，
唯我不棄不離。

奧斯卡察看鍊墜的反應：它隱隱發亮。這時，汪洋大海上，一個紊亂的動靜引起他們的注意。

「妳看！」奧斯卡大喊，「那裡！那裡有泡沫！」

他拉起女孩的手，迫使她舉起鍊墜，字母果然變得更亮。這時，水裡浮出一團銀色的東西，懸吊在一條同樣發亮的鎖鍊上。艾登有如一隻上鉤的魚，在半空中，四肢亂動，嘴裡不知道在亂喊什麼。

「把他帶回來！」奧斯卡要求她。

帕洛瑪好奇地湊過來。

「這……你們看這像話嗎？！他都這個年紀了，我們有緊急任務在身，而他竟然在海裡掙扎！你到底在那裡混什麼？孩子？嘿，我知道，你們的鍊墜結合在一起了，對不對？」

莎莉臉紅起來，專心施法，拉近鍊墜，而艾登也隨之逐漸靠岸。摩斯笑了起來。

「羽量級機器戰警跟投錯胎的女漢子！真是絕配啊……嘿，以後你們的孩子一定都很好看喲！」

莎莉狠狠地瞪他一眼。

「結合配對的是鍊墜，不是我們！超級大蠢蛋！」

「好啦，別生氣嘛！」摩斯邪笑，「妳有權利偏愛小弱雞，又沒人阻止妳。」

奧斯卡插嘴介入。

「莎莉，別聽他的，快把艾登帶回來。」他忿忿地瞪了摩斯一眼，「這筆帳我們晚點再算……」

艾登距離他們只有幾公尺了；莎莉放下鍊墜，男孩摔在沙灘上，全身濕答答的。她搖著頭，怒火中燒。

「看樣子，你真的沒有自己解決問題的能力！」艾登頭昏腦脹，勉強站起來，踉蹌了一下。奧斯卡想扶他，卻被他粗魯地推開。他直視莎莉，面無血色。

「我本來可以自己脫困的。我也有披風，也有鍊墜！」他衝口而出，聲音因憤怒與屈辱而顫抖。

「你剛才被連身衣捆住，在海上掙扎個不停！」伊莉絲尖銳的嗓音插話進來。

「又沒人問妳！」艾登回嗆。

他走到一旁，甩甩連身衣，拉開拉鍊：奇蹟般地，裡面全是乾的。帕洛瑪嘆了口氣，叉起雙臂。

「你們鬧完了嗎？可以走了沒？」

「我好了。」艾登答應，避開其他人的目光。

他們花了十幾分鐘爬上沙灘旁的岩石群。在他們頭頂上，整片天空布滿雲層，陽光難以曬熱這裡的環境。

「這裡所生產的東西很怕熱。」帕洛瑪解釋，她腳踩高跟靴，似乎跟奧斯卡穿籃球鞋一樣自在，「另外，我們在一個全是男人的島上。所以，小姐們，即使這是我們女人夢寐以求之事，還是請把長髮藏在妳們連身裝的帽子裡吧！」

「這些男人都做什麼？」伊莉絲問。她對男性的敏感程度讓帕洛瑪深感困擾。

「他們做各種大事，小妞——比方說，他們擁有你們要找的東西：馬托斯．左伊德神父的藍圖。」

「神父？」奧斯卡訝異地問，「這裡？這裡有教堂？」

「不，他是一位希臘名人，在其他所有小宇宙也赫赫有名。甚至有人相信他是半神。他的外型像東正教的神父，我聽說，似乎有一段時期，他真的曾經是神父，不過，別太相信——尤其是妳們兩位小姐：他是一位天生的誘惑高手，我略知一二。」她忍不住揚起一絲曖昧的微笑，「他的力量和天分都無窮充沛。」

「他建造什麼？神廟嗎？」

帕洛瑪轉身望向艾登。這位男子來自一個他熟知且著迷的世界，令他十分感興趣，終於決定開口詢問。

「他設計了所有藍圖，建造……」

她猛然轉身，迅速朝前方瞄了一眼，連忙蹲下。在她不出聲的指令下，所有人都學她蹲下，身體緊貼著岩壁。好幾輛車轟隆隆地經過，揚起一陣煙塵。

「差一點沒躲過。」帕洛瑪鬆了一口氣，「要是在這條通往基地的路上被看見，我們就慘了！」

「基地？」莎莉問，「我們到底要去哪裡？」

帕洛瑪沒回答，直接攀上最高的岩石，確認附近沒有暗藏任何危險，示意他們往前。少年隊員們翻越最後一道峭壁，面對眼前的景觀，愕然呆立。

蛋蛋一號

奧斯卡不敢相信自己的眼睛：他們下方延伸一大片荒旱的灰色平原，宛如一張積滿灰塵的地毯；中央聳立兩座巨大的水泥圓頂，像是兩顆部分埋在地下的蛋。兩座建築之間隔著一條長幾百公尺的金屬通道，橫向連接，道路上有一輛造型未來前衛的太空船奔馳。

「一座……太空艙基地？」奧斯卡終於說得出話來，「在這裡？人體裡面？」

「人類所能構想出最完善也最驚人的發射基地。」帕洛瑪證實，「令人嘆為觀止，不是嗎？而且……」

她中斷說明，像一隻警覺的紅鶴一般伸長脖子。

「小心！」她宣布，「第二批船隊過來了！快躲起來！」

遠處，被遮蔽的太陽下，路上揚起塵土。

「隊伍朝基地行駛，我們要把握機會。快，打開我給你們的工具包，拿出聚合劑！」

「聚合劑？」艾登急躁地翻搜囊袋，「那是什麼？」

「一團灰藍色的黏土。」過氣女演員描述，「用它貼印你們的鍊墜，然後丟到路上！唉呦，你們還在磨菇什麼？他們就快到了！」

大家都連忙執行指令，除了艾登以外：他打翻了工具包，裡面的東西散落在深色的岩石上。莎莉翻了個白眼，靠近滿地奇奇怪怪的物品。艾登伸手阻止。

「我不需要任何人幫忙！」

她聳聳肩，回頭走開。艾登微微顫抖地抓起小黏土團，不到一秒就印好鍊墜，並隨手抛到路上，跟夥伴們剛才所做的如出一轍。四輛吉普車轟隆隆地從他們前方經過，車胎輾過由帕洛瑪實驗室研發出的神秘高效黏著材質，橡膠沒被戳破。

「站起來！」帕洛瑪立刻下令，「拿起你們的鍊墜，伸向車子，現在馬上！」

五名醫族少年用行動回應。所有金字母都發出海藍色的光芒，朝車隊射去。所有車輛都被籠罩在光亮中，但車內的人並未察覺。黏在車輪上的黏土拉長，變成水窪，不斷地往後延伸，像六條長舌，朝各自所屬的鍊墜蔓延。

「黏土會形成安布里耶的朋友們肉眼看不見的漏斗，到你們面前時會擴大。別浪費時間，立刻跳進去！」

第一個在莎莉面前成型；女孩矯健地躍入其中，漏斗立即以火箭般的速度出發，彷彿被車子拖著走一般。不久之後，伊莉絲、摩斯、奧斯卡和帕洛瑪也都跳進了他們的漏斗，淹沒在藍灰色的煙塵中，跟在車隊後面。

奧斯卡回頭張望：很遠的地方，第六道光束末端，最後一個漏斗姍姍來遲，出現在艾登面前，他卻不肯進去。帕洛瑪的頭髮在風中飄揚，也察覺男孩有所抗拒，短靴的鞋跟猛踩漏斗底部。

「他又在做什麼？奧斯卡，我的好寶寶，你的夥伴是中了什麼邪了？」她對身邊的少年大吼，「如果你還有能力說服他，就快點吧！」

奧斯卡用手圈成傳聲筒喊：

「艾登，照我們的方式做，跳進聚合劑漏斗裡！你辦得到！」

艾登猶豫了一下，抬起頭來。他聽不清奧斯卡到底想跟他說什麼，不過，他也不在乎了。他盯著漏斗看。他根本一點也不怕——他並不是膽小鬼，即使他的同學們從來不明瞭，但他自己很清楚；他只是不想去而已，就這麼簡單。他也不想再被莎莉或摩斯嘲笑，寧願回去，閱讀，比方說，再度沉浸於希臘文明，或其他千百種孤獨靜謐的活動，不會招惹任何評論，不受其他人惡意又尖銳的對照，因為他從出生以來就常遭遇這些狀況。

「跳啊！艾登！」奧斯卡還在大喊，「快跳！」

這一次，艾登聽見了。他仍猶豫不決，而奧斯卡彎身攀住漏斗的邊緣，明知現在距離已經太遠，艾登根本聽不見，他仍不死心地繼續。

「這任務需要你，需要我們每個人。」他喃喃地說，「來吧！兄弟……別放棄，跳進去啊！你這傢伙！」

醫族男孩滯留在路上，又猶豫了一秒，終於抓緊邊緣，敏捷地跳了進去。他的鍊墜閃爍，漏斗也跟著發亮起來，像火箭一般衝出，急起直追。不到幾秒，牢牢抓穩的艾登已趕上另外五名醫族，跟在車隊後面。他直視前方，甚至沒注意到奧斯卡比出勝利的手勢。

奧斯卡露出微笑，轉頭看帕洛瑪；她威風凜凜地立在漏斗中，彷彿前方有一排攝影師把鏡頭對準她。

「注意，我們已接近基地！趕快準備，等車輛通過身分安全檢查，停在蛋蛋一號前方，也就是第一個圓頂，就跳下漏斗躲起來！」

車隊在一號圓頂前面停下，大約有十五個人下車。帕洛瑪和她的隊員們把鍊墜貼在漏斗上，斗盆立即消失無蹤；他們則躲到車輛後方，專注地觀察安布里耶島的居民。有些人穿著帕洛瑪發給少年們的那種銀色連身衣，另一些人則穿著長袍、便鞋，戴著軟帽，活像從高科技實驗室裡溜出來的科學家。

「他們是性原細胞。」帕洛瑪悄聲對少年們說，「精通資訊處理、化學和分子遺傳學，是非常重要的安布里耶人。」

「那些穿連身衣的呢？」奧斯卡也悄聲問。

「他們是演化航行員。」帕洛瑪回答，「我晚點再跟你們說明。」

圓頂上的門紛紛開啟，他們一行人跟著一隊留著黑色長辮，衣著斑斕怪異，膚色深棕男人溜進去。奧斯卡好奇地打量他們，用疑惑的眼神詢問帕洛瑪。

「他們是精種土著。」她附在他耳邊悄聲說，「現在，不准再問問題了，寶貝，要不然我們會被發現！」

他們走過一條條蜿蜒的走廊，迎面遇見不少安布里耶族人；並未特別注意他們，頂多只點頭致意。

「保持笑容，輕鬆一點。」帕洛瑪建議少年們，一面與其他人打招呼，「有了連身衣，我們已經混進人群，好好利用這個優勢，這對接下來的計畫有好處。」

她看了看時間。

「我們得加快動作了，我答應過安娜瑪莉亞．崙皮尼在半個小時以內回去。不過，也許我低估了可能發生的障礙。」她嘆了口氣，迅速瞪了艾登一眼。

艾登一副什麼也沒聽見的模樣，試著維持一絲尊嚴。

「可以把史賓瑟留下來啊！」摩斯提議，「這樣就會快多了。」

「所有人都要一起去。」奧斯卡堅決反駁。

摩斯輕蔑地瞪了艾登一眼，放棄爭論；帕洛瑪則加快了腳步。

「可以知道您究竟有什麼計畫藍圖嗎？」伊莉絲問。令人訝異地，到目前為止，她都很聽話；不過，差不多也到了忍耐的極限。

「我們必須盡快抵達蛋蛋二號。所以，閉上你們的嘴巴，跟我走。」

就在這個時候，廊道另一端出現一群生物。奧斯卡立即認出他們，帶著嚇人的武器，龐大的身軀既軟綿又強大。

「巨噬細胞！他們會認出我們是外來異物，攻擊我們，跟在幫浦國的時候一樣！」他驚呼。

摩斯放慢了腳步，突然遲疑了起來，避到其他人後面。大家都轉頭望向帕洛瑪，緊張不安。

「過來！」她命令，不多作解釋。

帕洛瑪走入一條支線廊道。

「您知道要帶我們去哪裡嗎？」伊莉絲質疑，「但願您真的曉得，並跟我們說清楚。」

「抱歉，我知道得一清二楚。」她回應，並朝安布里耶島的標誌看了一眼——一個前端膨脹的箭號，似乎指引他們前進的方向。

他們快步走到一扇由電箱控制的安全門。

「別再靠近！它只認可安布里耶人的DNA。」

她從門中央的小圓窗上看了一眼，然後沿著牆，走到一扇密封的玻璃落地窗前。醫族少年隊亦步亦趨地跟著她。

窗的另一面是一間遼闊的實驗室，幾幅巨大的透明螢幕懸浮在空中，幾十個人坐在螢幕前方忙碌。實驗室中間，一個體型較魁梧的男人朝四面八方指揮比畫。他身穿一件長罩衫，力氣強勁，高聳顴骨和鷹勾鼻的臉龐綴著一圈大鬍子，鬚長及胸。他的聲音傳得很遠，甚至穿透玻璃。

「不，不，不對！用腦思考啊！天殺的！多少世紀，幾千年來，我在說什麼，該說是幾百萬年以來，我們的祖先還有你們自己，都做著相同的工作，而你們竟然就是沒辦法做對！」

一個男人大膽回應：

「但是，神父，藍圖不斷變更，根本已經搞不清楚……」

「可悲的傢伙，所以，你從來沒聽過人類進化論？」大鬍子咆哮起來，「你以為我們從以前到現在建造五個體內世界的方式都沒變？假如是這樣，這些人類應該還長得跟尼安德塔人一樣！」

他走到最大的螢幕前面，大動作揮動胳臂。所有直線、橫線、量測，在尖叫噓聲之中消失殆盡。

「全部重來——所有螢幕都重來！」男子喝令，「不准廢話！不想留下來工作的儘管直說。」

他的團隊立即安靜閉嘴。有些人一秒鐘也不敢浪費，把剛才畫好的藍圖全部擦掉。

「好個馬托斯，多性格啊！」帕洛瑪在玻璃窗後方喃喃自語，流露貪欲的眼神，「難怪我這麼愛他們。」

「他是誰？」奧斯卡問，好奇心深受刺激，「這一群人都在做什麼啊？」

「歡迎來到體內世界最大名鼎鼎、最不同凡響的建築事務所，馬托斯．左伊德神父的工作室。」

莎莉湊上前，想看得更仔細些。

「那些螢幕上的藍圖是……」

「安布里耶雙翼所需要的藍圖，有了它們，工程才能動工。那是為了建造一個小孩啊！親愛的，就這麼簡單。」

她轉身面對三名男孩，深深注視他們。

「而那些藍圖，寶貝們，你們必須拿到手，立刻馬上。」

摩斯也靠近玻璃落地窗，粗魯地打了個呵欠。

「我還以為我們是來找戰利品的。」他說，絲毫不顧慮應放低音量。

奧斯卡比其他人先領悟。

「什麼？那就是我們的戰利品？左伊德神父的小宇宙藍圖？」

帕洛瑪笑而不答。艾登專注地觀察大螢幕：神父的合作人馬提振精神，所有人都戴著手套，輕輕一拂，新的構圖立即從四面八方描繪出來。

「您認為他們會願意……」

他甚至不必把話問完，就已經知道答案。帕洛瑪以非常妖嬈的姿態倚在玻璃窗上。

「不會，當然。」過氣的大銀幕明星回答，「他絕對不會給你們，至少，不會心甘情願地奉送：他不相信任何人，甚至包括我們在內。真不知道為什麼。」她嘆了口氣，一臉無辜。

莎莉用自己的方式歸納現在的情勢。

「好，我們需要，而他不肯給。所以……」

「……你們必須用計智取。」帕洛瑪總結，「上路了，寶貝們。」

嗶啦，不翼而飛！

「都沒有。」巴特說，上氣不接下氣，「我徹底找過每一項遊樂設施，都沒看見他們。」

「好，我們從頭回想一下。」傑瑞米提議，「那傢伙點名他們，讓他們比所有人優先上車，然後列車就開進那裡面。」他歸納出重點，一面指著太空山，「從那時起，嗶啦，我們的醫族朋友們就不翼而飛！」

巴特轉頭望向太空山入口處的大加農砲造型。

「你認為那裡面有魔法，跟大長……」

弟弟用手肘頂了他一下，回頭張望。魯斯托可夫盯著他們，跟一座監獄的大門差不多「友善」。薇歐蕾的包包裡傳出一聲低嗚。傑瑞米湊過去，低聲問：

「妳肚子痛嗎？還是說那個傢伙也惹到妳了？」

啪嗒的小腦袋從包包裡冒出來，嚇了兩兄弟一跳。女孩撫摸狗狗：

「牠獨自留在露薏絲家太無聊了，所以……」

「你們覺得不好玩嗎？」教官故意問。

「好玩啊！直到你出現之前都很好。」傑瑞米小聲嘀咕。

啪嗒瞪著魯斯托可夫，不斷低吼。

「看起來，這隻狗，我一定會喜歡。」那年輕男子斬釘截鐵地說。

對薇歐蕾來說，作夢比坐雲霄飛車快樂多了；她禮貌地對魯斯托可夫微笑。

「這裡是您的府上？總而言之，非常漂亮，這樣五顏六色的。」她一面說，一面環顧四周，「我最喜歡的是您的豪宅。」女孩又補上一句，並對睡美人城堡發出讚嘆。

「薇歐蕾，他是我們的教官。」巴特提醒她。

「哇！您千里迢迢地跑到美國去帶我們過來？您人真好！其實不必這麼客氣的，只要有地址，我們自己就找得到，不然問人也可以。這裡這麼大，不可能錯過。」

看到魯斯托可夫吹鬍子瞪眼睛的表情，傑瑞米不由得哈哈大笑，幾乎忘記朋友們失蹤的事。病族那傢伙則只聳聳肩。

「妳弟弟呢？」他問女孩。

「她已經受不了他了。」傑瑞米搶著回答，擔心薇歐蕾不小心又說溜嘴，「兩人一年到頭都見面，到迪士尼來，各玩各的！」

「我之前不是叫你們小組行動？」

「有啊……我們分成六組。」

魯斯托可夫咬牙切齒，忍住沒賞這個無禮小毛頭一巴掌。不過，兩兄弟裡的老大，以這個年紀來說，體骼發育出奇強健，看起來不好惹；而企鵝校長也不欣賞他的管教方式。他瞄了手錶一眼：幾分鐘後，他跟人有約，千萬不能遲到。昨晚，在艾菲爾鐵塔下，他的計畫失敗；今天早上，太陽都還沒出來，他旅館房間的電話就響了。完全不需懷疑來電者的身分，也不必猜疑他的心情：擱在旁邊的手套閃耀強烈紅光，火苗撲上了床頭櫃的桌面。他連忙起身，抓起話筒，連擔心的時間都沒有。

「明天，傍晚五點，紀念品店的面具櫃。」陰森的聲音說完就掛斷電話。

今天慢慢過去，他的壓力愈來愈大。現在，只剩五分鐘可以趕到約見地點。

巴特看著他走開。

「沒辦法，他一直給我不可靠的感覺。」

啪嗒從薇歐蕾的背包裡跳出來，鼻頭變成琥珀色，一如每次偵察到什麼不對勁時那樣。牠緊貼地面趴走，一路朝太空山前進，少年們跟在牠後面。到了遊樂設施前方，牠停了下來，不斷吠叫。傑瑞米不懂狗狗到底想表達什麼，宣告放棄，轉過頭去。

「嘿！世界小姐來了，或許有機會可以看見奧斯卡跟著她……」

蒂拉經過他們面前，卻當作沒看見；露薏絲剛跟他們會合，見狀退避一旁。

「喂，蒂拉，別假仙了！」傑瑞米對她大喊，「就算妳不想說話，看我們一眼也沒關係啊！反正我們也沒有話要跟妳說。」

女孩聳聳肩，繼續走她的路。傑瑞米改變主意，再次喊她：

「妳知道其他人在哪裡嗎？」

她瞪了他一眼，一點也不想回答，卻剛好看見躲在後面的露薏絲。

「奧斯卡跟我又沒結婚，我不必讓他整天黏著我。」她嗆聲，「就算我們已經一起約會又怎樣？」她又補上一句，目光狠狠射向法國女孩。

「如果我有聽懂妳的大吹牛皮，」傑瑞米掛著一絲嘲諷的微笑結論，「妳也不知道他在哪裡。」

蒂拉假裝沒聽見，專心瞪視露薏絲；女孩忍耐了一會兒，終究敗下陣來。美國少女得逞了，轉身離開。

「假如遇見了，我會替你們抱抱他。」她嗲聲嗲氣地說。

等到走得夠遠之後，她才重新開始在人群中東張西望，焦躁不已：她找了半個小時都找不到的那個人，真的就這麼人間蒸發了。

「蒂拉！要不要一起來？我們要去喝杯咖啡！」

她聽出赫拉西歐的口音，那個巴西帥哥。

她的目光在幾百個青少年中最後再搜尋一遍，仍一無所獲。女孩閉上眼睛，深呼吸，堆擠出她最迷人的笑容，然後轉過身：

「來了！」

帳篷下

左伊德神父走到一名資訊工程師身邊。

「很好，這次的藍圖非常完美，可以加入微處理器了。您打算生產多少？」他的語氣嚴苛，彷彿在自己主持的蛋蛋一號實驗室裡也無法相信任何人。

「兩千零二十三個，不多不少，完全遵照您當初的要求。」擔任工程師的性原細胞回答。

「性原二十五呢？那兩千零二十三名演化航行員已經徵召、清點、集合完畢了嗎？」

「正在進行中，完成後會把箭發給他們。」

性原二十五號跑到神父面前立正站好。

「啊！您在這裡。」神父嘟噥，「好了，好了，稍息，性原二十五，我說過，你們不是在軍隊裡。」

「是，神父！」性原二十五號像軍團傭兵回答長官問話那樣大吼。

馬托斯．左伊德神父翻了個大白眼，抓亂了他濃密的鬍子。別無選擇，只好習慣。不加緊趕工不行，箭枝的庫存量已創新低。自從羅傑遇見小卡洛塔（太棒了，看在她的安布里耶雙翼的份上），就不吝展現他的激情和他安布里耶島上的產物。

「好，性原二十五，帶著微處理器出發，立刻前往部落，去蛋蛋二號。他們在等您去把處理器加掛在箭上。」

「是，神父！」

性原二十五號併攏鞋跟向後轉，走到性原三十四號身邊。後者用電子密碼鎖住裝有珍貴武器的手提箱。前希臘神父注視著性原二十五離開，一時之間感慨地想起安布里耶雙翼的女祭司歐毛娜。好久沒見面了。他暗自許下承諾，打算搭下班火箭去看她。

性原二十五跳上一輛輕型車輛，駛到延伸到蛋蛋一號研發所天花板的整面玻璃牆前。他正想鑽進附近的細管，卻看見一個高大的身影，穿著一襲黑色緊身連身衣，從一小群演化航行員中冒出來。在安布里耶，他從未見過這樣的打扮——那身衣服的尺寸或許是超小號，也是他之前從來沒見識過的。於是他不得不慢下來。

「司機先生！」帕洛瑪喊他，一副女神已累壞了的模樣，「我們要去蛋蛋二號。」她一面說著，一面把醫族少年們推上車。

「你們是什麼人？」性原二十五問；對女星的身材曲線和裝模作樣似乎沒有感覺。

「不，親愛的，別告訴我說您竟然沒認出我？！」帕洛瑪回應，「難道您從來沒出過門，去一間有一排排座位對著前方的大銀幕，也就是人們稱為電影院的地方？」

奧斯卡湊到她耳邊。

「帕洛瑪，我們在安布里耶，也許他們並不懂……」

「天啊！寶貝，」她悄聲說，「你說得對。你真是太棒了，人長得帥，又有腦袋——二十年後，我們真的該再見見面。」

奧斯卡禮貌地點點頭，帕洛瑪則拍拍性原二十五的肩。

「好吧！」她大聲說，「沒關係，反正你笨得要死。不過，現在呢，蛋蛋二號在等這幾名年輕演化航行員，非常緊急。」

「但他們怎麼還沒去那裡？」男人不太相信，「這裡已經沒有他們的事……」

伊莉絲實在忍不住了，粗魯地推開帕洛瑪，趾高氣揚地挺立，睜大眼睛，瞪著性原二十五。

「聽好，我們真的還有別的事要做，不想搞砸這次任務。所以，給我加速，不准再問問題。」她展現傳奇的魅力與溫柔，一句話封住他的嘴。

比起帕洛瑪的話，女孩專橫的語氣似乎對性原二十五反而有效。他踩下油門，車子衝進隧道。

過了一彎又一彎，彷彿有永遠轉不完的彎路。他們駛入了較寬敞的一條半透明細管，管壁上鑲有一格格的透明窗。奧斯卡冒險地探出車外，觀察風景：他們正橫越中間的連結道，從一座圓頂駛向另一座。景觀極為險峻，就連平時心臟很強的莎莉也癱在座位上。帕洛瑪低下頭，輕聲對學員們說：

「你們可要高興了，親愛的孩子們……或許我們不必在蛋蛋二號待一輩子了。」

「為什麼？計畫改了？」艾登問。除了帕洛瑪．魏特斯在最後一分鐘才宣布的意外決定以外，他沒有不喜歡的事。

「因為你們絕對想不到，我們要找的東西，就在距離我們二十公分的地方。」她說。

所有人的目光都集中在性原二十五放置在駕駛座和乘客座之間的手提箱上。摩斯一把推開艾登和奧斯卡，伸出手，卻被帕洛瑪斷然阻止。

「我來扭斷他的脖子，拿了手提箱之後，就立刻走人。」摩斯盯著性原二十五的頸子說。

「想都別想，可憐的傻男孩。讓我來處理。」

她保持大明星受訪的姿勢：蹺腿併攏，一手輕揮，另一手擺在膝頭，並繼續裝出什麼事都沒發生的樣子。然而，奧斯卡卻察覺一個細微的小動作：她正在腰間的小皮囊中翻找，拿出一只綠寶石色的玻璃板。她把連身衣的拉鍊又往下拉了幾公分，悄悄地取下頸子上的鍊墜，貼印在玻璃碟上，把兩樣東西疊起來，一起伸向手提箱。碰觸到箱子後，鍊墜亮了起來，一組密碼顯現在綠寶石碟上。性原細胞猛然回頭，帕洛瑪連忙藏起鍊墜。她對司機露出個迷人的笑容，然後湊近醫族少年團員們：

「運氣不好。」她悄聲對他們說，「本來想幫你們把任務變得輕鬆一點，但現在只好維持原計畫了。」

「剛才讓我行動不就好了。」摩斯生氣低吼，「那手提箱早就到手了。」

「而我們也早就沒命了，小自大狂。」夫人冷冷地反駁。

她轉頭對其他人說：

「你們都明白應該怎麼做了嗎？那麼，別再廢話。」

他們默默點頭，一路聽話地保持安靜，直到車子駛進一座遼闊的圓形大廳。大廳中央一個棕色三角錐，錐頂聳立到蛋蛋二號的天花板。車輛繞過三角錐，慢慢減速，在均分圍繞十座雄偉城門中的一座前方停下。

「哪一間？」性原二十五問。

「我們在這裡下車就好。」帕洛瑪回答，「謝謝，即使您對電影一竅不通，但您真是位好心的天使。」

所有醫族都下車，車子重新發動，淹沒在繁忙的交通車陣中。帕洛瑪和少年們也混入安布里耶人群，消失不見。

性原二十五最後把車停在蛋蛋二號中央，那座活像印地安帳篷的三角錐前方。他到門前報到，然後穿越一座金屬拱門下方。門旁的一面玻璃面板螢幕顯示他的臉孔和註冊資料。大門開啟，一個膚色深棕的男人現身。他也穿著一套連身衣，但是腳上穿的是非常柔軟的流蘇麂皮靴；烏黑的頭髮編成辮子，用碳纖羽毛裝飾，活像一個印地安人，從西部片跑出來，然後被投石器丟進電影《星際大戰》某一集的未來場景。

「日安，偉大精種部落的精種一四五！」性原二十五重拾良好的老習慣，高聲招呼。

「日安，性原二十五。」土著機械化地回應。

他的臉部線條粗獷，顴骨高，眼睛黑，幾乎呈兩道斜長的隙縫，不透露一點情緒。性原二十五把手提箱交給他。

「微處理器都在這裡——總共有兩千零二十三個，不多也不少。」

精種一四五接過箱子，後退一步，門又關上。

土著有如一頭貓科動物似的消失在一道布幕後方，來到一間安全隔離密室。密室另一側，有許多穿著連身服，戴著口罩和手套的精種土著，全部面對各自的電腦螢幕工作。實驗室中央，厚厚的玻璃壁後方，有一條生產線在幾名工程師的控管下運作。其中一個人打開了密室的門，精種一四五把已經解鎖的手提箱交給他，然後離開。

開門者回到實驗室內，小心翼翼地把珍貴的貨品放在生產線初端。他打開手提箱，輕輕把裡面的東西清空，放入一只盆子裡。

「很好，」他說，「箭枝都準備好了，只等把晶片放進儲存槽就大功告成。」

生產線重新開始運轉。安全玻璃後方，半透明的塑料箭枝用夾子吊起，魚貫而過。從外部遙控的機械手臂夾起晶片，精準地置入每枝箭頭隆起的頂端。男人抬眼看了看附近的螢幕，轉身對同事說：

「你可以通知通道的供應中心，告訴他們箭枝在兩百二十七秒後就能出貨。」

一下車混入安布里耶熱鬧的人群中後，帕洛瑪就帶醫族少年隊朝第一座城門走去。這些門是用一種類似壓克力的奇怪材質建造，在一塊突起的牌子上，寫著「AC1」。

「……演化航行員預備室一號。」帕洛瑪解釋，「領取箭枝之前，他們先在這裡準備著裝，然後去駕駛火箭。十間預備室對著出發通道。通道環繞蛋蛋一周，直通太空梭。就位上路了，女孩們！」她下令。

莎莉深呼吸一口氣，打開預備室的門，站在門口，心跳得很快，但腳步英勇。從體型和姿態來看，混在演化航行員中，她並不顯眼惹疑。

「總共有幾個人？」帕洛瑪問；她跟其他少年一起躲在門後。

「三個。」莎莉回答，沒有回頭。

「很好！該您上場了！」

預備室裡高談闊論，陣陣笑聲。航行員們一面聊天，一面配戴武器，卻聽見通道上傳來蓋過所有聲音的吆喝：

「裡面的人動作快點！快，AC1、AC4、AC9，慢吞吞的，拖拖拉拉！現在要發箭了！」

這三人連忙加快手腳。帕洛瑪把莎莉和伊莉絲往裡面推。

「快去，攔下他們！再等下去就來不及了！到時他們已經出發了！」

「但我要怎麼阻攔他們？」莎莉面無表情地問；伊莉絲跟在她後面，身體僵硬挺直。

「我哪會知道？跟他們聊聊，誘惑他們啊！親愛的！」帕洛瑪嘆了口氣，惱怒地說，「或者，對了，妳也看得出來，妳可以命令他們！這裡的人最愛這一套！其實，很多男人都愛，儘管他們營造相反的形象。不過我沒時間示範了，妳們自己即興發揮吧！」

這一次，莎莉難得踩煞車，露出為難的表情。

「可是我天生就不會閒聊和下命令，我擅長的是行動！」面對同伴們質疑的眼神，女孩做出這番解釋，「你們很清楚，我總二話不說，單刀直入！」

帕洛瑪本想回應，終究只做出跟三個男孩一樣的反應：轉頭望向躲在莎莉影子裡的伊莉絲。

「說到下命令，嘿嘿……」

她露出微笑，睫毛膏下的綠眸閃閃發亮，抓住莎莉的袖子，把她拉回來，然後悄悄關上一號預備室的門。伊莉絲瞪大眼睛注視他們，戒備起來。

「怎麼了？你們大家都怎麼了？」

她後退一步，看著帕洛瑪帶著狡詐的笑容向她逼近。

「所以呢，」帕洛瑪拉開女孩和自己的連身衣，下了評論：「每人都需要一個暴君。脫掉這玩意，動作快！」

伊莉絲雙臂高高環抱，狠狠地瞪著每一個人。

「想——都——別——想！」

弄痛我！

航行員三人手忙腳亂地固定斜揹箭袋。他們的心情顯然很歡快，互相開著玩笑。

「我說，老兄，你以為，灌下剛剛那全部的印地安酒之後，你還能瞄準什麼東西……你現在連箭袋都扣不起來了！」

他們大笑起來，被笑的傢伙攀住自己的置物櫃，以免跌倒。

「欸，反正，也沒有要發射嘛：根據來自賽瑞布拉的情報，羅傑睡得很熟，而他老婆也不在，所以——」

一個聽起來跟這陣笑聲一點也不搭的聲音打斷了他的話。

「你們在這裡混什麼？」

他們一齊回頭，看見一名年輕女子，從頭到腳裹在一件黑色乳膠緊身連身衣內，兩腿併攏，雙臂交叉，握著一條金墜子的項鍊轉啊轉。

一時間猜不出她的年紀。反倒是她的表情，不等歲月歷練，已顯得威權嚴厲：榛果色的雙眼有點凸，眼睛上方兩道山形眉，眉心之處一條惱怒的粗紋，薄扁的嘴唇抿得緊緊的，下巴有稜有角。演化航行員與其他安布里耶族不同，已有遇見女性的經驗：畢竟他們常前往安布里耶雙翼。不過，眼前這位與纖細的寧芙女仙判若兩樣，也不像三號小宇宙的女戰士。這樣倒好：面對這樣一張不友善的臉孔，他們之中應該沒幾個人願意再去一趟。

「我們在通道上等你們，而你們卻在更衣室說笑？」她情緒激動地怒吼。

毫無疑問地，她天生就愛擺臭臉。

「噢！您來跟我們喝一小杯，放鬆一下吧！」三人之中醉得最嚴重的那個提議，並從他的置物櫃裡拿出一只酒壺。

伊莉絲大力深呼吸，瞇起眼睛。她的臉框在連身衣的帽子裡，活像一個嚴肅的老修女，但又會讓新進的小修女勸她換件迷你裙上夜店狂歡。

她踩著帕洛瑪那雙細尖高跟靴，向前一步，再走一步，謝天謝地，竟然還能站著沒跌倒。於是，她專注做好她拿手的部分，用最高的標準、最狂暴的方式，執行剛才帕洛瑪規定她做的任務：發脾氣。

她完全氣炸了，無論就實際情況還是引伸含義而言，真的怒氣大爆發。

她扔出鍊墜，嘴裡唸唸有詞，男人不懂她在說什麼。項鍊飛入空中，纏繞酒壺，壺身突然發燙。男人被燙得哀叫一聲，鬆開了手。酒壺浮在半空中，金字母印貼壺身，壺身開始融化，不到幾秒，只剩地上一灘水。男人目瞪口呆，抬眼望著她：

「您……您是什麼人？」

彷彿導彈的追蹤彈頭被啟動了似的，伊莉絲朝他的方向轉頭，緊盯不放。演化航行員只來得及學他兩個同事，背部緊貼更衣室的置物櫃，雙臂雙腿大開。黑皮衣女魔頭就在距離他們二十公分的地方，高大，無形，恐怖駭人，一面說話，一面用她的項鍊拍打櫥櫃的金屬殼：

「只有（鏗鏘）……我（鏗鏘）……可以（鏗鏘）……問（鏗鏘）……問題（鏗鏘）！」女

孩咆哮。

他們只敢拚命點頭。伊莉絲把項鍊戴回脖子上，隨便從一個櫃子裡抓起一根塑膠棍。她冷冷地把棍子夾在腋下，挑起一邊眉毛，彷彿閱兵似的，在他們面前走來走去。

「為什麼總是要我生氣，大家才肯聽話，服從我的命令？在家裡是這樣；而外面的其他人，」她說著朝門口撇了個頭，「也是這樣……不可原諒！」她用比平時刺耳的嗓音更高八度的聲音尖叫，塑膠棍同時擊在一張長椅上。

她背靠在第四個置物櫃上，用鞋跟踢門。在空蕩蕩的預備室中，撞擊聲宛如槍響。

「你們不會這樣，對吧？」她的語氣出奇平靜。

「不會，夫人！」

「那麼，從現在開始，我會給你們命令，你們必須服從。」

「是的，夫人！」

門外，奧斯卡、摩斯、艾登和莎莉把耳朵貼在門上，不知道該訝異還是該笑。帕洛瑪警告他們：

「小心，不要害她分心！」

「但是她根本不需要特別專心啊！」奧斯卡回應，「這是她自然的表現！」

「好一個權力女神！」過氣女星悄聲說，「我簡直要嫉妒她了！不過，她必須快點才行。少了三個航行員，終究會引發懷疑……」

「應該馬上通知她。」莎莉急得跺腳。

「不，就讓她去處理吧！」奧斯卡回應。他剛捕捉到伊莉絲朝這裡探看的目光。

伊莉絲連忙回頭，棍子擊落在置物櫃上，差一點打中第一個傢伙的臉。他屏住呼吸，情緒似乎已從驚嚇轉為期待，沉醉在女孩的聲音和動作裡。

「我說什麼你們就做什麼。」

那名航行員含糊地呵氣答應。她稍微後退了一點，皺起鼻子，隨後改變主意。

「首先，我命令你先去刷牙。你的口臭太恐怖了，我最討厭男人聞起來一身酒氣。」

「噢不！伊莉絲，拜託，別犯潔癖，現在不要啊！」奧斯卡低聲請求。

伊莉絲似乎聽見他的心聲，因為，讓大家如釋重負地，她改口了：

「不過，沒時間了——你們沒時間，我們也沒時間。」

「我……我們？」第二名航行員問，「妳……你們有好幾個人？」

伊莉絲的靴子一腳踏在大理石地板上，發出輕脆的響聲；那三個傢伙於是稍微又警醒一點。

「我剛才說什麼？不准發問，服從就好。好了，剛才說到哪裡？」

「您要給我們命令。」那傢伙回答，嗓音沙啞，欲望已戰勝恐懼。

「你們喜歡命令嗎？」

「噢，喜歡！」三人齊聲高喊。

伊莉絲感到一股難以言喻的喜悅高漲，如潮水般將她淹沒。終於！漫長的十四年來，生平第一次，她遇見了喜歡命令的人，而且，他們隨時準備服從，大氣都不吭一聲！她的面貌丕變，嘴角揚起，形成某種她十分陌生不拿手的表情。預備室外微敞的門後，莎莉差點跌個四腳朝天。

「快捏我！我一定是在作夢！伊莉絲笑了！」

艾登不敢置信，試圖鑽到門縫旁。

「妳沒搞錯？那不是鬼臉？」

「嘿！」摩斯發現了新大陸似的，「我甚至不知道她有牙齒！」

預備室裡，伊莉絲喜形於色，拿著棍子，一下一下地拍擊掌心。

「那麼……跪下！三個都跪，快！」

三人連忙屈膝。

「低下頭！我要看到你們的光頭後腦！誰是你們的女神？嗯？**快回答！**」她一面吼，一面敲打周圍所有擺設。

「是您！」三人一起高喊，既興奮又害怕。

「這些男人……全都一個樣！」帕洛瑪搖頭嘆氣。

「帕洛瑪，快看！」奧斯卡湊近對著通道的玻璃窗對她說，「一名土著剛把一批箭運到一輛電動推車上。推車好像配備了裝甲……他們很小心地保護著這些箭枝。」

「所以才必須要手段騙他們啊！不過，該叫那個小妞別再玩媽媽揮著小皮鞭的遊戲了，得趕快解決他們！不快點不行！分派工作馬上就開始了，他們會發現少了三名航行員！」

「快點！伊莉絲！」莎莉從門縫低喊。

伊莉絲轉過頭來，一個傢伙也跟著回頭；伊莉絲往他腦袋敲了一記，迫使他俯身。女孩默默懇求同伴，低聲說了幾個字。

「不，妳不能再玩『一下下』，我們已經來不及了！」莎莉悄聲回應。

伊莉絲滿腔怒火，卻也只好妥協。

「現在，」她堅決地說，「我要你們趴下，額頭貼地。」

三名男子不等她多要求，立刻仆倒，不斷喘息。伊莉絲在腰間的囊袋中搜尋，遠遠地觀察帕洛瑪的手，從工具包裡的各項武器中，認出導師展示的那一樣。她拿出一個小瓶子，謹慎打開瓶蓋，彎腰滴了幾滴在她的高跟靴上。一陣綠寶石煙霧冒出，鞋尖閃耀同色的亮光。她站直身子。

「靠近我，再靠近一點！像要親吻我的腳那麼近！」她說，毫不掩飾歡快。

他們爬到鞋尖，鼻子和嘴唇湊上黑色皮革，剛好就在亮點上。

三人中的第一個起了反應：他艱難地抬起頭，彷彿被千斤頂壓住。

「發……發生什麼事？我發生了什麼事？我……不能……」

接下來的話變成一串含糊不清的奇怪呢喃，他宛如一個布娃娃，垂下了頭。他的兩名同事也步上後塵，想挪動胳臂，站起身來，卻完全無法動彈，四肢已無反應。

帕洛瑪埋伏在門後，就等這一刻：她把莎莉和三個男孩推進室內，自己殿後並關上門。

置物櫃前，伊莉絲漫不經心地把玩棍子，一隻靴子的鞋尖戳著一名航行員，很滿意剛才那一幕。可憐的男人們倒地不起，動也不動，癱軟無力，什麼也做不了，只能急促呼吸，眼珠子驚慌亂轉。

「這瓶癱瘓靈真厲害！」帕洛瑪欣喜若狂，「連話都說不出來……但保留了呼吸肌肉的運作。謝天謝地！看來，我的化學工程師雨果．丹拉麥果然了不起！」

「而我，我很失望。」伊莉絲板著臉回應，「我難得找到聽話順從的人……早知道，我永遠也不會聽您的！」

「別擔心，」帕洛瑪安慰她，「他們不會是最後幾個服從妳的人。妳在這方面似乎很有天分……」

伊莉絲脫下高跟短靴，仔細檢查帕洛瑪還給她的平底便鞋。昔日女星踩上高蹺，舒爽地輕嘆一聲，催促男孩們。他們急忙撲向三人的置物櫃，匆匆揹起箭筒和彎弓。

「動作快！」她喝令，「他們已經開始分發箭枝！」

三個男孩戴上頭盔，綁好軍靴，戴上手套。奧斯卡確認鍊墜牢牢掛在項鍊上，走向艾登，幫忙他調整射弓，卻被男孩一把推開。

「你們都別來煩我！」他忍無可忍地對奧斯卡粗魯大吼，「我自己可以做得很好！把弓揹到背上這種事，不需要任何人幫我！」

奧斯卡嚇了一跳，注視著他。艾登忽視他的目光，走向帕洛瑪。

「我準備好了。」他語氣堅定。

摩斯向前，鼓起胸膛，微微一笑。

「搞叛逆啊？小蛆蛆！」

艾登咬緊牙關，稍微沒那麼自信，但仍穩穩撐住。三名醫族少年跟著帕洛瑪走到預備室另一側的門邊，通往空橋。

「話已經說得很清楚，」他們的導師重申，「你們每個人各自領取箭枝，然後偷偷溜走。我們在這裡等，別拖延浪費時間。這邊有人作陪。」她說，對癱躺在地上的三名航行員露出同情的微笑。

她打開門。

「祝你們好運，男孩們。」

奧斯卡、艾登和摩斯消失在門板後面。她對莎莉和伊莉絲說：

「為了有事可忙，兩位小姐，我建議妳們做這件事：讓我們把這三位迷人的先生拖到這排置物櫃後面。萬一有人進來，一眼撞見他們這副模樣可就麻煩了。」

她轉頭朝門口看，無法隱瞞擔心的眼神。

「如果忙完還有一秒鐘的時間，就讓我們為那三個祈禱……」

當羅傑想卡洛塔

奧斯卡、艾登和摩斯在通道隊伍末端排隊。

「動作真慢！」一個比較年長的男人對他們大吼；看起來正在調節人流，引導大家往通道另一端的分發處前進，「你們一直待在裡面混什麼？」

奧斯卡和艾登只默默低下頭，摩斯卻不能忍受反對意見，不管來自青少年還是成人都一樣。他冷冷地回答：

「我們在裡面玩PSP（Playstation portable），怎樣？」

「你在找什麼麻煩？」奧斯卡驚呆了，質問他：「想被抓嗎？閉嘴好不好？！」

「你弱不禁風是你家的事，我呢，我不喜歡陌生人命令我。」摩斯反嗆。

幸好，小組長被叫去支援通道另一個位置，摩斯挑釁的言詞才沒引起麻煩。

現場已有兩千零二十名演化航行員報到完畢。最早到的一批已經領到箭枝，各組小隊長不時吆喝，加速人流前進。多虧有效率的分配模式，隊伍不斷往前。人們魚貫進入一個箱型隔間，在裡面靜待一會兒，等一台機器射一枝箭到他們的箭筒裡。

「拿到箭之後，就回到你們各自的預備室。」組長們不厭其煩地重複。

幾分鐘之內，兩千零二十個人都裝備完畢；輪到三名醫族少年了。摩斯率先領箭，其他人跟在後面。奧斯卡進入箱型隔間，聽見那個聲音第兩千零二十二遍重複相同的指令：

「向前走到腳印處，雙腳踩上去，直視前方，注視對面牆上的綠色亮點。等門再度開啟，你就可以出去。」

醫族少年一字不漏地依照指示去做，感到箭射出箭筒的力道。他的心跳開始加速。目標已近在眼前：這枝箭裡裝有體內各世界的建造藍圖；不久後，他即將完成最後一道手續：改造安全置放在崙皮尼宮殿煙霧玻璃柱內的O屋；然後，他功勳腰帶上的第三個囊袋總算可以封存一項新的戰利品。

他走出隔間，跟著其他已配好裝備的航行員走回預備室。在他前方，摩斯已打開第一間準備室的門，不動聲色，冷靜地走進去。他也安全穿越門口，但輪到艾登時，卻警鈴大作。響聲震天，整座圓頂似乎都搖晃了起來。不到幾秒鐘的時間，蛋蛋二號以無法形容的規模超速運轉，宛如被人踢了好幾腳的螞蟻窩。人群從四面八方湧出，所有廳室照明大亮；車輛在圓頂下轟隆奔馳，載運幾百名人手進駐各處。

然而，最不安的騷動來自各預備室內。演化航行員們有的靜靜地從通道回來，有的在蛋蛋二號的走廊上閒逛，此刻卻如潰堤的洪水奔流，又衝回通道上。擴音器裡傳來吼叫：

「注意！所有配備了箭枝的演化航行員注意！我再重複一次：所有配備了箭枝的演化航行員注意！即刻總動員，前往通道空橋集合，準備登上潘尼斯一號！發射台正在逐漸升高。」

奧斯卡和兩個夥伴在人群中慌忙尋找，終於認出帕洛瑪鶴立雞群的身形。她大力對他們招手。

「過來！」她用力大喊，極力蓋過嘈雜鼎沸，「我們必須盡快出去！」

奧斯卡試圖闖出一條路，卻被一隻強而有力的手按住肩頭。

「你要去哪裡？」一名魁梧的航行員衝著他問，「你沒聽見人家剛才說什麼嗎？所有人去出發通道集合，立刻行動！我們要登艦了！」

組長把他的身體往後轉，推他入列。過了一會兒，摩斯和艾登也被用同樣的方式徵召，根本別想逃跑。

一切進行得好快：隊伍如水流一般從門口瀉出，奧斯卡一下子就排隊來到沿著蛋蛋二號建造的通道上。眼前的景象令他著迷——而對於此後自己的命運也惶恐不已。在他身邊，巨大的潘尼斯火箭發射台緩緩地但堅決地朝天空抬高。引擎已經開始轟隆作響，而在下方基地，巨大的發動機附近，熱氣蒸騰；所有景物，包括整座圓頂望上去模糊搖晃。男孩三人面面相覷，難得團結一致。事情的發展與計畫完全不一樣，情勢顯然非常糟糕。

幾十公尺外，莎莉躲在一排置物櫃後，偷偷觀看他們；她愛莫能助，十分沮喪。而伊莉絲則大發雷霆。

「這下好了！他們要好好準備工作，我閉嘴不敢說話，還馴服三名演化航行員，這一切是為了什麼？全泡湯了！噢不，這一次，再怎麼求我也沒用，等他們從這趟太空旅行回來之後，我一定要告訴布拉佛先生！」

「這個嘛，」帕洛瑪喃喃地說，「也要他們這趟旅行回得來才行。」

她轉身，綠眼睛注視兩個女孩。

「我不知道羅傑那個笨帥哥到底發生了什麼事，發射台怎麼會這樣昂起，準備發射火箭；不過，我一定要在火箭載著我們的少年朋友進入軌道前阻止……至於妳們，妳們留在這裡別動，聽見了嗎？」

「什麼？！」伊莉絲尖叫，「即使那幾個男生都死定了，您還是要把我們獨自留在這裡？」

帕洛瑪聳聳肩，消失在蛋蛋二號的混亂人群中。莎莉轉頭對伊莉絲，忍無可忍：

「妳真的覺得非要在任何時候都胡說八道不可嗎？」

崙皮尼女爵在觀察室中央現身，頭上綁了一圈髮帶，將一根羽毛裝飾固定在假髮上，一如瘋狂年代時期的流行風尚。她拉好查爾斯頓舞裙，簌簌沙沙地拍撢灰塵，拉拉天鵝絨長手套。魏特斯夫人本來坐在一張綠寶石色的釘釦沙發裡靜候，看見她從羅傑的體內出來，嚇了一大跳。

「安娜瑪莉亞，您這麼快就回來了？」

「什麼這麼快？我在這個男孩的第五世界裡揮汗如雨，已經半個多小時啦！而且，先前我們就是這麼說好的，不是嗎？」

貝妮絲．魏特斯無法抑制她愈來愈不安的情緒：羅傑已脫離控制，但醫族少年隊的任務尚未結束。當然，有帕洛瑪陪著他們；而且，雖然她們兩姊妹在許多事情上意見相左，對彼此的生活方式看法特別不同，但其實她非常信任姊姊。然而，目前為止，最讓她安心的，畢竟是知道女爵進入了羅傑的大腦。有她在，安布里耶世界就不會受到可能干擾旅行的思想動搖。現在，女爵已經回來了，她擔心發生最糟的狀況。

「您聽見我說的了嗎？貝妮絲？」女爵問，對著空氣說話的感覺不太好。

「抱歉，您剛才說什麼？」

「我說，這個男孩滿腦子只想一件事：就是他的嬌妻。我跟您發誓，這真的很麻煩！我使出吃奶的力氣，好不容易才止住賽瑞布拉裡那些誘人遐思——細節我就替妳省下不說了。」她帶點淘氣地說。

「真是非常感謝您。」魏特斯夫人向她道謝。

「我剛才心想，在那個年紀，賈恩卡洛有沒有這麼愛我？」

「我相信，不管是那時候還是現在，他肯定都那麼愛您。」魏特斯夫人回應，偷偷瞄了手錶一眼。

到現在，她的姊姊和精英團隊出發冒險已整整三十八分鐘。她沒辦法掃除那揮之不去的恐懼直覺。尤其是，萬一，真的像安娜瑪莉亞．崙皮尼所說的，這個年輕人的整個腦子都被秀色可餐的卡洛塔佔據的話。若要讓自己安心，知道羅傑的欲望對他的安布里耶島並未造成影響，只有一個途徑：偵察出一項生理證據。

她走向年輕人，不去看那張熟睡的笑臉，專心檢查他身上某個特殊部位：胯下。貝妮絲．魏特斯摘下鏡片，仔細擦乾淨，重新戴上之後，把眼睛睜得又圓又大；遺憾的是，她不是在作夢，牛仔褲無庸置疑地緊繃隆起。

她轉頭望向安娜瑪莉亞：女爵也剛把目光聚焦在同一個部位，明白了這個現象的相關後果。

「您說得沒錯，安娜瑪莉亞。」魏特斯夫人哀嘆，「這個男人正在熱戀中。而且，愛得很深，唉！」

「而如果我們的年輕朋友們還在蛋蛋二號裡，那可真是掉進了一個爛泥坑……」

新計畫

魯斯托可夫在迪士尼商店的走道上來回踱步。他的約見應該在五分鐘之前就開始了。黑魔君究竟派了誰來？要跟他說什麼？他知道自己需要付出代價——或者償還艾菲爾鐵塔行動的失敗。而如果，現在，對方要他等，想必是因為，那人知道：在背負罪惡感，或成為上司瞄準的目標時，等待是最煎熬的事……

他提振精神。有什麼好怕的？沒有。他一直做著該做的事，如果沒做到，都是那群該死的醫族害的。黑魔君應該能體會：幾年前，那個強大族群也讓他自己吃了不少苦頭……

數不清是第幾回，他又走到面具區：除了那個試戴一副巫婆面具的棕髮少婦以外，這裡只有他一個人。他焦躁地把玩唐老鴨的面具，暗中偵察附近有沒有熟面孔。

「一隻鴨子……滿適合你的。」

他緩緩轉過頭去，不去看身旁的少婦：光聽聲音就夠了。

「妳的評論留著自己用！」他低吼，忿忿地扭轉手中的唐老鴨矽膠面具。

「這評論不是我說的，而是那位……你知道是誰。一隻鴨子，沒錯，就是你：一個沒用的傢伙。」

他猛然轉身。少婦已拿下面具，迎對他氣憤的眼神。

「他們在哪裡？」拉薇妮亞問。

「關妳什麼事？妳別來搗亂。這項任務，黑魔君是指派我去執行。他要我看管他們，然後把他們做掉。」

她銳利的目光打量探測魯斯托可夫，彷彿真相寫在他臉上。

「你沒回答我的問題。這表示你跟丟他們了？可憐的奧里克，憑你的功力殺不掉他們，這還說得過去；但是就連監視都……」

他不想再被拖進她的挑釁把戲，於是決定露出微笑。

「妳是特地來教訓我的？別忘了，在那個廚娘的體內，妳差一點就死在妳的小潛艇裡了……還得靠他出手救妳。」

她挑高眉毛，也對他報以微笑。

「不，我不是來教訓你的，雖然你的確欠教訓。」她反嗆，「我是來向你宣告：你的事由我接手。」

魯斯托可夫臉色一沉。

「這是什麼意思？」

「意思是該我上場了。」

「妳？妳要殺他們？」

他做作地哈哈大笑起來。她任由他兀自笑完，繼續又說：

「恰好相反，現在已經不是殺掉他們的問題了。我要利用他們。他們其中一人握有無價之寶……」

「是什麼寶貝？」魯斯托可夫問；他的好奇心立即被點燃。

她沒回答，只粗魯地把他推到一面貨架後方。櫥窗外，距離他們幾公尺之處，露薏絲、巴特、傑瑞米和薇歐蕾剛好經過。啪嗒狂吠起來。傑瑞米轉頭張望，彷彿櫥窗裡有個動靜引起他的注意。他放慢了腳步，但又被哥哥拉走，繼續往前。

拉薇妮亞與魯斯托可夫一起走出藏身之處。他撫平西裝，轉身面向她。

「我有一個計畫。」她說，「而你呢，或許，在捅出這個漏子之後，你能有個機會贖罪。高興點，感謝我吧！」

「妳去死吧！婊子！」魯斯托可夫心想。

「……而且，特別要注意的是，聽好，」她把面具隨手扔進一個籃子裡，「不准再問任何問題。」

神綁架

「您是什麼人?在這裡做什麼?」

馬托斯．左伊德神父緊盯著左右擺盪的鍊墜不放──他一眼就認出這是什麼。他厚實的大拳頭握緊，氣得鬍鬚顫抖。醫族出現在安布里耶，這是最糟糕的徵兆：不是藍圖被偷，就是箭枝短少，隊伍渙散。全是他最厭惡的情況。他朝左右各使了個眼神，警告性原細胞；他們團團圍住實驗室中央的陌生人。

帕洛瑪坐在一張辦公桌的桌緣，放聲大笑，蓋過刺耳的警鈴，並漫不經心地不斷擺盪她的金字母。

「馬托斯，親愛的!您怎麼可以這麼狠心!」她放下連身衣的帽子，披瀉一頭烏黑秀髮，「人家再見見見到您可是開心極了呢!」

「帕洛瑪．魏特斯!」左伊德神父驚呼，愣在原地。

他沿著帕洛瑪雌豹一般的身材曲線掃視，目光中閃著渴望；揮手示意性原細胞冷靜，堆起最有魅力的笑容，朝她走來。

「帕洛瑪，我怎麼可能忘得掉?只是不敢奢望再見到您，更沒想到會在這個年輕人的體內相遇。」

「不敢奢望是對的：我們上次見面時，您完全無視於我的存在，一心追逐一個名不見經傳的寧芙小仙女……」

「您自己的眼中也只看得見一個精原土著肌肉男。」

「對一個少女，怎麼能提醒這類的往事呢？」她嘟起嘴撒嬌，「好壞，壞壞馬托斯，您真是難以想像的壞胚子……但是我原諒您。」

神父努力再多露出一點潔白光亮的牙齒，再往前湊近些，摩挲她的臉。

「好了啦，帕洛瑪，關於這件事，我們半斤八兩；所以，與其吵架，不如——」

「……找到個協調的辦法，您說得對。」帕洛瑪打斷他，語氣突然強硬起來。

馬托斯．左伊德退後一步，皺起眉頭。

「協調辦法？」

「對，親愛的。您必須中斷潘尼斯一號的發射行動，立刻馬上。」

這回輪到左伊德神父放聲大笑。

「哎呀，帕洛瑪，我想，您讓我最喜歡的一點，就是您很有自信。當然，還有您無與倫比的美貌，但是……」

帕洛瑪抬眼看安布里耶首長頭上的一面懸空螢幕。倒數計時已經開始，她沒時間再聽這個老男人花言巧語。

「晚一點，馬托斯，晚點再說。我趕時間，馬上停止這玩意兒。」她態度堅決，收起原本交疊的雙腿站起身。

神父收起笑容，兩人對視，誰也不讓誰。

「您不是來看我的，帕洛瑪；您腦子裡藏著什麼意圖？」

「我再重複一次：立刻停止運轉，取消火箭發射。」

「您瘋了，根本是在浪費我們的時間。假如您沒有別的事要對我說……」

「沒有。」帕洛瑪用指尖梳理馬托斯的一撮鬍鬚，「沒有別的事要說。我只能直接動手了。」

一群男人衝入實驗室。她以無比敏捷的身手後退，對著所有電腦揮舞鍊墜。

「別傻了，帕洛瑪。您以為您能做什麼？我的機器都受到保護，藍圖都有備份，安全地存放在四號小宇宙。您這麼做毫無意義。」

「我對您這些電腦沒興趣。假如您拒絕執行我的要求，您的整座實驗室都會被我粉碎，羅傑這一輩子從此性無能而且不孕。」

左伊德神父火冒三丈。

「您真的以為用您的鍊墜就能摧毀這裡的一切，而我們都會來不及阻止？」

「只用鍊墜，的確不行，但是加上這個……」

他跟著過氣女星的目光望去，驚駭地發現她身旁的牆上黏著一個小圓柱體。

「通波靈，」帕洛瑪面不改色地說明，「帕洛瑪實驗室的最新成果。當我鍊墜上的光束接觸到圓柱體，劇烈的爆炸可以摧毀水域大網絡任何一條河道上最嚴重的阻塞物。那麼，一座小小的實驗室，您可以想像……」

「您也會一起陪葬。」

「我真感動，您會為此而悲傷；不過，對我來說，我不在呼。我一直夢想著在最光光光榮的顛峰時刻離開。」她宣稱，頭向後仰了一下，「別逼我證明，馬托斯，立刻下令中斷發射行動。」

「醫族小魔頭！」神父怒罵，「您要為此付出代價！不管怎麼說，我在這裡已經沒辦法介入。」

「為什麼？」帕洛瑪問，不敢掉以輕心。

「發射太空船的指令一旦下達，接下來的所有程序都由蛋蛋二號自動運作。這項措施就是為了防止萬一有那麼一個人，像您一樣，在這裡，在這座指揮中心，擅自決定一切。」

濃妝之下，帕洛瑪臉色發白。這麼一來，三名醫族少年死定了。左伊德神父微笑。

「這一次，最後不是您說了算。」

她再看一次螢幕上的倒數時間。兩分四十五秒。微不足道，但或許也夠了。

她迅速撲向牆壁，貼上鍊墜，取下武器，並突襲對手；神父根本來不及反應。

「那是您自己這麼認為。」她說，並把通波靈圓柱塞進建築師的鬍鬚裡，「別想摘掉：您會觸發自動引爆裝置。」

她把他推向門口，攔下一輛經過的車輛。

「上路！」

送上軌道，跳電！

奧斯卡最後一次轉頭望向空橋通道，以及，再遠一點的，預備室附近的圓頂玻璃落地窗。絲毫沒有女孩們或帕洛瑪的信號。

「你會讚嘆那上面的風景。」一名航行員軍官粗魯地對他說，並把他推進火箭：艾登已經坐在裡面。他回頭張望：摩斯還在出發通道下方。壯碩的體格和不怎麼友善的表情多少保護他不被長官催促，他故意拖拖拉拉。奧斯卡懷疑他腦子裡在打什麼鬼主意。摩斯怨毒地瞪了他一眼，顯然準沒好事。就在踩上繩梯的時候，那傢伙忽然大叫起來：

「小心！繩梯上方那個人，他是叛徒！是個……醫族！」摩斯伸手指控奧斯卡。

奧斯卡呆若木雞，動彈不得。摩斯這個混帳，竟然在一大群演化航行員中告發他！圍在他身邊的人們紛紛後退一步，另兩人則衝來抓住他。

「對！」摩斯得寸進尺，「就是他，那個高個兒！摘掉他的頭盔，拉開他的連身裝！我在更衣室看見了，他把鍊墜藏在裡面……」

航行員們一秒鐘也不浪費。一名小組長爬上繩梯；奧斯卡被牢牢架住，小組長摘下了他的頭盔。在憤慨的怒喊聲浪中，他拉下奧斯卡銀色連身裝的拉鍊。在已抬成垂直的發射器上，成列的巨型投射燈光照耀，金字母閃閃發亮。

「你是什麼人？」組長盤問，「為什麼在這裡？」

艾登撥開人群，來到火箭入口，驚惶地目睹這一幕。他還來不及後退避人耳目，摩斯又用同樣的手指指控他。

「他的同夥來了！」

不到一會兒，艾登也受到跟奧斯卡一樣的待遇。

「我們沒有要傷害任何人的意思！」奧斯卡大喊，「相反地，我們是來……來保護你們免於某項危險。」醫族少年情急之下編造了個理由。

「是嗎？」組長伸手越過他的肩膀，從箭筒中抽走他的箭，「那項危險，會不會就是你準備要偷走我們這枝箭？」

他也抽走艾登的箭，箝制兩名男孩的人群愈逼愈緊。

「等一下！」艾登大喊，「下面那個傢伙，他也是醫族！我們一共三人，而他比我們兩個危險多了！」

組長回頭轉身：摩斯已趁亂遁逃。奧斯卡和艾登拚命掙扎，憤怒欲狂。

「你們該抓的是那個混蛋，不是我們！假如讓他在外逍遙，他隨時會摧毀一切！放開我們，讓我們把來龍去脈解釋給你們聽。」

「放開你們？門都沒有！最好的辦法，就是把闖入這裡的醫族解決掉。我們不是殺人犯，但不想在安布里耶看到你們。你們來這裡只是為了奪走我們的東西。」

「這是為你們好。」奧斯卡試圖辯護，「是為了獲得所有醫族能力，對抗病族保護你們。你們不知道嗎？」

「閉嘴！你們不過是小偷罷了！小偷就要接受小偷應得的懲罰：我們把他們送入軌道，讓他們在兩個小宇宙之間永無止境地漂流，到生命結束那天為止。」

他轉身對其他性原細胞說：

「把他們捆起來，關進火箭的牢房，在半路上把他們丟出去。至於你們兩個醫族，在分隔安布里耶之翼和安布里耶島的星際之間，我就不相信你們能找到你們著名的蛇盃。祝你們一路順風：這趟旅程恐怕要持續很久。」

兩個男孩被拖進火箭裡，牢牢地綁在相鄰的座位上，門一道道關上，伴隨一連串封鎖的聲響。

奧斯卡閉上眼睛。不，絕不能用這種方式結束，不能在一個沒有人找得到的空間裡永遠流浪。他的路還很長，他知道；他的個性不是那麼容易放棄，今天比任何時候更加堅定。家人的面孔一一浮現腦海，然後，還有蒂拉。蒂拉的眼睛。歡笑著的蒂拉。驚惶失措地祈禱，希望他從即將墜落的電梯中出來的蒂拉。依偎在他懷裡的蒂拉。蒂拉的雙唇。熱戀著他，證明給他看的蒂拉。全世界只有他一個人懂得的蒂拉。他一定要重回蒂拉的身邊，不惜任何代價。

「我的武器工具包還在連身裝裡。」他對好友坦承，「沒被他們拿走。不過，雙手都被綁著怎麼使用？」

「我的披風還在連身裝下。」艾登低聲說，「我一直帶在身邊，以防萬一。」

「太棒了！艾登，你是天才！快命令它鑽到你的囊袋裡，拿出一樣武器！」

「哪一樣？」

奧斯卡努力集中精神。現在可不能出錯。前幾年的記憶片段浮現腦海：帕洛瑪的研發中心、實驗室裡的測試、莉薇亞……

「帕洛瑪部門專家莉薇亞的伽瑪雷射切！沒有任何東西能抵擋，什麼都能切斷，包括綁住我們的鎖鍊！」

「你們兩個安靜！」一名演化航行員喝令，「等你們到太空漂流之後，愛說多久就說多久！」

哄堂大笑蓋過他說話的聲音，奧斯卡只對艾登點頭示意。艾登深深吸了一口氣，重新開始施法。就在這個時候，引擎聲大作，船艙外揚起一團煙霧，包圍朝天空揚起的火箭。

「距離發射時間一分鐘三十秒。」擴音器傳來訊息。

奧斯卡試著克制高漲的驚慌情緒，以免傳染給夥伴。

「艾登，我們就快起飛了，最好是現在就操控你的披風！」

「我正在試！」艾登喉頭發緊，「閉嘴，你害我分心！」

發動機響聲震天，他終於感到神奇魔布如一條蛇似的纏繞腰間，往脖子伸來。

「不，」艾登悄聲說，「打開皮囊，拿出伽瑪雷射切，求求你，聽我的話……」

披風不聽使喚，胡亂抖動。艾登努力忽略周遭的一切，終於有一摺衣襬鑽到掛著工具包的功動腰帶。布角探入其中，茫然翻找。

奧斯卡轉頭望最靠近他們的艙窗：出發迫在眉睫。他用眼神哀求好友，只見艾登用盡全力想操作披風行動。

「這是什麼？」一名航行員的視線落在艾登的腰間。

「什麼事？」附近另一個傢伙詢問。

「這個，」剛才那人指著銀色衣料的起伏波動，「感覺上，他的連身裝下有一條蛇。」

快啊，我的披風，動作快。艾登使出全力觀想。安布里耶人起疑，拉下他的連身裝拉鍊，就在披風捲起囊中的多面水晶體時，抓住了綠寶石天鵝絨。他用力一拉，披風在增壓艙裡散開。兩名醫族少年眼睜睜地看著伽瑪雷射切掉在地上，滾到座椅下。

「你不需要這個玩意。」男人把天鵝絨捲成一團，扔在旁邊的座位上。

艾登轉頭看好友，一臉挫敗。

「我能做的都做了……」

「不是你的錯。」奧斯卡對他說。

艾登也轉頭望著艙窗外。

「這一次真的完了：我們要起飛了。」

就在這個時候，出乎所有的意料之外，引擎的聲響減弱靜止。

像一群蒼蠅

奧斯卡環顧四周：所有人都非常驚訝，演化航行員之間傳出竊竊私語。組長提醒大家遵守秩序。

「起飛暫時中斷。全體留在原地！」他高聲喝令。

奧斯卡吁了一口氣，放心了。

「你和你的朋友，」組長低吼，「你們還是會在軌道結束生命，別擔心。」

艙室走道傳來一陣嘈雜：有人把一個金屬物體架在火箭上。幾秒鐘後，艙門從外面解鎖，而艙內另一名航行員執行了同樣的動作。

「控制中心的命令。」他對驚愕地看著他操作的夥伴們說。

陣風之中，艙門開啟。一張紅光滿面，怒汗直流的臉孔出現：是馬托斯．左伊德神父。

「釋放那些醫族少年。」他用低沉凝重的語氣下令。

「什麼？」組長驚訝地問，「但是……」

「少囉嗦。」神父駁斥，不多浪費時間，「放開他們，就這樣。」

男子心不甘情不願地鬆開兩名少年的手腕。艾登立即撲向披風，然後趴在地上，找回座椅下的伽瑪雷射切。左伊德神父讓到一旁，帕洛瑪也現身座艙中。

「馬托斯，您真是討人愛。你們出來！」她改換比較嚴厲的語氣對奧斯卡和艾登說。

「對您，我可不會說同樣的話。」神父回嗆，「而且您剛才根本沒給我選擇的餘地，小騙子。」

「我現在也不會給您選擇的餘地：找個位子坐下，繫好安全帶。」

航行隊想介入行動，馬托斯．左伊德阻止他們，只讓他們看了黏在鬍子裡的爆裂物，然後目光望向帕洛瑪一直指著他的鍊墜。

「您也是，」她命令演化航行隊的組長，「還有其他所有人！」

組長看見神父黯然的目光，只好乖乖執行指令。他比了個手勢，所有人都跟著他照做。帕洛瑪緊盯著他們一面後退，撞上奧斯卡。

「你們還在這裡做什麼？我不是叫你們下火箭了嗎？」夫人氣呼呼地大喊。

奧斯卡猶豫了一下，走向左伊德神父。他緊握鍊墜，貼近小棍狀的通波靈，把爆裂物從濃密的鬍子中摘下。

「哎呀！」希臘半神撫著下巴哀叫一聲。

醫族少年拿著圓柱爆裂物，伸長手臂，隨時準備扔向任何一個膽敢亂動的航行員。他抬頭對帕洛瑪說：

「只憑您一個人，恐怕沒辦法把它拿回來。失去它未免太可惜了！」

「多麼體貼的男人！」過氣女星陶醉地眨著長睫毛，「多學著點，馬托斯。人家就不是個大老粗。」

「快滾吧！小賤人，永遠別再踏進這裡一步！」

「不好意思喔！」帕洛瑪從他前面經過未停。

她直接走向三名演化航行員，從他們的箭筒搶走箭枝，優雅地跑向艙門。

「感謝您熱情的招待，親愛愛愛的！這個小宇宙實在太美妙了！所以要趁這個機會帶走一點紀念品才行。」

艙門關閉，帕洛瑪和奧斯卡迅速與繩梯下方的艾登會合。出發通道變得空空蕩蕩。

「摩斯呢？」帕洛瑪問。

「但願他已經死了化成碎片！」奧斯卡氣沖沖地大嚷，「就是他出賣了我們！」

「我們得找到他，跟我來！」帕洛瑪不放棄，走進預備室。

醫族三人受到伊莉絲和莎莉熱烈歡迎，她們激動興奮之餘也總算鬆了一口氣。所有人拔腿狂奔，穿越廳室。

他們若無其事地跟其他人一起步出大門，來到蛋蛋二號的入口大廳。雖然潘尼斯號的發射程序一度中斷，但此處的車水馬龍幾乎不減。帕洛瑪回頭——奧斯卡跟著她，艾登卻停下腳步。眼前的景象讓他驚愕得說不出話來。

一群演化航行員擠在一座雙層平台上拚命掙扎，傳出陣陣怒吼。奧斯卡立即發現在他們上方旋轉的綠天鵝絨。金色光束朝四面八方發射，隨機而混亂。多虧人群中凹陷一個洞，奧斯卡認出了摩斯的臉。

帕洛瑪湊近身旁一名航行員。

「那上面發生了什麼事？」

「一名外來者入侵蛋蛋：他的箭筒裡有三枝箭，靈敏的監視系統立即鎖定。」

「這個白癡！」莎莉大嚷，「他帶三枝箭想做什麼？」

「他應該是拿走了我們被奪回的箭。」奧斯卡解釋。

「目前要做的，是把那男孩從這團混亂中救出來。」帕洛瑪宣布，「跟我來，我英勇的寶貝們！」

摩斯奮力作戰，舉著鍊墜朝四面八方揮舞，憤怒地到處發射光束。敵人的動作太迅速，數量也愈來愈多。

就在這個時候，他注意到最後幾排的地方閃爍發亮，敵人如保齡球瓶一般紛紛跌倒。前方的敵人受到這不尋常的動靜影響，終究回頭張望，發現一個奇怪的現象：人群彷彿一束束稻草似的被吸走。有幾個及時抓住了欄杆，吊在樓層邊緣，找到了害他們滑倒的原因。

樓下的大廳裡有五個人——一個穿著黑色乳膠緊身衣，嘴唇豔紅，腳踩又細又高的高跟靴——分站成半圓形。其中三人揮動一個金色渦輪，其效用宛如反置的巨型風扇，對著演化航行隊狂吸，隊員們根本無法抵擋。另外兩人則站在左右兩端，手中拿著人人熟悉的金環M字鍊墜。

M字射出一條條膠帶，牽連撐拉兩個鍊墜。

黑衣人高聲大喊，對其他人下指令：

「好好撐開控多膠，寶貝們！撐開它！雨果在裡面加入了一種超強黏性材質。本來的作用是防堵出血性裂口，不過用在這裡的效果應該也很不錯！」

的確，效果好得不得了。被吸來的航行員們從架高樓層飛起，高速落在莎莉和伊莉絲張開的膠條上，彷彿一群噁心的蒼蠅陷困黏蠅紙。不久之後，樓層上已沒有別人，只剩下摩斯。他盡力攀住鐵欄杆，身體像一面旗子似的飄在半空中。帕洛瑪一聲令下，艾登和奧斯卡放下手臂，鍊墜恢復原先的樣貌，強風隨即停息；摩斯失去了風力支撐，撞上護欄。撞擊力道讓他鬆開了手，於是他像一顆石頭般的重重摔落大廳中央。

奧斯卡和艾登毫不同情地瞪著他。他們聽從帕洛瑪的命令，出手拯救這個叛徒，但並不打算再多做什麼。帕洛瑪本人也只走到他旁邊，沒有任何想幫助他的意思。

「既然你已經唱完你的獨腳戲，我們總算可以離開這裡，以免引發一場戰爭。」她轉過身去，與其他醫族一起，尋覓逃脫的出口。

「架高樓層。」伊莉絲咬字清晰地說。

所有人都仰起頭：巨型膠帶纏在樓上的欄杆上，上面滿滿黏掛著頭昏腦脹的航行員，形成一個奇特的盃型，還有一串人圍繞在盃腳的部分。一條膠帶蜿蜒纏繞最高的欄杆，形成一個M字，構成了醫族蛇盃。

探險隊毫不遲疑，每個人都裹上自己的披風，包括艱難起身的摩斯。眾人驚呼，一道閃光乍現，所有醫族消失無蹤。

「你們總算回來了！」魏特斯夫人高呼，擔心得快瘋了，「我怕出現最慘的狀況。」她說，迅速瞄了羅傑的褲襠一眼。

很顯然地，這位帥哥的思緒回到了比較沒那麼讓人臉紅心跳的畫面……

「的確，我們差一點就遇上最慘的狀況，而其中很大一部分都是拜這位所賜。」帕洛瑪確切地說，並轉頭指向揉著四肢腫包的摩斯，「相信我，你必須好好學習團隊合作的規矩。」

摩斯聳聳肩，傲慢地迎對兩位夫人的目光。

「這是調虎離山之計。」他竟厚臉皮宣稱，「要不是我，火箭早就起飛了，而那兩個笨蛋和我，恐怕已迷失在茫茫太空裡。」

「你說謊！」奧斯卡大喊，怒不可抑，「倒數計時根本沒停，而且你想帶著我們的箭溜走，甩掉我們！問題是，你太笨了，沒想到帶著三枝箭會立刻被發現鎖定……」

「夠了。」魏特斯夫人評判，「這件事我們晚點再解決。」

「但是他對您說的是謊話！」奧斯卡繼續追究，停不下來，「您看不出來嗎？他想除掉艾登和我！這已經不是第一次了，而且他一定會再重犯！」

魏特斯夫人了解摩斯的為人，而如果做兒子的跟他的父親如出一轍，那麼，最好不要正面攻擊——尤其當這個男孩有弗雷徹．沃姆的公開支持時——還是先跟大長老討論個實際的對策較好。她的目光落在自己的徒弟身上。

「奧斯卡．藥丸，不准用這種態度回應我，聽清楚了嗎？」

「怎麼這樣？！」艾登嚷起來，「背叛我們的是他，您卻罵奧斯卡，把他當成做錯事的小孩！」

魏特斯夫人的臉瞬間漲得跟她的眼鏡一樣紅。

「我知道自己在做什麼，不需要各位先生來指教，所以，別再多嘴。」

帕洛瑪插話介入，對妹妹說：

「貝妮絲，冷靜點。這幾個男孩剛剛脫困，真的是千鈞一髮；而且我們這趟冒險也不是都在休息。再說，這樣氣血上衝，讓妳的臉色看起來很差；話說妳這身糟糕的小套裝已經絲毫不能修飾妳的氣色……」

奧斯卡、艾登和莎莉忍不住露出微笑。漂亮的一擊。就連伊莉絲也放膽表示意見。

「說真的，綠色跟您一點也不搭，魏特斯夫人。」她冷冷地批評。

魏特斯夫人瞇起眼睛，全身僵直。帕洛瑪巧妙地轉移話題。

「對了，小羊們，問個細節：箭在哪裡？我在火箭裡拿的那些好像不見了。」

所有人面面相覷，笑容來得快，去得也快。

「噢不！」莎莉低聲哀號，「男士們，別告訴我說……」

「我們離開時太匆促，我都沒想到要拿一枝。」奧斯卡垂頭喪氣地嘆息。

摩斯冷笑一聲，拉開他的連身裝，一枝箭頭露出，在觀察室的燈光下發亮。奧斯卡咬牙切齒，悔怒交加。他轉頭看艾登：好友卻不動聲色，雙臂叉在胸前。

「你們在找這個嗎？」他掀開披風一角。

披風的內袋裡插著兩枝安布里耶之箭。他將其中一枝遞給奧斯卡。

「我挺喜歡蛋蛋二號：高架樓板上掛著一串串演化航行員，頭下腳上……彎腰蹲下，撿起來就好！」

奧斯卡哈哈大笑，接過箭枝，與好友擊掌。就連魏特斯夫人看見這些珍貴箭枝，也顯得安心不少。莎莉挑起眉毛注視艾登，又驚又喜。

「只要有心，你也很有辦法嘛！」

艾登轉身對帕洛瑪：

「帕洛瑪，假如那時您引爆通波靈，他會怎麼樣？」他指著羅傑問。

「這位可憐蟲不僅會因為安布里耶變成廢墟而終身不孕，他底褲裡的一切也將化成灰燼！」

「您真的想過要把威脅付諸行動？」莎莉驚訝地問。

「妳瘋啦？小妞！那以後我還能對這個迷人的帥哥做什麼？」

奧斯卡吃吃笑了起來，艾登和莎莉也跟著發笑。就連魏特斯夫人也忍俊不住。伊莉絲卻一頭霧水。

「為什麼？」她問，「您打算對他做什麼？」

帕洛瑪雙手扠腰。

「孩子，有時候，」她露出狡黠的微笑跟女孩說悄悄話，「對付男人呀，有比下命令更好的方式。」

像個朋友

「我們擔心得膽汁都飆升了——假如可以這麼說的話。」流汗分泌大滴黑帕托利亞漿液的勞倫斯補充說明，「天氣好熱，你們又一直不回來……」

「發生了什麼事？你們坐上去不久之後，有好幾分鐘的時間，所有設施都暫停了。」瓦倫緹娜解釋，「然後，就再也找不到你們……」

「大概是機械故障吧！」奧斯卡迴避問題，一面試著躲開啪嗒用舌頭猛舔，「坐完一圈之後，我們就在遊樂園裡遊蕩。」

代表團裡的兩名天才，安亞和葛利果．澤布里安斯基，也跑來分析狀況。

「不可能，我們在腦子裡粗略地評估了一下。」兄妹倆異口同聲地說，「根據列車發車的頻率，繞完一趟所需的時間，加上平衡加速與減速的時間，套用發生意外的機率，你們應該早就離開那項器材了。」

「好啦，愛因斯坦雙胞胎！等上了遊覽車後，你們再計算一次給我們看，記得用圖表說明喔！」傑瑞米把好友們拉到一旁，遠離代表團其他成員。

到了隱密一點的角落後，奧斯卡用幾句話概略描述體內入侵的過程。

「總之，要不是摩斯那個叛徒，一切就會順利多了，對嗎？」巴特問，光是聽到眼中釘的作為，就氣得握緊拳頭，「無所謂。」奧斯卡乾脆地說，「多虧了艾登，我們還是拿到箭了。」

但他說不出口的是：他今天的冒險離結束還遠得很。阿爾弗瑞德．鮑登之謎始終無解，哽在喉頭，而這趟旅程的尾聲已逐漸逼近。明天，大會將在惜別晚會中落幕，那些至今隱瞞身分，德高望重的主辦人們都會出席，他不能開溜。假如想解開謎團，錯過今晚，就沒機會了。

「可惜的是，」巴特惋惜地說，「你們沒玩到其他驚險刺激的設施，超棒超好玩的！」

「沒關係，反正，我現在也沒什麼勁。」奧斯卡謊稱，「我想，我要搭區域快鐵回去，假如魯斯托可夫允許的話。」

奧斯卡在人群中搜尋，隨行教官佇立在幾公尺外，緊盯著他看。

「我們可以載你回去。」

奧斯卡回頭：露薏絲也來了。

「我也真的很累了。」她解釋狀況，「奧利維會來接我，我們可以一起回家，假如你願意的話。」

「妳不想在這裡待到晚上嗎？」傑瑞米提邀，「總比跟奧斯卡那個掃興鬼大眼瞪小眼來得好……而且史文會怎麼說？」

「我已經告訴他了，我們明天再見面，這樣就好啦！」

距他們不遠的地方，挪威代表團在一個攤子上玩射擊遊戲。史文努力贏得了大獎。他轉頭朝她看過來，難掩落寞失望；不過還是保持微笑。

「怎麼樣？一起來嗎？」少女問奧斯卡。

奧斯卡都已經跟她走了，啪嗒卻在他的口袋裡不安分地躁動，低聲吠了起來。

「你嗅到了危險，對嗎？」奧斯卡撫摸小狗，細聲對牠說。

蒂拉宛如施展魔法一般，突然出現在少男與少女之間。啪嗒縮進奧斯卡的口袋裡，男孩領悟得太遲了。

「你要走了？而這件事千萬別讓我知道？」女孩責備他。

「我可以搭便……」

他猛然住嘴，意識到即將出現爭執。蒂拉怒氣沖沖地瞪視露薏絲。

「你要跟她走？我真是個白癡，竟然還到處找你！」

「抱歉，蒂拉，我……我很疲累，而德洛姆先生的司機……」

奧斯卡握起了蒂拉的手，卻被她狠狠甩開。

「累？累什麼？好吧，你想做什麼就做什麼吧！對我來說，動不動就喊累的男生無聊死了，我喜歡愛玩會玩的。嘿！巴西代表團來了。」她說，在人群中找到赫拉西歐，那個有著清澄藍眼睛的里約帥哥，「至於他們，我確定他們懂得及時行樂。」

赫拉西歐對她展露一抹迷死人的微笑；她也以同樣的方式回應，對奧斯卡則僅瞪了一眼，眼神恰如其分地流露復仇之意，然後走開。奧斯卡臉色慘白，眼睜睜看著她去找拉丁美洲同伴。遇上這種情況時，他真恨自己的出身，遺傳了醫族血統，被迫對心愛的女孩說謊，還落得一種可悲的形象。她說得對：跟一個晚上九點就回家睡覺的傢伙能做什麼？多麼希望能告訴她：自己擁有世界上最超凡的能力，曾經兩次把她從死亡的邊緣救活，而如果需要的話，隨時準備再出手相救；對她坦承自己肩負一項關於全人類的重大任務；並且，為了自己，也為了父親的名譽，正在進行一項重要的調查……然而，除了把自己塑造成令人嫌惡的「弱雞」，他還有什麼選擇？

露薏絲算是稱心如意，只靜靜旁觀這一幕。

「可惜她人這麼漂亮，卻不夠隨和。」結果她對傑瑞米這麼說，彷彿奧斯卡聽不見這些話似的。

「我們走吧？」奧斯卡問，黯然神傷。

她懊悔自己說話帶刺。她唯一不希望做的就是傷害他。

「我們也跟你們走。」勞倫斯表示，「我們也是，都很累了，對吧，娜娜？」

這趟車程讓他有機會——至少暫時一下下——忘卻赫拉西歐陪伴蒂拉的畫面，專注想好自己的目標。露薏絲尊重他保持緘默，認為那是剛才蒂拉醋勁大發所造成的；而對於自己幸災樂禍，甚至落井下石，她有深深的罪惡感。她禮貌地聽瓦倫緹娜嘰嘰喳喳地說笑，勞倫斯則欣賞窗外巴黎的風景。抵達之後，奧斯卡一言不發地上樓。

「晚餐一起吃嗎？」露薏絲邀問。

「我不是很餓。」奧斯卡回答，「我想，我要早點上床睡覺。」

「而我，我能吞下好幾公尺的鐵絲！」瓦倫緹娜嚷嚷。

勞倫斯對女孩們使了個眼神。

「奧斯卡！」他喊道。

少男轉身，走了回來。

「其實……只是因為她愛你。」勞倫斯分析，「所以她才會有那種反應。假如她不愛你，就不會在乎你要拋下她離開。你懂嗎？別擔心，誤會總能解開的。」

奧斯卡點點頭，感覺到好友的努力。

「而且她的本性也沒那麼糟，也就是說，有可能是個善良的女孩……總之，你知道我要說什麼，對吧？」

他侷促不安地扭動，找不到合適的字眼。奧斯卡用微笑感謝他，轉身離去。瓦倫緹娜湊到勞倫斯身邊。

「好吧，最後少了一點說服力，不過……」

「不過什麼？我已經把我能說的都說了，嗯？……別忘了我剛才說的是蒂拉！我這輩子從來沒用過這麼少的幾句話說這麼大的謊！」

「放心，」她安慰他，「有一就有二。」

她擁抱他，在他臉上親了一下。

「我知道你對他說這些要付出很多努力。親愛的勞勞，你是個英雄。」她附在他耳邊悄悄地說，「而且是個朋友，真正的好朋友，奧斯卡這傢伙，算他走運！」

兩個女孩在廚房裡準備三明治，勞倫斯沉溺於一本書中。瓦倫緹娜試著多打聽一點史文的事。

「他人很好。」露薏絲閃躲問題，「不過挪威畢竟不在隔壁……而且我還在考慮。」

瓦倫緹娜的刺探宣告徒勞無功，並沒多知道些什麼。填飽肚子之後，勞倫斯和瓦倫緹娜就先暫別露薏絲。

「那我們明天早上再見嘍！」少女說，走進自己的房間。

她才剛關上房門，體內世界的兩個孩子連忙去找奧斯卡。

「你把我們當笨蛋嗎？」勞倫斯劈頭就責備他，「你要去哪裡我們很清楚，而且還會陪你一起去。你需要我們。」

「而且我答應過我生命中的男人要好好照顧你。」瓦倫緹娜說，並攤開一張溫斯頓．布拉佛被刊在報章上的照片。

奧斯卡微笑，投降了。

「好吧！去美術館夜遊，就我們幾個，你們覺得怎麼樣？」

他們等到夜幕低垂，悄悄走出房間，步下樓梯，穿越玄關。一路似乎順暢無阻。奧斯卡伸手握住門把往後拉；卻聽他悶悶地嘟噥了幾個字。瓦倫緹娜湊上前去。

「你在等什麼？」女孩低聲問，「難道改變主意，想在電視機前度過今晚？」

「門被鎖上了。」奧斯卡說，「我們得找到別的出口才行。」

「從廚房的便門怎麼樣？」勞倫斯提議。

一個聲音突然響起。

「你們在找這個嗎？」

他們驚嚇地回頭。露薏絲在壁燈柔和的光線照映下，伸手遞給他們一把鑰匙。

「你們想去跟阿爾弗瑞德．鮑登見面，對不對？」

勞倫斯拜託她放低聲量，深怕吵醒大家。

「別擔心，我爸爸還沒回來，他都工作到很晚。」

「阿爾弗瑞德．鮑登的事，妳是怎麼知道的？」奧斯卡問她。

「在圖書館那次，我聽見了你們的談話。而羅浮宮對我來說，簡直就像後花園：我知道那裡有這位先生的一幅畫像，他甚至只請人畫過這麼一張像。」她暫停了一會兒，才又接著說：「奧斯卡，你擁有神奇的能力，但那是世界上最有名，應該也是監視最嚴密的美術館。相信我一定能派上用場。」

奧斯卡猶豫了一會兒後，回應：

「妳為什麼想幫我呢，露薏絲？」

她向前一步，走進光線裡，又長又圓的杏眼閃閃發亮。

「我的母親去了醫院，然後再也沒回來；那時，我真的……很痛苦。」她哽咽地坦承，「我想，人們不知道，對一個孩子或青少年隱瞞某事，對他們的傷害有多大。尤其是當這件事與他們的父母有關的時候。」

奧斯卡無法說明為何今晚，此時此刻，他覺得眼前的女孩不能用漂亮形容，該說她非常美麗。某種來自她內在的特質，彷彿柔和而極為自然的化妝，使她看起來更美。

「我想幫你，就像個朋友那樣。」露薏絲堅持，「一個好朋友，只是這樣而已。」

露薏絲非常誠懇，態度有如白紙黑字般一目瞭然。他從女孩手中接過鑰匙，露出微笑。

「那麼，我們上路吧！」

阿爾弗瑞德上身

警衛豎起身子，納悶狐疑。

第一次，他以為是蟲子。第二次，以為是馬路上出車禍，撞擊聲傳進了這裡，羅浮宮金字塔的下方。不過，現在是第三次了，那個噪音再度響起：一種遠遠的搥打聲。他湊近監視畫面，發現了她：手扶梯上方，一個小小的身影，雙拳掄打著玻璃門。他拿起電話。

「羅蘭？不知道之前發生了什麼事，不過，入口的地方有點吵鬧，你可以去看一眼嗎？」

「我去。」

羅蘭從睡夢中醒來，走出令人昏昏欲睡，空無一人的寂靜大廳，爬上樓梯，走到入口大門。他停下腳步，驚愕地看到：門牆外面，一個頂多十五歲的女孩哭成淚人兒，小拳頭不停敲打玻璃。

「拜託！」她啜泣不止，「拜託幫幫忙！我迷路了！」

羅蘭連忙打開拉門的鎖，隨即停下動作。他仔細檢查四周，確認這是不是一場陷阱騙局。廣場上一個人也沒有。他把名牌上的磁卡拿到感應器前，玻璃門板開始滑動。

女孩崩潰大哭。他扶她坐下，試圖了解她除了在不斷抽泣之外到底想說什麼。

「我迷路了……我的爸媽……哥哥……」

「冷靜點，沒事了。」警衛安慰她，「妳的父母親在哪裡？」

「我不知道。」女孩吸著鼻子，一手插進她奇特的紅髮中，「我……我剛才和哥哥他們在一起……然後……然後……我就什麼都不知道了！」

「好了，別擔心，我來報警，然後……」

「不！」瓦倫緹娜使出全力哭號，「不！他們就在這裡，我確定，就在附近！等到警察來，他們恐怕早就死死死了！」

「那麼，妳等一下。」羅蘭扶她站起來，對她說。

他拿起話筒。

「沒事，是個迷路的小女孩……在這個時間還真有點奇怪。我出去查看一下，你盯住監視器，幫我掌握狀況。」

「沒問題，我可以從四號攝影機看見你們。」

警衛回到瓦倫緹娜身邊，女孩直接坐在地上，又開始啜泣起來，哭得連一個劊子手都會鼻酸。

「好吧！」他嘆了一口氣，「告訴我妳最後一次看見他們是在哪裡？」

她站起身，激動抽搐。

「那裡。」她伸手一指。

警衛猶豫起來：她指的地方已不在攝影鏡頭範圍之內。女孩一不做二不休。

「算了，我自己去。假如我又迷路，遇上那兩個傢伙，想對我……對我……」

她話還沒說完，又放聲哭得肝腸寸斷。羅蘭做出決定。

「什麼？有人對妳做了不好的事？告訴我你們剛才在什麼地方？」

「在那裡。」瓦倫緹娜顫聲說，一手指著通往黎塞留館的階梯。

警衛走向展館。路燈照出的剪影中，有一個矮壯的人形出現在地面。一陣風吹來，一塊綠寶石色的布飛起，隨即落下。他拿出警棍。

「待在我後面。」他命令瓦倫緹娜，她卻直接朝那個人影奔去。

「他們在這裡！」女孩大喊。

「回來！喂，你這傢伙！給我出來！」警衛對躲在牆柱後的人喝令。

瓦倫緹娜也消失在石柱後方。警衛追了上去，剛好聽見一聲刺耳的尖叫。

「就是他們！」瓦倫緹娜尖聲驚喊，手指著一個裹著披風的人。

那人掀開披風，露出兩個藏在摺襬裡的少年。

「不准動！」警衛朝金字塔的方向張望，希望有同事及時出現。

紅髮女孩繼續尖叫：

「他們想對我……對我……」

「遠離他們！」警衛再次對她喊，不願去想像可憐的少女曾受到什麼樣的對待。

然而，她卻詭異地一時興起，撲向那個騷擾她的人，並且也鑽躲進披風裡。這時，她朝警衛轉過頭來：臉色忽然平靜自在，而且笑容滿面。

「他們想對我……親一下。」她終於說出真相，「再見，謝啦！」

警衛目瞪口呆，只來得及看見一個年輕人揮舞一樣耀眼發亮的東西。然後，一道閃光眩目刺眼。等他張開遮臉的手掌，卻發現四周只剩自己孤伶伶的一個人。他四處張望：廣場上只有幾個路人，另有幾對戀人，趁著夜涼，在宮殿精雕細琢的外牆下散步。他茫然困惑，急忙走向門邊，顫抖的手拿出名牌磁卡，刷過感應器。

「你確定一切正常？」他的同事問，很不放心。

「一切都很正常，直到那些少年從我眼前消失，我說真的！」

他覺得坐下來會舒服些，並喝掉第四杯水。

「聽著，」他的同事又說，「你有權利過勞疲累，現在畢竟是最盛的旺季。找個人代班吧！你同意的話，我就打電話給喬斯林。」

「你把我當成瘋子！」羅蘭氣沖沖地抗議。

「不然你要我怎麼想？你說有四個小孩裹在一條床單裡……」

「一件披風！」羅蘭糾正他，目光惶恐，「那是一件披風。」

「OK……一件披風，他們對你哈哈笑，然後就在你眼前像魔法一樣消失無蹤！那你要我怎麼想？！你一切都很正常？」

警衛羅蘭無法反駁，往手心裡倒了一點水，潑灑在臉上。

「好了，」同事斷然決定，「你現在要做的，不是在辦公室裡潑水淋浴，而是去德農館監控值今晚的夜班，這邊就讓席爾萬來代替你。明天，我們再跟長官報告，你覺得這樣好不好？」

警衛羅蘭點點頭，一言不發地站起身。

他在美術館裡繞來繞去，爬上二樓，展廳的警衛朝他走來。

「我還以為醫族不能帶非醫族進入體內！」露薏絲驚呼，「所以爸爸騙我，回去後我要講講他……」

「我也不知道竟然可以。」奧斯卡坦承，「不過，似乎成功了……或許因為妳體內流著醫族的血液？」

她旋轉一圈，環顧四周，眼前的景象令她著迷。

「我們在哪裡？」少女問。

「歡迎來到黑帕托利亞。」奧斯卡回答，「地底幾十公尺深的地方。所有食物都先經過這裡，然後才被絞碎、分解，送到位於黑帕托利亞山下的空腸大管道。」

他瞄了功勳腰帶一眼：第一個皮囊裡，黑帕托利亞之瓶裡的漿液散發美麗的琥珀色光澤，在水晶小瓶子裡形成漩渦。

「嘿！我的戰利品好像知道回到家了。」他說。

在他們四周，許多工人宛如蜜蜂在蜂窩裡勤做工似的，在遼闊的地底工廠裡忙碌，毫不在意他們。貨車一輛接著一輛，滿載噴灑過來自席亞林湖水的唾液。

「歡迎，歡迎……我向各位致上歡迎之意。」勞倫斯強調，「假如可以避免在這裡逗留太久，我會很高興。來到這裡，我已經不再有回家的感覺，而且希望附近的黑帕托利亞人沒有別的想法。」

「我也一樣，」瓦倫緹娜附和，「不想引起注目。」

「但是……為什麼這麼說？」露薏絲訝異地問。

「因為我來自黑帕托利亞。」勞倫斯低聲回答，並不安地瞄了周遭一眼，「而瓦倫緹娜則是跨世界水域大網絡的居民。我們要是被認出來就完了，他們不會再讓我們出去了。」

奧斯卡聳肩。

「你們在說什麼啊？沒人可以認出你們，你們來自彭思的黑帕托利亞，又不屬於這個傢伙！」

「首先，請你好心點，不要提起我們跟彭思的關係。」瓦倫緹娜糾正他。

「那是讓人瞬間心情低落的慘事。」勞倫斯補上一句。

「再說，別忘了世界上沒有人家不知道的事。」女孩愈說愈嚴重，「誰知道所有人體裡是不是都發了通緝令！而且，在人體裡，紅頭髮的女孩，並不是每個小宇宙的任何角落都看得見……」

奧斯卡翻了個白眼。

「你們變成偏執狂了！跟我來，我們得去指揮室。」

他們在一道道生產線和穿著工作服的人員之間蜿蜒奔跑，來到地底庫棚深處的一座電梯前，搭上電梯。幾秒鐘後，他們上升了一百公尺，抵達一間高科技控制中心。廳室內一個人也沒有。

「好吧！」奧斯卡說，並走向中央那台電腦，「這裡比狗狗的控制室先進複雜，不過應該也差不了多少。」

他坐在螢幕前，在鍵盤上敲打起來。

「勞勞，」他抬頭問道，「你看看工廠裡有沒有什麼變化？」

露薏絲、瓦倫緹娜和勞倫斯貼在玻璃窗上。從這裡望出去，視野深陡——而且令人暈眩——涵蓋整個運輸部門。

「啊！」勞倫斯發現，「那下面忙成一團亂。我想你按錯按鈕了：一切運作都變得好快。」

奧斯卡露出微笑。

「謝謝，非常好。」他滿意地評論，並在電腦上又進行幾項操作，「再更快一點，麻煩你們了……」

工人們慌張狂亂，工作的節奏加速，前所未見。

「可憐的人們！」露薏絲替他們抱不平，「你為什麼要這麼做？」

「因為如果這裡的速度變快，出口那裡……也會比較快。」奧斯卡回答，狡黠地眨眨眼。

無聲

警衛正準備前往達魯藝廊，第一次腹絞痛迫使他停下腳步。看來，他心裡自言自語：今晚我註定要倒楣。第二次絞痛發作，更劇烈，並伴隨一連串咕嚕響，迫使他改變路線：當務之急是找到廁所。

他迅速推開門，還沒進隔間就解開長褲鈕釦，隨即砰的一聲關上隔間門。

就在這個時候，一道綠寶石光芒一閃，四名青少年出現在洗手台前方。奧斯卡站起身，聽見隔間門後傳出的呻吟，不禁微笑，示意其他人別出聲，安靜跟他走。大家踮起腳尖，離開那個地方。

「做得好，奧斯卡！」瓦倫緹娜悄聲說，「與其在大廳，當著那傢伙的面，從他的身體跑出來，不如像這樣小心一點，找一個比較隱蔽的地方……」

「一個他應該會待上一小段時間的地方，假如一切都順利的話。」奧斯卡補強她的信心，「快來，我們需要跟阿爾弗瑞德談談。」

「跟我走！」露薏絲說，「我知道從哪裡過去可以不被發現！」

幾分鐘之後，他們進入了萬國廳。

「太厲害了！」奧斯卡稱讚她，「妳怎麼會對這裡這麼熟？」

「我和其他好幾個孩子，我們都很討厭熱愛羅浮宮的父母動不動就帶我們來這裡玩。所以，我們就在宮殿裡探險，幾個小時都在這兒玩捉迷藏。現在，我反而超愛這裡。而且，就算是閉著眼睛，我也可以在館內到處行走——並到處躲藏！」

他們轉身面向一幅幅藝術畫作。展廳內寂靜無聲，奧斯卡發現，大部分作品並未沉浸於他昨天注意到的奇特亮光中。他毫不遲疑，立即走向阿爾弗瑞德・鮑登的畫像，心跳個不停。

畫像的臉孔周圍一圈淡淡的光暈：阿爾弗瑞德在不朽之身廳內。奧斯卡狂喜，拿出鍊墜，唸誦對應的咒語，牆面在一陣彩色煙霧中消失無蹤。

神奇的廳內，比起醫族少年上次經過時，婚宴顯得平靜太多：在場的僅寥寥幾人，懶洋洋地癱坐在座位上，面對早已冷掉的菜餚。一陣風吹過，到處掀起一角衣料，卻也弄不醒昏昏欲睡的賓客們。

奧斯卡跳過《迦納的婚禮》和宴會上散亂的人群，以及顯現在另幾面變得透明的牆壁後方的少數人物。盛宴右方，一個臉上皺紋滿布的禿頭男子以擔憂的眼神注視著他。男子站著，衣著簡單，硬領襯衫加大型蝴蝶結領巾，似乎隨時準備離開。奧斯卡朝他走去，自我介紹。

「晚安，鮑登先生。我叫奧斯卡・藥丸。」

鮑登醫生對他點點頭，彷彿他的介紹是多餘的。刻不容緩，奧斯卡立即從牛仔褲口袋中掏出父親親手寫的信，並且攤開。

「意識到家人與他本人有危險後，我父親寫了這封信。」他開始說明，「我相信他遭人陰謀陷害，而且根據信中所寫的，您是那樁陰謀的目擊證人。是不是……」

他閉上嘴，回過頭，與三名好友同步：有個聲響傳進他們耳裡，可能來自前幾個展廳，也可能是走道。他們慌張地互望一眼，奧斯卡把他們往前推。四個人都穿越了虛擬的牆，來到不朽之身廳，被一團奇特的雲霧包圍，軀體看上去宛如鬼魅。醫族少年轉過身，毫不猶豫地唸出咒語：

於此牆後，消失吧！親愛的不朽之身！
請將最好的消息留給我們。

當席爾萬走進大展廳時，廳內一個人也沒有，牆面和畫作都已恢復原狀。

「他到底跑到哪裡去了？」警衛大聲自言自語，「真是的，說什麼看到幾個青少年忽然人間蒸發，自己又搞失蹤，實在太過分了！呸！怎麼每次都是我倒楣碰上這些瘋瘋癲癲的同事……」

他走出展廳，繼續尋找可憐的羅蘭。

牆的另一側，不朽之身廳內，奧斯卡和朋友們距離阿爾弗瑞德．鮑登僅一公尺左右。阿爾弗瑞德盯著他們看，十分不安。醫族少年湊上前去。

「拜託您，鮑登先生，我需要知道關於父親的事。您是唯一能幫助我的人，是否可以告訴我您看到了什麼？」

他們互相殷切對望，阿爾弗瑞德卻一個字也沒說。奧斯卡想起在庫密德斯會時，有些不朽之身只能透過一片薄膜，把嘴巴裡的震動轉換成聲音才能說話。他將披風伸向阿爾弗瑞德，後者卻搖搖頭。奧斯卡感到有隻手按在自己的手臂上：是露薏絲。她另一手指向分隔他們與萬國廳的透明牆後方：畫作側邊的牆面上有一塊說明牌。奧斯卡俯身閱讀標題：《阿爾弗瑞德．鮑登醫生畫像》，又名《無聲醫師》。

「鮑登醫生是啞巴。」她說，「活著的時候就是。無論有沒有披風，他都說不出話來。但是……」

「但是什麼？」奧斯卡滿懷希望地問。

「我想有個辦法行得通。」

她不給奧斯卡時間反應，立即站在鮑登醫生面前，閉上眼睛，深呼吸，直接朝醫生走去。

「不！」奧斯卡驚呼，「不！露薏絲，別這麼做！」

已經太遲了：露薏絲的身體已和阿爾弗瑞德接觸，籠罩著醫師的煙霧融入女孩的霧氣中。一時之間，她靜止不動，隨後轉過身來。她的臉上看不出情緒，就連姿勢也變了：完全變成鮑登醫生剛才的模樣。她睜開眼睛，眼皮下方顯現兩個恐怖的黑洞。她張開嘴巴，發出一個與露薏絲的女孩身姿極不搭調的低沉聲音。一個激動不已的男聲。

「說話！我夢想了這麼久的事！」附身在少女軀體中的男人陶醉地說，「好久好久啊！」

「讓她離開您！」奧斯卡喝令，試圖抓住那無法觸摸的身體，卻只是白費力氣。

「再一會兒……」男人哀求，「然後我就……告訴你……你期盼的事……」

奧斯卡知道露薏絲冒了多大的危險：女孩的精力恐怕會被不朽之身的魂魄和霧狀軀體吸乾。如果阿爾弗瑞德的魂魄不肯從她的軀體出竅，她的生命將岌岌可危。醫族少年打算用鍊墜威脅不朽之身，卻又不知該怎麼做才好；這時，他聽見幾個字句蹦出，於是停下動作。

「有幾封信……證明……你父親……背叛……」

「幾封信？」奧斯卡不敢置信地反問，「誰寫的信？」

「是……」

他的聲音突然微弱起來，露薏絲的軀體往前傾。奧斯卡握緊雙拳。

「說！快說呀！是誰寫的信？」

「黑……魔君……你父親和他……」

奧斯卡愣住說不出話。

「您一定是弄錯了。」他悲憤地說，「我父親跟黑魔君一點關係也沒有，沒有……」

「那些信……」阿爾弗瑞德盡力接下去說，「假的……弗雷……弗雷徹．沃姆……」

「沃姆？是沃姆假造信件毀謗我父親？」

「……還有……」

阿爾弗瑞德整個人彎垂成兩半，氣若游絲。奧斯卡連忙上前，把耳朵湊到他的嘴邊。阿爾弗瑞德拚上最後一點力氣。

假如需要重來一次……

「……還有溫……溫斯頓……布拉佛。」瀕死的聲音吐出。

不，不，這不是真的，不可能。醫族少年感到自己被一股冰冷的波浪淹沒。他拒絕再去想剛才聽到的話。就在這個時候，阿爾弗瑞德．鮑登和他的魂魄離開了露薏絲的軀殼。女孩癱倒在地，開始痙攣。奧斯卡撲跪在她面前，把她抱在懷裡。

「露薏絲！露薏絲！回答我！妳聽得見嗎？回答我！」

奧斯卡抬頭尋求援助。阿爾弗瑞德．鮑登望著他們，表情抱歉又愛莫能助，彷彿想表示他這邊已經遵守了交易中互相默認部分：用剛才揭發出的真相短暫換取一副活生生的軀體和他的聲音。現在，輪到醫族們付出代價：用那副軀體的精力來兌現。

旁邊的饗宴傳來一個含糊黏膩的聲音。

「我說啊，年輕人，你的朋友，她不太有元氣喔……嘻，嘻，嘻！她應該學學我們：乾一杯！啊！不！那個耶穌，邀他來真是明智之舉，要不然我們在婚宴上就沒有美酒，只能喝清水了！」

「奧斯卡……」

少男猛然回頭：在他身後，瓦倫緹娜和勞倫斯的狀況不比露薏絲好到哪裡去。他們雙手環住頸子，上氣不接下氣，身體慢慢往地上滑。

「我們……我們快窒息了。」勞倫斯喃喃喘息。

露薏絲倒在地上縮成一團，身體折成兩半，因為劇烈的抽搐而顫動，臉色發紫。她的嘴張得好大，卻吸不到一點空氣。醫族少年驚惶失措，轉身望向那名喝醉酒的不朽之身。

「他們怎麼了？幫幫我，告訴我，我該怎麼辦？！」

「把他們弄出去。你不知道嗎？非醫族者無法在這座廳內存活。來，為我們的族群乾一杯，即使族裡狀況不佳，都是些像你們這樣的年輕人！」他嘟噥起來，然後吃吃發笑，舉高酒杯。

奧斯卡顫抖的左手握緊鍊墜。

於此牆後，顯現吧！不朽之身！
對我們宣告更美好的人生。

他等待著，心臟怦怦跳。擋在他與美術館展廳之間的牆，從不朽之廳望去雖然透明，但確實存在；而這面牆依然不動如山。他撲上去，拳頭猛力敲擊，口中狂喊咒語，全都徒勞無功。地面上，露薏絲如蛇一般扭動抽搐，而瓦倫緹娜和勞倫斯則似乎已經昏迷不醒。他氣喘吁吁，轉身對那名不朽之身：

「幫幫我！我沒辦法讓牆消失，走出這座廳！」

「呵！呵！呵！」那傢伙一面飲酒一面格格發笑，「根據人在裡面還是在外面，消除牆面的咒語並不一樣，你連這個也不知道嗎？運氣真背啊，嗯？……」

奧斯卡直挺挺地站在他面前，露出威脅的表情。

「酒鬼一個！告訴我如何讓這面牆消失，立刻就說！」

「啊，不，哼！」男人把奧斯卡推開，「別來煩我，我在這裡是為了喝酒取樂，可不是要跟人家吵架！」

「聽好，」奧斯卡又說，聲音因憤怒而低悶，「假如您不馬上幫我解救我的朋友們，等我出了這裡，我發誓，我會撕毀《迦納的婚禮》，就從您所在的位置下手！聽見了嗎？就算我這輩子都得在牢裡度過，不管是什麼，您再也喝不到一滴：您將永遠地消失！」

男人臉色發白。

「你才不敢，小子！」他從桌上抓起一把小刀揮舞。

「殺了我您就完了。布拉佛先生永遠也不會原諒您。這一次，您不會被美工刀刺死，而是會一輩子在黑山監獄度過餘生！」他的口吻冷靜得不可思議，「做出選擇，快！」

即使酒精使人思路不清，男人還是考慮了一會兒；然後放下了武器。

「還好我聽過大長老唸咒語！跟著我唸，老小子……然後，我們乾一杯，嗯？」

離開不朽之身的世界，
尋回我們的真實人生。

奧斯卡照著唸，心急如焚，目光不離地上的好友們。牆面終於蒸發，少年連忙撲向他們，把他們蜷縮的身軀推進廳內，美術館裡真實的展廳。他才剛跨過地上那道綠寶石光線，就立即回頭：肉眼看不見的牆的另一側，那傢伙又舉起一杯酒，而阿爾弗瑞德‧鮑登則已經消失。

奧斯卡一秒鐘也不敢浪費。

於此牆後，消失吧！親愛的不朽之身！

請將最好的消息留給我們。

牆面恢復原狀，畫作變回實體，彷彿什麼也沒發生過。醫族少年急忙撲跪往前。

「露薏絲、娜娜、勞勞，我們出來了，結束了！」

體內世界的兩位好友用力吸了好大一口氣，背滾翻身，喘個不停。幾秒鐘之後，他們本已漲成紫紅色的皮膚回復到原有的模樣——瓦倫緹娜白皙，勞倫斯暗黃。

「你們還好嗎？」奧斯卡擔憂地問，另外也不敢放開露薏絲毫無生氣的軀體。

瓦倫緹娜率先睜開眼睛。

「發生……發生了什麼事？」她喘著氣，喃喃地問。

「對不起。」奧斯卡對他們說，「我不知道一定要是醫族才能進入不朽之身廳堂。」

我差一點就害死了他們。他心想，愕然沮喪。瓦倫緹娜艱難地站起來，幫忙扶起勞倫斯。黑帕托利亞男孩踉蹌了一下。

「我竟然什麼都不記得了！」男孩訝異地說。

「露薏絲！」奧斯卡不斷呼喚，「露薏絲！回答我！拜託！」

「她為什麼沒醒來？」瓦倫緹娜驚惶地問。

「因為，她還把自己一部分的生命能量給了阿爾弗瑞德．鮑登，好讓我能聽見他要告訴我的實情。」他悲絕地說出真相。

他把她平放在地板上之後，急忙取出鍊墜。

「我要進去。」他表示，準備施展入侵術進入露薏絲體內，「我必須做點什麼，我……」

「等等！」勞倫斯阻止他，「你看：她在呼吸。」

露薏絲的嘴唇微微動了一下。三人圍著她，奧斯卡雙臂環抱她，幫助她坐起身。她睜開了眼睛。

「露薏絲！」奧斯卡大喊，放下了心中一塊大石，「妳活過來了！」

他罪惡感深重，極為溫柔地把手插入女孩的秀髮中，捧起她蒼白無血色的臉。勞倫斯努力用披風替她搧風，瓦倫緹娜則緊緊握住她癱軟的雙手。

「妳本來就知道這是可能的辦法，對吧？」奧斯卡問她，「妳知道可以出借軀體，把精力獻給一名不朽之身……」

露薏絲虛弱得無法回應，只抬眼注視奧斯卡的臉。

「妳也知道這很危險，」他繼續說，「就連對醫族來說也一樣，更別說是對妳的影響有多大。妳為什麼要這麼做？」

女孩稍微恢復了一點血色。她本想告訴他是為了友情及出於善意。但她現在沒有力氣說謊。

「因為……我愛你，奧斯卡。」她擠出全身僅有的力氣，對他坦承，「就這麼簡單。因為這件事對你來說很重要。」

她再度閉上眼睛。過了一會兒，淚水滑落到太陽穴。

「而假如需要重來一次，」她輕嘆了一聲，把話說完，「我會再做一次。」

奧斯卡心慌意亂，垂下眼。他感到好友們的目光沉沉地壓在他身上，距離他好近；他正面迎對：顯然，勞倫斯和瓦倫緹娜都沒有批評他的意思。他們似乎慶幸露薏絲能脫離險境，並欽佩她願意為愛犧牲。欽佩，奧斯卡也一樣。他想到自己與蒂拉的關係；蒂拉會願意為他做到什麼地步？他掃除這些念頭，也把阿爾弗瑞德所揭露的事實逐出腦外。現在，當務之急是離開此處。

他們又聽見一些聲響，但這一次，他們不再躲藏；相反地，奧斯卡展開披風，罩住好友們與自己，不動如山地等著朝他們走來的人。警衛羅蘭進入展廳，眼睛睜得像杯墊那麼大。

「你們！」可憐的男子扯開嗓子大吼，「你們在這裡！但是……」

一秒鐘之後，同樣的閃光再現；而當他睜眼環顧四周，廳內又只剩下他一個人。

他嚥了嚥口水，靠在門上，大力深呼吸。他們大家說得都沒錯，他心想，是我有毛病；很嚴重的毛病。他試著保持常態，直接朝著金字塔下的守崗位走去。

「我先回家。」他走進辦公室對大家說，「我想我還是回家比較好。」

「完全沒問題。」他的同事回應，為他擔心，「我們自己可以解決，剛好方形中庭那邊人手過多。要不要我替你叫輛計程車？還是打電話給你老婆？」

「不用，呼吸點新鮮空氣對我有好處。」

「好。到家後打個電話過來報平安，嗯？……」

羅蘭換上便服，走出金字塔，四處張望了一下。什麼都沒改變——這樣最好。他可憐的腦袋裡已經夠混亂的了。他朝羅浮宮地鐵站走了幾步；而當發現背後出現一道閃光，與前兩次一模一樣時，他一秒也沒猶豫：直接拒絕回頭，當作什麼也沒發生似的，步下地鐵站的階梯。明天，他會去看醫生。

弱點之桌

「在昨天緊急召開的視訊長老會議上，我所有的影響力大概都耗光了。」弗雷徹．沃姆發話，語氣尖酸刻薄，「依你的看法，是為了什麼事？」

羅南．摩斯唯一的反應，僅把身體往沙發裡再深陷一些，茫然地望著空曠的幽暗房間。他不太高興地得知弗雷徹．沃姆帶著妻子也來了法國，住進他們在巴黎的公寓度幾天假——這間寓所愉悅明亮的程度跟他們位於歡樂谷附近的陰森城堡差不多。他知道，遲早，他必須對導師報告情況；而到了那個時刻，他的假期將因而變得有點掃興。果然沒錯。

沃姆血管密布的蒼白雙手放在書桌上，靜觀少年的反應：羅南表現出的是煩躁，而非罪惡感。

「讓我來告訴你吧！」長老顧問終於進一步補充，「召開長老會是為了決定你的命運，而全體長老都只有一個想法：中斷你的養成教育。我幾乎是用威脅的方式，才迫使他們恢復理智，讓你繼續跟其他人一起接受啟蒙訓練。這樣你感到很驕傲是吧？」

摩斯站起身，走到窗邊。他試著從拉起的厚重窗簾縫隙窺望天空，然而只望見鄂圖曼時期華美樓房的刻板內院。

「我並沒有准許你站起來。」

少年長到這麼大，學會一件事：只有父親的暴力能令他害怕。力量強大的長老，在安布里耶島之旅結束當晚，就把他叫來；即使他不敢輕忽長老的反應，仍忍不住大膽違令。他留在窗邊，試著迎對沃姆細長的利眼。長老不給他時間吹噓，拿出錬墜，朝摩斯的方向揮舞：一團黑雲從中冒出，包圍抵抗不及的少年，猛力把他扔進沙發。座椅受到強烈撞擊，後退了兩公尺遠。摩斯面無血色，挺起上半身，乖乖坐好。

「很好。」沃姆說，「現在你或許可以把來龍去脈說清楚，告訴我在那輛火箭裡到底發生了什麼事。」

「我已經解釋過了。」摩斯像個挨了罵的小孩一樣嘟噥起來，「我想調虎離山，拖延火箭發射，就是這樣而已。」

沃姆一掌拍在桌上，桌面所有東西都震動了一下。摩斯努力控制，壯碩的身軀才沒驚跳起來。

「別跟我來這套，笨蛋！」沃姆緩緩地吐出這幾個字，「對你那些小夥伴，甚至貝妮絲・魏特斯，或者溫斯頓・布拉佛，隨便你要怎麼說都可以，反正他們一個字也不相信；但是對我，你不准說謊。」

摩斯揪扯沙發酒紅色的天鵝絨布，雙腳在波斯地毯上摩挲起來。沃姆一個眼神就讓他停止這些不受控的動作。

「你想擺脫藥丸。」男人恢復了平靜，替他總結情勢。

摩斯依然封閉在沉默之中，直視前方。弗雷徹・沃姆站起身，雙手交叉在萬年不變的毛領裝背後，在書房裡來回踱步。

「你想除掉他，我並不怪你。」他終於說。

摩斯抬起頭，一臉訝異。

「我生氣的是，你竟然試圖用那麼笨的方法除掉他。」

少年揚起一絲微笑，目光對上長老的眼睛。

「原來，您也不喜歡他啊……藥丸他對您做了什麼？」他不懷好意地探問。

沃姆把他從頭到腳打量了一遍，眼神輕蔑，態度冰冷，然後搖搖頭。

「他對我什麼也沒做。」他反駁，「不過，他可能破壞我的計畫。」

「什麼計畫？」

「我不是叫你來審問我的。」沃姆回嗆，聲音沙啞，「總而言之，那完全超出你的能力所及。」

他停頓了一下，兀自沉思了一會兒，轉身對少年說：

「藥丸不但不是障礙，日後反而可能對我有幫助，無論他肯不肯都一樣。你也是。」

就在這個時候，門開了，管家走了進來。她端來一個刻有沃姆家族縮寫的銀盤，放在桌上。托盤上，一只酒紅色的茶壺冒著煙，還有一只茶杯。只有一只。摩斯壓抑憤怨苦澀的心情：沃姆只把他當成微不足道的棋子，就連僕人也忽略他的存在。沃姆揚起一絲微笑，彷彿讀到了小客人的心思。女管家無聲無息地退下離開。

「既然那個男孩是你的敵人，而你又想除掉他，那麼，你會從中得到好處的。我說得沒錯吧？」

摩斯搖搖頭。

「當初他找到辦法取得來法國旅行的機會，然而——」

「我知道。」長老顧問打斷他，「布拉佛介入了。」

「一開始的時候，他並沒有被選上！」摩斯氣沖沖地說，憤恨不平。

「你也沒有。這一點，你跟我一樣心知肚明。在這件事情上，你父親的金錢跟溫斯頓・布拉佛在美國政界高層的影響力一樣大。反正，大家都知道，你的位置，他更有資格。」

摩斯吞下滿心不甘，一肚子怨恨。他原本希望得到支持，甚至激化沃姆對藥丸的敵意；可是，他非但沒得到預期的效果，反而得知自己的代表權原是剽竊來的。沃姆暫時不去管他，回想小藥丸加入代表團的前因後果。他尚未明白醫族大長老為何要費這麼大的工夫，非讓那個男孩參加不可。不過，他很快就會發現其中的秘密。總之，無論如何，阻撓布拉佛的計畫有其用處。

「從現在開始，」他接下去說，「你必須聽我的，按照我所說的話去做，一字不漏。我們兩人都能因而得到好處，你懂我的意思嗎？」

摩斯仍保持沉默，只等他繼續。沃姆卻窮追不捨。

「我沒聽見你回答。」

「懂。」少男不甘願地回應，「我會執行您建議我做的事。」

「你要執行我命令你做的事。而且，不准討價還價。否則，你也一樣，我會用我的方式除掉你。你聽懂了嗎？」

摩斯全身顫抖，雙拳緊緊握住沙發扶手，直到指節泛白。

「那麼，要怎麼做才能擺脫麻煩？」男孩單刀直入地問，一副滿不在乎的模樣。

沃姆瞪少年一眼，對於他終被馴服感到滿意。然後，他在書房繞了一圈，回到他的大沙發坐下。

「首先，你必須先學會低調。懂得在暗中行動，你進行的事就已經成功了一半。你懂得暗中行動的道理嗎？」

摩斯不太確定地點點頭。他的師父嘆了口氣。

「不，你當然不懂。你跟你父親一個樣：你們都太愛招搖，表現沒受到注目就心有不甘。」

少年一言不發，默默抹去侮辱，沉下臉來。

「但是如果你總算有一點點智商，就能學會。只要一有機會，我們立刻實踐。你們什麼時候再出發去安布里耶？」

「我不知道，不過應該不會等太久：女爵告訴我們，必須盡快拿到我們的戰利品。」

「那麼，你就在那個時候行動。不過，首先，你必須了解一件事：敵人愈強，就愈要有耐心等候恰當的時刻，伺機而動，使他軟弱。耐心主宰一切。而這個特質，你應該也沒有……我真不知道當初選你到底對不對。」

摩斯傲然挺身。

「只要我願意，我也可以有耐心。」

「我們等著瞧吧！那麼，再記住一件事：要消滅藥丸，最好的方法，就是讓他陷入一種自卑的情境，暴露他的弱點和不足。當別人都懷疑你，你的防衛就會開始瓦解：在他身上也會產生同樣的效應。你懂我的意思嗎？」

這一次，摩斯把弗雷徹．沃姆的話照單全收，宛如一個貪婪地聽從精英戰略家建議的軍人。

「溫水煮青蛙：慢慢地，你逐步破壞那個男孩在醫族長老會成員心目中的形象，同時也要對他的同伴們施力。藥丸將因此而脆弱消沉。這需要時間，但是效果卓越。一般來說，」沃姆使了個不言而喻的眼神，「計畫甚至不需要實行到最後：我們的受害人會自行運作，賜自己最後一擊以求解脫，而我們不會沾染絲毫汙點，像白雪一般純潔無瑕。」

他把玩鍊墜好一會兒。

「藥丸個性衝動——同時也很勇敢，這一點不得不承認：他比任何人都勇敢。」沃姆盯著摩斯說，「跟他父親一模一樣。這是最有力的一張王牌。現在，該由你去探索利用，把王牌變成可怕的缺點。」

他站起身，朝那幅武裝騎士的大型畫作走去。他用鍊墜掠過一副馬鎧，牆面立即消失，露出一間漆黑的廳室。他們走了進去，沃姆把金字母按在一個圖騰上，牆面又恢復原狀。

長老不浪費時間，直接走向一張厚重的桌子：單獨一根木頭桌腳撐起金屬桌面。他把金字母放在桌面上方，金屬板面波動起來。桌上所有的物品——紙牌、皮囊、各種神秘的小袋子、奇怪的瓶罐——全都化為烏有，只剩一張如水窪的液態表面，呈現深沉的墨綠色。

「過來。」沃姆命令，「俯望弱點之桌。」

摩斯照做，深感不安。沃姆集中意念：

弱點之桌，

探究他的臟腑，

告訴我我該知道的，

使他任我隨意操控。

這時，摩斯的臉清楚地浮現在桌子幽暗的水面上，接著是他的整個身形。影像一幕接著一幕，以令人暈眩的飛快速度播放，摩斯根本認不出任何東西。直到播放節奏慢下來，他才驚恐地發現自己映在水鏡之中，臉上滿是面皰和膿包。然後，他看見自己位在一座陰暗的衣櫥裡，驚惶而恐懼；最後，他認出了爸爸：父親俯身壓制住他，目光狂怒，手舉得高高的，準備往他身上打。這超出了他所能忍受的限度，他感到一陣暈眩，後退了一步，嘴張得大大的。直到這個時候，他才驚覺自己忘了呼吸。他退到桌邊連忙吸氣吐氣，空氣終於進入肺腔。

等到能再直起身子時，他面色慘白。他氣急敗壞地朝沃姆望了一眼，長老靜靜觀察他，雙手交疊，嘴角露出一絲殘酷的微笑。

「原來是這樣，所以黑暗令你恐慌……」他說。

摩斯沒有回話，沃姆恢復冷峻。

「這就是你必須從藥丸身上挖掘出的事：他的脆弱，恐懼，揮之不去的陰影。從這些地方下手，你就能擊中他。」

摩斯點點頭。

「為達到目的，我需要一樣他的東西，對他來說很私密的物品。而我們不久之後就能得手。」

「怎麼拿到？」

「透過你第一個階段的工作：你必須先攻擊藥丸的強項，才能瞄準他的弱點。」

摩斯皺起眉頭，納悶不解。

「這道理明明很簡單：他的強項都跟你一樣。」沃姆說明，「而只要其中有一兩項輸了，他在最高長老會眼中的地位就會下降，並在沒有人能幫他的事項下慘敗。」

不到一眨眼的時間，沃姆已將桌子及桌面上的物品恢復原狀。

「總而言之，我們會贏得全面勝利。所以，你要做到以下這些……」

惹上蒼蠅搭上船

確定露薏絲身體沒事，不再有任何危險之後，奧斯卡和勞倫斯上床就寢。黑帕托利亞男孩沉沉熟睡，奧斯卡則整晚反覆思索阿爾弗瑞德．鮑登的話。

一樁陰謀：他的父親遭受一樁陰謀迫害，付出了生命代價。

有人假造了幾封信，騙人相信維塔力與黑魔君之間有勾結。維塔力成了叛徒。維塔力遭到醫族驅除。但是那些信是從哪裡來的？藉由露薏絲的口，不朽之身所吐露的第一個名字更加落實奧斯卡對醫族最高長老會中那名陰森成員的看法：弗雷徹．沃姆。打從一開始，他就疑心這個人，而今天，他明白原來自己的確有充分的理由這麼認為，而且，事情將不只是保持懷疑那麼簡單：如果沃姆真的加入了陷害父親的陰謀，他一定會叫他血債血還，無論奧斯卡自己要為此付出多大的代價。

然而，阿爾弗瑞德提到的第二個名字深深震撼了少年，撼動之強烈，彷彿父親又死了一次。

溫斯頓．布拉佛。醫族大長老。

怎麼可能？從維塔力失寵、獲罪，乃至死亡，他在其中扮演了什麼樣的角色？該把沃姆和布拉佛相提並論嗎？奧斯卡再也無法把心思放在其他事情上。

到了早上，經過一整夜如漩渦般迴轉不停的字語，愈來愈混亂的思緒，幾個小時失眠，重複咀嚼各種陰險無比的假設，前往代表團預定的行程時，他簡直就像個殭屍。今天的節目：塞納河上的浪漫遊船之旅。從河上觀光這座氣派輝煌的城市。

瓦倫緹娜、勞倫斯和露薏絲早就放棄勸他改變想法。

「他會自己篩選斟酌。」勞倫斯估計，「保留他覺得對的，拋開他覺得沒用的——或者讓他受到太多傷害的。」

「我們就什麼忙也幫不上嗎？」露薏絲感到遺憾。

「當然可以：讓他在自己的角落迎戰這一切。」男孩把話說得更白，「這才是他需要的。並且讓他知道我們都在，守在他身邊。」

到了碼頭，蒂拉立即撲向奧斯卡。她選擇開門見山，劈頭就挑釁：她沒忘記男孩昨天落跑的事。

「怎樣？休息夠了嗎？還是打算在船上睡個午覺？」

要是在其他任何時候，奧斯卡一定會答應她任何事。然而，昨天徹夜未眠，加上縈繞在腦中的各種不快的念頭，他終於失去了耐性。

「我還沒決定。」正當她準備無論如何都上前擁抱時，他卻回嗆：「假如妳說話別這麼大聲，或許我可以好好睡一覺。」

蒂拉跟奧斯卡不一樣，她從沒打算為了愛而不去計較男友的陰晴不定。她的確對他有好感，但是，從來沒有任何事情，能使她忘記遭受侮辱的憤怒。而偏偏在這個時候，代表團圍繞在他們身邊，聽他們談話，她屈辱到了最高點。彷彿聽到他剛自稱瘟神似的，她閃得遠遠地，狠狠瞪著他。

「我不但不會太大聲說話，」她怒嗆，「甚至根本不想說話。」

她轉身想走開，臨時改變了主意，走向露薏絲。

「等你醒來之後，你隨時可以跟這位聖女說話。」

她輕蔑地從頭到腳打量法國女孩。

「聽聽聲音就好，眼不見為淨。不過，人各有所好啦！」

露薏絲聳聳肩，幾乎覺得好笑；蒂拉的惡毒對她似乎不痛不癢。不過，她倒是替奧斯卡感到難過：他已經夠心煩的了，實在不需要再遭受這些。

「我覺得你們吵架好像是我造成的。」她對他說，「我猜她是在嚴重吃醋。要不要我去跟她解釋清楚，讓她知道她根本沒什麼好擔心的？」

奧斯卡對蒂拉的反應火冒三丈，卻沒品地把氣全出在露薏絲身上。

「妳從來不想麻煩別人，」他回她，攻勢凌厲，「但是到頭來，妳還是製造出一大堆麻煩，這跟存心找麻煩沒兩樣！而且，我們沒有非要整天黏在一起不可，不是嗎？」

露薏絲一時氣結語塞，僵在原地，眼睜睜看他轉身離開。回神之後，她決定不能就此罷休。

「而你，你以為你是誰啊？」她拉住他的手臂，「奧斯卡，不要每次控制不住狀況時，就一副永遠都是你最可憐的模樣！不要在那個小賤人對你發神經的時候，把氣出在別人身上，假如你連這個都做不到，那是你家的事！你可以安靜地在這艘船上好好睡一覺了，不會再有人想跟你講話了！」

她氣沖沖地一個轉身，走入人群消失。傑瑞米走到奧斯卡身邊，其他人則假裝關注別的事。

「呃……假如你願意的話，今天晚上的表演晚宴，我沒有伴。因為，我想，可能陪你的幾位女騎士都像被太陽融化的白雪一樣，憑空消失了！」

「夠了，別再來搗亂。」好友冷冷地回他，一句話把他釘在原地。

傑瑞米望著他掉頭就走，轉身問哥哥：

「呃，是說，我還是不知道今天晚上能跟誰跳舞。你呢，有伴嗎？」

奧斯卡穿過走道回自己的角落，無助地想避開蒂拉使出渾身解數誘惑赫拉西歐的戲碼。他們真的是很耀眼的一對，奧斯卡的心情差到了極點。

「喂，你！」他一副臭臉，衝著一直注視著他的啪嗒斥喝，「別這樣看我！」

小狗縮成一團，在奧斯卡連帽T的帽套裡滾了兩下，睡著了。最後，少年還是選擇去思考纏繞了他一整夜的問題，不願去想女友正在向別人獻媚，讓他備受折磨——這招是當眾懲罰，而且非常有效。

下船之後，他決定把自尊擺一邊，去找蒂拉。她斷然扔下在一旁嘆氣的巴西美少年，看著奧斯卡朝自己走來，顯然十分滿意，但仍擺出高姿態，不善罷甘休。

「你想幹嘛？」她不客氣地問。

「聽我說，」奧斯卡嘆了口氣，「我有一些煩惱，所以心情不好。我猜，剛才，我的行為很差勁。」

「你猜？我可是很確定。你剛才實在很令人受不了，而我還對你那麼好！」她氣呼呼地說，早已把先前的難聽字眼忘光。

奧斯卡沒有反駁：他是來化解緊張，不是來火上澆油。

「我們一起吃午飯吧？」

她猶豫了一下。他俯身想吻她，遇上的卻是她低頭露出的頸背。

「我要先看看我有沒有不要太大聲說話的心情，晚一點再給你答覆喔！」女孩堅決地說。

奧斯卡微笑起來：她這是下了一步正大光明的好棋。

「好吧！」他說，「我可以在耳朵裡塞棉花，這樣，我們就還是可以坐在一起。」

她揚起一抹微笑。奧斯卡很高興達到和好的目標，轉身回望。他們已經停靠碼頭，大家陸續下船。

半個小時之後，大皇宮的門一道道開啟，青少年們與陪同師長一起在夢幻的玻璃屋頂下就坐。奧斯卡才剛在蒂拉旁邊坐下，企鵝校長就俯身對他說：

「有人找你，奧斯卡。」

他轉頭看蒂拉。

「這麼快？」她說，不由得疑心，「我都還沒張嘴呢！別說你已經累了，必須先離開？」

他站起來，看見艾登、莎莉、伊莉絲和摩斯也紛紛起身。

「我馬上就回來。」他承諾，因無法對她坦白真相而沮喪。

她有氣無力地搖搖頭，把臉轉向右邊鄰座的人。奧斯卡離席時，啪嗒從帽袋中跳出來，躍上蒂拉的膝頭。少女任牠磨蹭撒嬌，擋不住魅力，總算露出笑容。奧斯卡感激地對與他默契十足的狗狗眨眨眼，趁機消失。

五名醫族少年互換了個眼神，爬上廊廳盡頭宏偉的石造階梯，進入一座很大的廳堂。在綠白相間的大理石棋盤式地板中央，可見一個豐滿的身影佇立。一位女性的背影：她雙手扠腰，裹著一件紅色圓點長裙，拖羅在身後散開。她轉身回眸，對他們微笑。

「你們終於來了，親愛的孩子們！」

入侵與響板

「我還以為在你們回美國之前，沒機會再召集你們了呢！假如我沒搞錯的話，回程的日期就訂在明天！」

崙皮尼女爵收攏她豔紅的佛朗明哥裙襬，重新將一朵玫瑰插入耳上的紅棕（真）髮絲中，一頭紅髮披瀉在背上。她甩甩頭，一對大耳環愉悅地叮叮作響。

「希望是有重要的事。」伊莉絲嘟噥，「午餐看起來很棒，好菜都要涼掉了。」

「假如覺得妳的第三項戰利品不重要，那妳可以回餐桌去，小女孩。」女爵不悅地回嗆。

奧斯卡直起身子：今天總算有個好消息，期待已久的第三項戰利品終於要發給他們了——為了這項功勳，他們大家都經歷辛苦的奮戰。

「太棒了！」他高聲歡呼，「你們已經把O屋和箭枝結合起來了？」

「我好希望能親眼觀看您告訴我們的那場變化，崙皮尼夫人。」艾登惋惜地說。

「你絕沒想到自己說了什麼好話。」女爵回答，神秘兮兮，「那麼，既然我們都等不及要回去……每個人選一塊地磚吧！」女爵直接宣布，並夾響手中的響板，像佛朗明哥舞者那樣旋轉了一圈。

每個人都趴在大廳的地板上摸索，直到有塊磚在他們的鍊墜下發出亮光。

等大家都就定位後，地板崩塌，大理石磚板緩緩下滑，深入大皇宮地底。一座嶄新的觀察室迎接他們的同時，頭頂上的地面恢復原狀，不留一絲痕跡。

這一次，在圈內等他們的，不再僅有羅傑一個人。一個用透明材質製成的圓帳安置在中央，而圓帳之內，卡洛塔濃情蜜意地黏在俊美的年輕男子身邊。兩人似乎都清醒著。羅傑在卡洛塔耳邊呢喃甜言蜜語，卡洛塔像個中學女孩一般感動興奮，格格輕笑。

「多麼迷人！他們真——可——愛！您不覺得嗎，貝妮絲？」

「是，是，很可愛。」老夫人回應。她已經等了他們一會兒了，「不過，請為我們那些在他們腦袋裡工作的朋友們想想，安娜瑪莉亞。」

「這兩個人，他們在那個泡泡裡做什麼？」摩斯好奇地問——並有點嫉妒羅傑。

「我們的戰利品在哪裡？」艾登訝異起來。

「就是為了這件事才把你們找來，還有他們也是。」魏特斯夫人回答，並轉頭望向圓帳裡的兩人，「這項戰利品，你們必須找一找。」

「可是……我還以為我們已經把它的兩項組合元件拿回來了。」奧斯卡插嘴，難掩失望。

「完全沒錯。所有東西都在。」魏特斯夫人親口確認，並轉身面對一張懸在半空中的綠寶石天鵝絨。

「我的天！」安娜瑪莉亞驚呼，一面猛力揮動手中的西班牙摺扇，「我的腦袋在想什麼？都是太感動的緣故！」

她走向天鵝絨布，一把扯開。一圈光暈使整個室內蒙上美麗的朦朧金色。醫族少年們必須瞇起眼睛才看清似乎有兩條鍊墜飄浮在空中。鍊墜之間織出一張緊密的細網，圍住金霧繚繞之中無比珍貴的物品。

「O屋！」奧斯卡大喊。

「這是你們帶回來的那一個，沒錯。」女爵證實，「璀璨耀眼，對不對？它的光彩絲毫未減！而你們的箭在這裡，先生們！」她說，並把箭枝遞給三個男孩，「對你們來說，也一樣珍貴！」

「現在，就只等你們轉變這兩個部分，將它們合而為一。」魏特斯夫人揭曉。

「如果我沒弄錯的話，意思是，我們得出發去安布里耶，啟動O屋？」奧斯卡想起崙皮尼夫人的說明，於是發問。

「然後建造出你們的第三項戰利品，沒錯。」魏特斯夫人回答。

「我心裡也在想：這樣就完成未免太美好。」艾登嘆息。

「呃，這樣最好，可以讓我們拉拉腿筋運動一下。那些遊覽啦、午餐啦，讓我覺得好沒勁。」莎莉倒是很慶幸。

一看就知道，她已經準備好，隨時可出發——就算是要開吉普車去撒哈拉沙漠歷險也沒問題。她穿著橡膠釘鞋底的軍靴、迷彩褲，腰間繫著一只水壺，卡其色的粗布襯衫，袖子捲起，頭上還戴了一頂帶有大護目鏡的鋼盔。

「但是……為什麼不在我們拿到箭的那天就進行呢，魏特斯夫人？」奧斯卡問。

「因為有兩項條件必須剛好碰在一起：首先，卡洛塔沃產週期中確切的某一天，也就是新O

屋遊行的日期。」

「第二項條件呢？」伊莉絲問，顯得極度不耐煩。

「這幾位先生必須從天然管道前往安布里耶雙翼。也就是說，他們必須從羅傑的安布里耶島進入……然後降落在卡洛塔體內。希望你們聽得懂我的意思。」

對這些私密的事情，魏特斯夫人從來都不太拿手，於是讓女爵繼續解說。女爵俯身探看圓帳。

「正因如此，我們把這兩位年輕人弄到我的宮殿來。德洛姆先生熟識的兩位醫族已入侵他們的五號小宇宙，賽瑞布拉；先讓他們熟睡，然後搬到這裡。」

「在這頂圓帳裡，」說到技術部分，魏特斯夫人就自在多了，於是接話：「我們投射了田園風和羅曼蒂克的影像。我們的兩位醫族夥伴想辦法讓這些影像抵達這對夫妻的大腦，讓他們信以為真。」

「總之，這對小愛侶會以為兩人在一幢可愛的鄉村小屋獨處，四周盡是鄉野綠意。圓帳內，音樂美妙悅耳，溫度適中宜人，還有……我還加上了一點歐毛娜的煙霧。」女爵坦承，露出了個頑皮的微笑，「反正，浪漫又誘人得要命啦！所有條件都非常理想。」她下了結論，攤開扇子，刷了濃濃睫毛膏的眼睛眨呀眨。

奧斯卡觀察那對小夫妻，長老們的心機巧思令他張口結舌。

果然，第五世界是他最著迷的小宇宙。自從他發現關於父親之死的殘酷真相和背景之後，布拉佛先生就對藏書室的書籍解除禁令，允許奧斯卡閱讀學習。因此，除了父親的豐功偉業以外，他還得知：維塔力也是，最喜歡的領域就是賽瑞布拉。少男有心繼承衣缽。每次提及，那個世界都更吸引他一點。

「伊莉絲和莎莉將前往安布里耶雙翼，也就是說，去卡洛塔體內。」魏特斯夫人說明，「至於你們，三位先生，你們只需溜進安布里耶島，去羅傑體內。」

「惹出上次那些事之後，這樣不是有點冒險？」艾登問，透露擔憂。

他瞪了摩斯一眼，那傢伙浮起一抹壞笑。

「冒一點危險，從來也沒死過人——反而能刺激你一下！」莎莉故意激他。

「我不需要任何人來刺激我——尤其是妳！」艾登反嗆。

「好了，現在，既然角色都已經分配確定，」魏特斯夫人打斷他們，「你們該出發了！在這兩個年輕人體內，我們的特派員們只等你們抵達，好進入他們最後一個階段的工作。」

「什麼樣的工作？」奧斯卡問。

老夫人的碧綠小眼睛瞪著他。

「他們要促使年輕夫妻兩人的腦中產生那不可或缺的情愫：慾望。」

「其實他們不需要多麼辛苦就能辦到。」女爵直言，對愛到無法自拔的小夫妻露出溫柔的微笑，「好了，如果你們都準備好了，就上路吧！」

「可是……到了那裡之後，我們要做什麼？」艾登問。

「一旦抵達安布里耶雙翼，找到女孩們之後，我就會告訴你們要怎麼做。快出發！我們必須趕在寧芙仙女的遊行隊伍前面，在她們抵達之前轉化我們的O屋。該你們上場表現了，祝大家好運！」

伊莉絲搶在所有人前面，卸下披風，小心翼翼地捧起璀璨多面的蛋體。

「好了，好了，我們走吧！」她專橫地對莎莉宣布。而這一次，她的強勢主導難得沒讓莎莉生氣。

兩隊人馬分開，各自在他們的宿主前就定位：女孩們帶著卵子站在卡洛塔前方，男孩持箭面對羅傑。奧斯卡和同伴們一起繫好披風，套上魏特斯夫人給他們的連身裝，揮舞鍊墜，回頭對女孩們說：

「幾分鐘後，在妳們那兒見！」

奧運選手般的精力

奧斯卡、艾登和摩斯環顧四周，認出他們位於一間演化航行員的休息準備室。三人互望了一眼，不太安心。

「這不是上次那一間。」艾登說，為自己打氣。

「太好了。」奧斯卡回應，不比他輕鬆多少。

寬敞的廳室內，人們騷動興奮，彷彿已經開戰，整個安布里耶國都燃燒起來了似的。顯然，這次的動員是認真的。奧斯卡想起圓帳下兩人纏綿的姿態。

「我認為，」他曖昧地微笑，說得更白些，「火箭發射台已經豎起，而這一次，發射應該勢在必行。」

「那麼，假如想爭取出發的機會，我們得趕快去空橋！除非摩斯先一步揭發我們。」男孩最後又補上一句。

「當我認定你已經沒有用，史賓瑟，就不需要靠揭發來甩掉你。」摩斯回嗆。

奧斯卡介入，把兩人隔開。

「你們冷靜點！不必等誰揭發誰，我們會直接被發現！快去更衣間拿一把弓和一個箭鞘。」

三個男孩穿戴齊全，把箭枝藏進披風內袋，連忙朝通往空橋通道的門口跑去。排隊之時，只聽指令如連珠砲般從四面八方射來。奧斯卡認出上次找他麻煩的那位組長。他試著保持冷靜，目光朝前直視。組長在他身邊逗留了一會兒，然後走到艾登旁邊。奧斯卡聽見艾登上氣不接下氣的呼吸。

「喂，小子，你怎麼一身是汗，抖得像片樹葉一樣？！」男人斥喝，「假如你還沒登船就這副德性，到了那邊，該瞄準的時候，你怎麼辦？」

「沒事，我只是有點緊張……過一會兒就好了。」他用比較有自信的語氣堅稱。

組長嚴格地瞪他一眼，含糊不清地低聲嘟噥了幾句，繼續檢閱隊伍行列。排在前面的第一批演化航行員已經領到箭枝。摩斯俯身越過艾登的肩頭：

「你差點就害我們被抓了，弱雞！」

「閉嘴。」

奧斯卡悄悄轉頭。

「太棒了，艾登！換作是我，我一定答不出話。剛才我的喉頭好緊。」奧斯卡謊稱。

「我又沒在害怕。」男孩有點帶刺地反駁，「只是緊張而已。所以，別再來惹我，也別安慰我，我一切都好！」

奧斯卡閉上了嘴，人群持續往前。後來是艾登先開口打破沉默：

「我們額外擠進部隊，會造成箭枝總數不夠。他們就會發現有外來入侵。該怎麼解決？」

「我們自己已經有箭。」奧斯卡回答，「一到配箭閘門口，就繞過去。跟著我做……」

節奏愈來愈快：羅傑精力旺盛，有如奧運選手；而雄赳赳氣昂昂的火箭挺向天空，巨大的發動機已經啟動。很快地，奧斯卡、艾登和摩斯已接近配箭閘門。他們趁著人群推擠，繞了過去，直接去太空船登機梯下方的通關門報到。

「咦?奇怪，你們的箭比別人的顏色淺一點。」檢查器材的精種說。

「微處理器沒壞就行了嘛!」奧斯卡囁嚅地說。

男子猶疑著，摩斯插話：

「你得讓我們上去，現在!要不然組長又要罵人，別說我沒警告你!」

精種也怕耽擱登機時間，於是把他們推往梯子，讓他們爬上去。他們進入擠滿了航行員的狹小座艙，好不容易在最前面一排找到三個位置。摩斯搶坐第一個。

「我才不要在你們後面出去。」他只這麼解釋。

艾登湊向奧斯卡。

「他又在搞什麼鬼?一直不懷好意地看你，好像在監視你一樣。」

「我也在注意他，別擔心。」奧斯卡回答。他確實發現，自從出發以來，摩斯就特別關注他的舉動。

好友於是換個話題，焦點放在他最掛心的事情上。

「抵達之後，我們到底該做什麼呢?」

「我也不知道。」奧斯卡坦承，「我猜，我們的箭會派上用場……」

「那邊都好了嗎?」組長大吼，「扣好安全帶，也閉上嘴巴!兩分鐘四十三秒之後起飛!」

奧斯卡向前探看：小圓窗外，地面和火箭發動機——前所未見地筆直聳立——全淹沒在團團煙霧之中。這一次，千真萬確，他們即將前往介於羅傑與卡洛塔之間的太空。

著迷。

羅傑支起上半身，喘著氣。

「卡洛塔，寶貝，我不知道是怎麼了，可是……」

「可是什麼？」卡洛塔問，喘得比她丈夫還厲害。他們剛結婚不久，他比新婚夜那天更令她著迷。

她的眼神透露慾望。羅傑毫不猶豫地回應：

「我想好好地摟著妳，待在這座美麗的露台上，享受這旖旎的風光。一切都這麼……美不勝收，這麼……令人讚嘆，這麼……令人著迷，可是……」

他每說一個形容詞，就解開襯衫一顆鈕釦，一顆一顆地解開。

「可是什麼？」他的嬌妻咬著嘴唇，滿心期待。

「可是我很想做別的事！」羅傑回應，意圖明顯地低吼一聲。

「噢！我真的非常能體會！」卡洛塔嬌呼，在他懷中扭動起來，「我也是，我也很喜歡就這麼乖乖地躺在這裡，享受……呃，我是說，欣賞風景。這幅風光那麼……」

「那麼……？」

「呃，」她忸怩地撥弄羅傑的T恤，「那麼……怎麼說呢……那麼……」

「撩人？」羅傑給她提示，再也忍不住了。

「沒錯！」卡洛塔高喊，雙手扯開T恤，「撩人！」

「噢！我的小愛愛！」男人低吼，「妳真……浪漫！」

「噢！你也是。」她說，而羅傑用閃電般的速度脫掉她的衣服，彷彿怕下一秒就是世界末日，「那就浪漫吧！我的小心肝！盡情地浪～漫吧！」

在一陣塵土飛揚煙霧瀰漫中，火箭升空。三名醫族少年坐立難安，緊緊抓住扶手。奧斯卡懷著既好奇又害怕的心情期待接下來的旅程。只花幾秒鐘的時間，從小圓窗望出去，安布里耶島猶如鮮紅大海中的一粒小點。奧斯卡好想解開安全帶，欣賞浩瀚蒼穹，以及他正在揮別的小宇宙；但太空船規律地劇烈震動，彷彿被一個巨人調酒師拿著搖晃，調製一杯雞尾酒。

「發生了什麼事？」醫族男孩問鄰座的航行員。

「你指的是？」那人反問。

「這些震動啊！每秒都在震！」

「你在說笑嗎？又不是不認識羅傑！那傢伙壯得要命！只要開始了，就全力衝刺！我勸你抓穩一點……」

「開始什麼？」

航行員瞪他一眼，奧斯卡總算懂了。想到羅傑現在的狀態，以及剛剛「開始」做的事，而他們卻在他的體內，他忍不住想笑。

「他說什麼？」艾登問，熱切地等待解釋。

奧斯卡卻來不及回答：震動愈來愈強烈，頻率也愈來愈密集。羅傑盡心盡力，想必已來到關鍵時刻……

「注意！」小組長對著麥克風狂吼，「各就各位！即刻投擲膠囊！抓穩了！」

「膠囊？那是什麼？」摩斯問。

「就是我們！」一名演化航行員大喊。座艙搖晃得像棵棗子樹。

擴音器裡傳來倒數計時。

「十……」

「我們？」艾登驚呼，「他們要把我們投進太空裡？」

「七……」

震動愈來愈猛烈，每來回運動一次，醫族少年們的頭就跟著前後搖晃一次。奧斯卡全力抓緊座椅。

「三……膠囊卸載中……二……」

三個少年閉起了眼睛。

「一……去！」

一陣強烈的顫動蔓延整艘太空船，膠囊脫離，被一股超級強大的力量向前拋出。少年們緊貼在座椅上，叫喊與呻吟之聲從遠處傳來，朦朧悶響——而且聽起來並不痛苦。

膠囊艙內，所有人都抬起頭，鬆了口氣。演化航行員們全體鼓掌。奧斯卡和同伴們互換了個眼神，目光中夾雜驚喜與總算放心的輕鬆。組長發言：

「很好，這次發射成功，我們即將降落在安布里耶雙翼的沃產原野。遊行應該會在不久後開始。提醒各位：你們是為了O屋而來，不是來找寧芙仙女的。所以，先生們，請自制，謝謝！」

他補上一句，嘴角浮著一絲邪笑。

艙體的速度減緩，沿拋物線落下。奧斯卡往外看：平原上開滿鮮豔的巨大紅花，隨風搖曳。為準備降落，他緊貼在椅背上，並大口深呼吸：即將來臨的幾分鐘將決定一切。他瞄了自己的箭枝一眼，不太知道該用它來做什麼。不過，追尋戰利品的考驗向來藏著許多驚奇，這一次，解法想必也一定出乎意料之外。

一陣輕微的搖晃之後，演化航行員們整齊劃一地站起來，這些動靜讓他們明白自己已抵達目的地。醫族少年們仿效他們，混入其中，朝門口移動。艙門剛剛開啟，降下繩梯。

瞄準！

下機之時，奧斯卡的腳踢絆到某種障礙，整個人摔平在地上。一隻有力的手腕把他拉了起來。他定睛一看：幫他的人是摩斯。

「走路好好看前面，假如你還想回歡樂谷的話。」

奧斯卡吃了一驚，甩開他的手，抖抖敞開的連身衣。把拉鍊拉到脖子上，不敢置信地盯著他的死對頭。摩斯轉身走遠。

「他是怎麼了？」艾登詫異地說，「正常狀況下，他應該會趁你跌倒的時候，從你頭上踩過去，不是嗎？」

「我也不知道。」奧斯卡回答，「不過，我想我寧願他對我公然挑釁。」

他們周圍是一望無際的花海：孤挺花高大無比，虞美人迎風搖曳，非洲菊在花莖上輕擺，蜀葵似乎想聳入雲霄，色調微妙不同的各式紅花爭奇鬥妍。長巾般的雲霧緩緩飄過，賦予花朵清新活力。遠處，大型機械吊臂轉動，準備啟動五個小宇宙的巨大工程。

奧斯卡眺望從山丘上兩座神廟垂落開展的宏偉階梯。目前還未見任何遊行隊伍開始，演化航行員們個個焦躁難耐，已排好隊伍，拉弓測試。

奧斯卡湊近其中一人：

「我們還在等什麼？」

「呃……O屋啊！不然還等什麼？」

「對喔，當然。」奧斯卡尷尬地說。

那傢伙對空拉緔弓弦，閉上一隻眼睛，從電子瞄準儀望出去。

「我練習了很久，覺得一定能射中！」他滿懷自信地對奧斯卡說。

原來如此：所有航行員來這裡都是為了射O屋！但為什麼要這麼做？這樣會引發什麼效果？艾登、摩斯和他又為什麼非參與不可？

突然間，原野上的霧中顯現幾條人影。男人陣列中歡呼四起：他們面前，三名身穿托加長袍的女子遠遠現形。其中一人高大壯碩，似乎領導著另外兩人。直到她們再走近一些，大家才看清楚：第二位寧芙如履薄冰地捧著O屋，而她後方的那位則將一個基座放置在地上。寧芙將她珍貴的寶物小心翼翼地放上去。O屋開始散發萬丈光芒：暴露在花海之中，它的每一個切割面都反射數不盡的金光與紅光。

一頭驚人紅棕亂髮的女祭司傲然昂首：奧斯卡花了幾秒鐘才認出崙皮尼夫人。她裹著一件令人印象深刻的長袍，取代歐毛娜大祭司的位置。在她身後，莎莉和伊莉絲退下站好。伊莉絲戒備地瞪著演化航行員陣營，莎莉則用目光搜尋好友。女爵發言，聲音宏亮。

「安布里耶島的男人們，我們來自愛情神殿，也就是綠野神廟，為各位帶來我們小宇宙的珍貴果實。只等你們的箭，它將演變，啟動世界上最不同凡響的建造工程：生命，推動一個嬰孩誕生。但願愛神與豐產之神與你們同在！」

演化航行員們對這段不尋常的長篇大論十分訝異，紛紛瞪著安娜瑪莉亞．崙皮尼看。

「我講得怎麼樣？」女爵問道，對自己相當滿意。

「效果十足。」莎莉回答。

「有點太長。」伊莉絲反駁。

排在女爵面前的演化航行員們剛從箭鞘裡拿出箭枝；她打量隊伍，終於找到三名醫族少年，於是撇撇頭，示意他們離開。奧斯卡與艾登和摩斯互望一眼，悄悄退出隊伍，張起斜揹在肩上的弓。他將箭枝架在弦上，另兩名夥伴也照做。

第一排航行員們箭在弦上，已做好準備。O屋變得更加閃亮耀眼，彷彿決心吸引更多箭枝。神不知鬼不覺地，崙皮尼女爵取出鍊墜，藏在掌心，並黏上一樣透明材質製成的環型裝置。她把手臂伸向安布里耶的弓箭手們，而奧斯卡看見她的嘴唇微微張動。一陣金煙從M字漫出，散入雲霧中，演化航行員無從察覺，不久之後已滿布O屋和他們之間。在此同時，航行隊組長揮下手臂。

「發射！」

箭枝數量之多，天色都因而變暗。令眾人跌破眼鏡的是，射程的前半段，箭速如閃電般疾猛……後半段卻減緩下來，彷彿射進了某種黏稠的物質，軟綿綿地掉在地上，距離目標還有二十公尺。組長回頭望著他的部隊，目瞪口呆。

「你們在搞什麼？不知道怎麼瞄準了還是怎樣？第二排準備，要表現得比他們好！」

第二排航行員向前，單腳高跪，眼睛湊上電子瞄準儀。每個人都拉開弓弦，架上箭枝，奮力射出。再一次地，箭枝陷入從女爵的鍊墜所發散出的煙霧，疲軟落下，掉進千萬朵豔紅花毯中。

組長氣得七竅生煙。

「天殺的，你們是怎麼了？剩下的所有航行員都向前，鎖上追蹤器！一定要射中那顆O屋！」

崙皮尼夫人對三名醫族少年使了個堅定的眼色。

「我想她有話要告訴我們。」艾登說。

「她要我們進去排隊。」奧斯卡猜測，「說不定她鍊墜的魔法擋不住追蹤器？快，我們快去第一排！」

一如往常，摩斯推開面前所有航行員，替同伴們開路，直到第一排的弓箭手身旁。

「要比他們早發射。」奧斯卡悄聲對同伴們說，「快！」

「喂！你們三個！」組長大吼，「等我下指令！發射的時機是在……」

一聲怒吼蓋過他的聲音。所有人都轉頭望向通往綠野神廟的巨大天梯。階梯下方，最後一段石階上，女祭司歐毛娜——這一回是真的那一位——直挺挺地站著，一隻手指著女爵，厲聲控訴：

「妳！妳好大的膽子！」

崙皮尼夫人愣了一下，連忙堆出一副燦爛的笑臉。

「歐毛娜大祭司，聽說您人不舒服，沒想到還是來了！真是太好了！我們還以為必須代班呢！」

「閉嘴！妳根本不是祭司，而這兩個丫頭也不是神廟裡的寧芙仙女！」

演化航行員陣營中響起一陣驚愕的竊竊私語，女祭司身邊聚集了多名寧芙，氣沖沖地叫罵起來。

「叛徒！」一名寧芙女戰士揮動長矛，「小偷！」

幾百名寧芙跟著她一起吶喊搖武器。歐毛娜高舉胳臂。

「抓住她們！」女祭司感到前所未有的盛怒，發號施令，「別讓她們溜走！」

女爵放棄再耍把戲，轉身面對三名醫族少年。

「動作快！」她大喊，「瞄準卵子！就趁現在！」

然而寧芙仙女們已經如巨浪一般湧入原野，朝他們撲來。女爵改變主意。

「過來，快跑！你們沒時間了！得趕快離開！」

艾登和摩斯聽從指令，開始朝她狂奔而去。奧斯卡只猶豫了一瞬。他的心臟狂跳不已，回過頭，拉開弓弦，湊近瞄準儀，全神貫注，一箭射出。一道黑線劃破安布里耶的天空，他的箭射中O屋，正中紅心。

突然間，O屋的千百個切割面脫離，在空中懸浮了幾秒，隨即炸個粉碎，閃亮地灑落在裸露的卵子周圍。卵子正中央顯現一個超級精密的電子系統。箭枝本身也斷裂開來，插在箭頭的微處理器鑲入卵核，彷彿補齊了一幅複雜拼圖所欠缺的最後一塊。

如此一來，O屋受孕，裹入一層不透明的乳白紗罩，愈來愈大且愈來愈硬，不到一會兒，形成了一副發光的薄殼。殼面如同電腦螢幕，一組組數據，文字與圖案，上下左右地滾動，速度飛快，令人暈眩。

轉化後的卵子逐漸膨脹，開始冒出芽孢，每個芽孢都形成一個同樣的卵，體型較小，欣欣向榮，開始發亮。

女爵猛然撲向O屋，同時呼喚醫族少年隊：

「快，拿出你們的鍊墜，打開腰帶上的第三個囊袋！」

演化航行員們發現上當後氣憤難平，直接朝他們衝來；男孩們努力加速甩開。莎莉和伊莉絲用鍊墜拉出一面屏障，躲在後面。寧芙仙女們的長矛宛如畫在空中的斑馬條紋，紛紛擊在屏幕上。猛烈的力道把兩個女孩撞得人仰馬翻。她們盡力抵擋第二波攻勢，摩斯和艾登加入，幫忙補給防線。崙皮尼夫人用她的鍊墜接手。

「太棒了，小姐們！」她稱讚，為她們打氣，「現在，收下戰利品，快！」

四名醫族揮舞鍊墜，伸向剛萌發出來的新細胞。在引力作用下，細胞緩緩轉向，進入他們打開的囊袋。

女爵轉身望向落後的奧斯卡。

「跑！快跑！」她大喊，同時艱辛地抵擋對手的攻擊。

奧斯卡上氣不接下氣地朝醫族小組奔來。崙皮尼夫人伸長手臂，指著通往神廟的階梯。

「不久後就能放下武器了，你們看！」

他們順著他的目光望去，看見聚集在最低一段台階上的寧芙仙女們，在不知情的狀態下，排列出了那個圖案：一個基座被蛇纏繞的空盃。女爵對徒弟們喊：

「我們回去吧！」

奧斯卡連忙面向O屋，想依循同伴們的做法，取回他的戰利品。閃光一道接著一道，女孩們消失不見，接著是女爵，然後是艾登。摩斯手裡拿著鍊墜，卻回頭對他說：

「跟這些女孩們快樂地玩吧！藥丸！還有，祝你好運……假如你有一絲機會能脫困的話！」

摩斯也消失了。奧斯卡不理會他的諷刺挖苦，伸手探入披風衣褶。僅僅這麼一個動作，一股恐怖的緊張立即湧升。他的手指伸進T恤裡摸索，然後又摸摸脖子。鍊墜呢？他感到背脊發涼，寒意傳遍全身。他雙手翻搜空蕩蕩的口袋，眼睛四處張望。什麼都沒有。他抬起頭：寧芙仙女們移動分散，蛇盃圖案也隨之瓦解。

他追溯記憶。摩斯剛才的話再度浮現腦海，那張不懷好意的臉也在先前那個古怪的場景出現：在他跌倒的時候，摩斯過來扶他站起。他的連身裝是敞開的。

當然。

他氣喘吁吁，回頭眺望那片豔紅原野。從那恐怖的情況可知事態的嚴重性：他孤身一人，失去了最強大的武器，困在一個小宇宙中，憤恨的寧芙與演化航行員盤據，阻隔在他和O屋之間。他甚至沒辦法拿取戰利品，儘管剛才是自己那枝箭讓卵子受孕。

可惜，摩斯說得沒錯：他連一絲脫困的機會也沒有。

深閨裡的神諭

女管家把羅南・摩斯擋在門前。

「我再重複一次：您不可以……」

「讓他進來。」她身後響起一個平靜的聲音。

摩斯一臉得意，輕蔑地瞪她。她嘆了口氣，挪動身子讓開。少男進入書房，帶上門，步上長沙發和掛著暗色絨布簾的牆面之間的厚地毯。沃姆坐在書桌旁等他。畫像已經撤除，密室敞露。

「你把我要的東西帶來了嗎？」

摩斯點點頭，手伸進口袋。

「不。」長老專橫地阻止他，「不要在這裡。跟我來。」

他們把自己關在密室中。沃姆朝覆蓋著一層金屬表面的怪異桌子走去，將鍊墜貼近金屬面。再一次，桌面上的物品全部消失，顯現一張綠寶石色的液態表面。

上次弱點之桌給他的教訓，摩斯餘悸猶存，寧可後退一步。沃姆輕視地瞪他一眼，只伸手攤掌。少年在皮夾克的內袋翻找了一下，掏出一條鍊墜。沃姆接過來，嘴角浮起一抹滿意的奸笑。就在這個時候，字母射出一道綠色閃光，長老整個人愣僵。眼見長老短暫的示弱，這一回，輪到摩斯浮起微笑。

沃姆把鍊墜懸在那動盪的水窪上。水面開始翻攪，噴濺到外面。奧斯卡的臉孔出現，沃姆目光如炬，摩斯則貪婪地注視。

一切來得又急又快：反光四射，一陣猛烈的爆炸把男人和少年遠遠地彈震開來。

沃姆迅速起身，醫族少年則目瞪口呆，觀看周遭的慘況：液體濺到牆上，座椅傾倒，地圖散落一地，瓶罐打翻破碎。沃姆本人卻似乎對書房密室裡的災情漠不關心，彎腰在地上搜尋，直到找到釀禍的鍊墜為止。他小心翼翼地拾起，取了一塊奇蹟般沒被噴濕的乾布，把墜子包裹起來。摩斯終於決定站起身。

「剛剛是怎麼回事？」少男問，「是不是因為藥丸的鍊墜跟大長老的配對連結，所以那張桌子沒辦法說出他任何弱點？」

沃姆凝視仍在閃閃發亮的金字母。

「但願只是因為這樣。」這話他是對自己說的。

「那麼，關於藥丸的弱點，我們什麼也無法得知？」

沃姆沒搭理，直接朝門口走。摩斯好奇地緊跟著他。

他們穿越一道掛著暗紅絲綢的長廊，在最後一扇門前停下。沃姆幾乎沒敲門就推門進去。

摩斯認出那擠滿家具的壅塞小房間，那是沃姆城堡深處那個房間的複製品：去年，他曾未經許可擅自闖入。所有擺設一模一樣：榆木紋寫字檯、矮茶几與渦形腳托架穿插在三張擺在角落的沙發之間，牆上張掛厚重的布幔。一襲暗紅色的垂簾自天花板披下，把房間一分為二，使這座沒有窗戶的密室更加令人窒息。

一名年輕女子匆匆趕來，擠到沃姆和簾幔之間。

「抱歉，先生，我……」

「我太太人呢？」沃姆冷冷地問，逼她後退。

「夫人要我告訴您，她身體不舒服。」女子囁嚅地回答。

「我需要見她。讓她晚一點再休養。」長老裁示。

垂簾後方傳出一聲嘆息。沃姆推開女僕，拉開布幔。

「克萊兒。」對從昨晚就沒見到的妻子，他僅喊了一聲，沒有其他招呼。

克萊兒．沃姆坐在梳妝台前，懶得回頭。

「我倦了，老爺。可以讓我靜一靜嗎？」

「我需要您。」沃姆回應，毫無同情心。

克萊兒挺起身，對來訪者始終僅以美麗的側臉相待。摩斯目不轉睛地望著，已被俘擄。他隱約看見她深邃的黑眼眸，與她簡單盤在後頸的髮髻一般漆黑。鼻梁完美挺直，顴骨飽滿貴氣。她穿著一套非常合身的莓紅色塔夫綢洋裝。房間陷入令人不安的寂靜，當克萊兒伸手拿取梳妝台上一個小瓶子時，摩斯甚至能聽見衣綢窸窣的細響。她專注地看著瓶子裡的東西，不理會一旁的丈夫。弗雷徹．沃姆把珍貴的布包攤開，拿出鍊墜，放在她面前。

她終於轉過頭來，一臉驚嚇。

「不，弗雷徹，不要這樣，別在今天。」

「我需要您。」他再次說，態度專橫，「我需要聽這條鍊墜說話。」

「我已經告訴過您，我身體不舒服。我什麼也看不出來。您很清楚，我已經很多年沒做了。

而且，我也不想再做。對我來說，實在太痛苦了。」

「我要您嘗試去做。」她的丈夫堅持，「您必須破例一次。」

她嘆了口氣，轉身面對他，彷彿這時才初次發現摩斯在場。少男凝視她，深深著迷。她約莫四十多歲，即使看起來比沃姆年輕許多，但也可以當他的母親了。他覺得她美極了，但蒼白得令人擔心，彷彿幾個世紀沒見過陽光。她短暫地打量他一眼。

「那他呢？」她問。

聽她的語氣，彷彿說的是一樣東西，或者一個不在場的人。摩斯惱怒地僵直身體，鼓起胸膛，爭取存在感。

「無所謂。」沃姆回答，「他什麼也不敢說出去。」

少婦東張西望，茫然失措。了無生氣的家具、梳子和各式各樣的水晶瓶皆無法幫她。她垂下怨恨的目光，冷冷地聚焦在鍊墜上，深吸一口氣，拿在手上。一股熱流遍及全身，她忍住沒叫，卻逃不過丈夫的法眼。

「您怎麼了？」他詢問。

她驚魂未定，遲疑了一下。

「沒事。」她輕喘著說，「沒事。」

她雙手捧起鍊墜，握在掌心，站起身，走向藏在室內一角的休憩床。床鋪隱在兩道厚重的天鵝絨布簾後面；垂簾數不清的褶襬延伸到地板上。她躺上床，閉上眼睛。沃姆走到她身邊，摩斯則退縮在後面，既好奇又害怕。

克萊兒．沃姆把雙手舉到嘴邊，深深呼吸。閨房裡產生一股強勁的氣流，宛如冰冷寒風，掀起布幔，在他們周圍旋轉，鑽入她纖纖玉指間的縫隙。奧斯卡的鍊墜放射出太陽般耀眼的光芒，摩斯不得不護住眼睛。光束射進克萊兒的口腔，集中在她的頭部，使該處的皮膚呈現薄膜半透明狀，而彷彿一張水晶面孔後燃著熊熊烈火。她的雙手垂落，鍊墜掉出來，滾過她的肩膀、脖子，然後落在地上。摩斯本能地想撲上去撿，卻被沃姆的鐵臂擋下。

「什麼都不要碰。」他低聲說，細長的目光緊盯妻子。

克萊兒睜開雙眼——赫然兩個黑洞。她的嘴唇開始張動，一個畸形的聲音湧出。摩斯驚恐得發抖。

「他得到父親真傳。」宛如來自冥界的聲音宣示，「然而，他的人生將更加輝煌。跌落谷底之後，他終將攀上顛峰。」

摩斯感到心跳驟然加速。這個瘋女人說的是誰？他瞪著掉落地上，靠在休憩床腳邊的鍊墜，瞬間明白。沃姆夫人吸取了字母的靈氣，內在的聲音揭露主人的命運。聽見神諭的內容，他整個人被恨意佔據。

「他有擺脫不掉的危險。」聲音接著說，「但對別人來說，他也是一個危險人物。他本性危險，行事危險，追根究柢。」

一陣猛烈的顫抖，克萊兒沒有知覺的軀體動了起來。震動一陣接著一陣，她像一個被搖晃的木偶，又像一個人形封套，套住了一隻試圖掙脫的小動物。後來，顫抖發作的間隔逐漸拉長，軀體恢復平靜。

「他追根究柢，」那聲音又說了一次，「窮追不捨，終將得知被隱瞞的真相——所有真相。」

弗雷徹．沃姆緊緊抓住外套上豎起的毛領，仔細聽他妻子的每一句話。她的嘴唇又動了起來。

「他會挖出埋藏多時的陰謀，罪人終將栽跟頭。遲早有天會倒下。」

那動作來得太快，弗雷徹．沃姆來不及躲開。妻子伸長手臂，如展開攻擊的毒蛇，一隻手緊扣他的大腿。

「如果不阻止他，」她喘著氣，低啞地說：「倒下的就是您。是您要栽跟頭！他將得到您垂涎已久的地位。」

沃姆抓住那隻手，直到五指終於鬆開為止。

「不是您……就是他。」那聲音做出結論，喃喃細語，只有他聽得見。

克萊兒垂下眼皮，深吸一口氣後吐出。光線離開她的軀體，在封閉的密室中旋轉，最後鑽入奧斯卡的鍊墜。

克萊兒．沃姆睜開眼睛，盯著昂貴細木天花板看了一會兒，坐起身。她垂下頭，看了鍊墜最後一眼。

「別忘了。」她終究說出口。

沃姆撿起鍊墜，一言不發。別忘了……妻子指的應該是金字母。但他不會忘記她的話語。

他朝門口轉身的同時，卻感到背後的克萊兒注視著他。她在微笑嗎？剛才那些關於小藥丸的預言令她開心？他對摩斯比了個手勢，少年急忙跟上，一起離開令人窒息的少婦閨房。

他們沿著長廊，來到寓宅門口。

「你要偷偷歸還這顆鍊墜。」

「什麼？」摩斯嚷起來，「但是……」

「假如你一直留在身邊，遲早有一天，會被溫斯頓．布拉佛發現。你自己想辦法，讓它被找到，落到藥丸的親友手上。」

摩斯像個不能撒野的小孩一般生悶氣，不甘願地拿回金字母。一陣觸電的感覺蔓延整條手臂：他敢說，是鍊墜抗議，拒絕被他觸碰。他走下通往玄關大廳的樓梯，直到門口，才聽見沃姆喊住他。

「藥丸在哪裡？」

摩斯轉過身來。

「被關在第三體內世界。」

沃姆的臉不動聲色地放鬆了。

「很久。」他說，緩緩地，享受其中樂趣。「會被關很久。」

一位母親，僅此而已

溫斯頓．布拉佛緩緩地從書桌旁起身，手裡握著電話。

「失蹤？」他幾近顫抖地重複對方的話，「怎麼可能？」

「自從他們上次從安布里耶回來之後，就沒再看到他。」

「他不在法蘭斯瓦．德洛姆家？」

「是他通知我們的。而且德洛姆的女兒也不知道他在哪裡。」

平常從容拘謹的魏特斯夫人難以掩飾擔憂。首先，因為她自認要對這些接受她啟蒙的醫族新血負責，但同時因為她對小藥丸有一份特殊的感情——源自於對他父親的情誼，也由於他本人：的確，這個男孩桀驁不遜，但心地非常善良，討人喜歡。另外也為了他被賦予的使命；雖然這是她個人的看法，而且尚未能得到明確的證明。

「一定要找到他，貝妮絲。」

「當然一定要找到他才行。」魏特斯夫人在電話線那端回應，似乎被這句想當然耳的話惹惱，「而且我們一定會找到他。溫斯頓，我現在告訴您這件事，是因為他們的老師已經通知他母親了。」

響亮的嘈雜聲傳到庫密德斯會的三樓。溫斯頓．布拉佛不得不長話短說。

「只要一有消息就讓我知道。」他說完就掛斷電話。

走出書房，來到走廊，那些聲音聽起來清楚多了：來自兩層樓下的玄關大廳。他迅速下樓，在兩層樓之間的梯廊停下腳步。大廳中央，彭思試圖攔住一個棕髮女人──或者該說是一隻想強行闖入的母老虎。

「放開我！」女人大喊，情緒完全失控，「我必須見他，您聽懂了沒？」

「這位夫人，拜託您！布拉佛先生現在沒空，他有約在身，暫時不會回來……」

「說謊！假如您不肯傳話，那我就自己來！」

雪莉聽見騷動，趕來支援彭思，試著讓那個她可能已經認出是誰的女人冷靜下來。

「夫人，我了解您的心情，不過我像您保證，您可以信賴布拉佛先生，他……」

「這裡發生了什麼事？」大長老低沉沙啞的嗓音發問。

嘈雜終於停止，女人仰起頭。她美麗的臉龐上滿是痛苦與淚水。那雙眼睛，非比尋常的紫色眸子，狠狠地瞪著他。

「就是為了找您才來的！」她大吼，聲音因哽咽而發抖，「然而，我本來大可不必在乎，何況來這裡對我來說是多麼恐怖的事！我要您把我兒子還來，聽見了嗎？**把我兒子還來！**」

「我們會找到他的。」布拉佛回應，「請您冷靜。」

賽莉亞抑制撲上去掐他脖子的衝動。這個傲慢的男人，在這種情況下，竟然還敢指揮她怎麼做。她深呼吸一口氣，登上隔開兩人的幾級階梯，正面迎對他。她全身顫抖，但散發出一股不容動搖的堅決意志。溫斯頓．布拉佛不記得她有如此高大。

「我知道他這次將面臨巨大的危險。」她說，「我早就感覺到了，而在機場看見您，更證實了我的預感。假如他有什麼萬一，都是您和醫族造成的，我很確定。」

「請您理智一點。您會這麼說是因為您太擔心受怕，不過……」

「我會這麼說只因為我是一個母親。您給我好好聽著。」她糾正他，咬牙切齒。

他閉上嘴。她忿忿地抹去矇矓了雙眼，沿著臉頰流個不停的淚水。

「您給我做好您該做的事，必要的話，驚動全世界也沒關係，但是，把我兩個孩子帶回來。假如有人傷害了他們，我對您發誓，您聽懂沒？我發誓一定會不計代價地報復。我會追您到天涯海角，緊追不捨。」她說；每講一個字，指尖就戳大長老衣領上的釦眼一下。

布拉佛心知肚明：若是能把手指變成刀，她仍舊會做出同樣的動作。

「我丈夫之死，您欠下的代價，」賽莉亞又說，「我會要您百倍奉還。我的話，您確實聽懂了嗎？」

溫斯頓．布拉佛注視她良久，她一點也不怕。

「我建議您用肯定句回答我，布拉佛先生。告訴我，您聽懂了。」

「我主要聽出的是您擔心到盲目了。不過，我們會盡力找到您那位難以掌控的兒子。」他特別強調最後幾個字。

「不，我是憤怒到盲目。別讓我聽那些文謅謅的說法，尤其是指桑罵槐的批評。您沒資格評論我的兒子。您負責把他送到那裡，那就把他找回來，快。」

她走下樓梯，往門口走去，無視彭思與雪莉的存在。廚娘想必也跟賽莉亞一樣受擔憂折磨。賽莉亞在門前停下，轉過身來。

「布拉佛，您自以為很清楚被人奪走了丈夫的女人是什麼樣子；但您一點也不知道孩子被搶走了的母親會怎麼樣。一無所知。但其實這樣對您比較好。我給您一個晚上找回奧斯卡，多一分鐘也不行。而把他還給我之後，您就永遠不准再接近他一步！」

甩門的聲響在庫密德斯會的大廳迴盪，盪進了布拉佛的腦子裡。他立刻上樓。不僅因為那個女人交代了沉沉重擔，小藥丸失蹤之事本來就有許多理由令他憂心。

「彭思！」

「是的，先生？」

「通知傑利，十五分鐘後出發去機場。」

「賽莉亞！再見到您真高興！」

阿力斯特發現她紅腫的眼睛和滿面淚痕，在庫密德斯會迎賓階上猛然停頓。

「拜託您。」她向後退，對他說：「現在不是時候……不是……」

少婦努力不讓自己崩潰。她從他旁邊經過，朝雕花鐵門遁逃。他步下階梯，溫柔地攔住她。

「別這樣丟下我。」他懇求，「告訴我，是什麼原因讓您變成這副模樣？我想幫助您，我能幫助您。」

他轉身望向宅邸，仰頭注視大長老的書房。

「奧斯卡？」

她潸然淚下，作為回應。阿力斯特謹守分際，彬彬有禮地握住她的手。她感到一股暖流蔓延全身，這觸感讓她得到撫慰。

「他在巴黎失蹤了。他們一直沒找到他。」

「一切都會解決的。我們會處理。」以他那火山爆發般的個性，這句話講得出奇冷靜，「奧斯卡很優秀，在過去幾次冒險中充分證明了這一點。我們也應該要對他有信心，好嗎？」

她點點頭。他輕輕放開她的手，走回樓梯。她繼續往門口離去。

「賽莉亞？」

少婦轉過身來。阿力斯特深深注視她。

「您錯了：隨時『是時候』，若需要幫助的是我們……」

他猶豫了一下。

「……是我們欣賞的人。至於其他的，我知道要等。而我會耐心等待。」

她深深吸了一口氣。

「現在，回家去吧！」他站在門口對她說，「別再煩惱了。我們很快就會給您好消息。」

找不到

「離開的時候，大家都在，我很確定。」莎莉信誓旦旦地說。

「但假如他留在那裡了呢？」伊莉絲不高興地說，「他每次都那麼不聽話……等他一回來我就要好好教訓他。」

「不是這樣。」摩斯若無其事地插嘴，「我看見他從三號小宇宙出來了，那時他就在我旁邊。」

「我們擔心的就是這個。」艾登回嗆。

魏特斯夫人與崙皮尼女爵對望一眼，扶正紅框大眼鏡，一一掃視被她召集到德洛姆家的醫族少年隊，似乎想從他們的表情挖出證詞中所欠缺的部分。在大個兒那張滿是青春痘的臉上，她的目光稍微多滯留了一會兒。羅南．摩斯流露出一種不懷好意的強勢，而且明顯缺乏誠意。他有沒有說謊，她終究會查明。但是否已經太遲？小藥丸必須在美國大使館為代表團舉行的接待會之前回來。絕對要回來。而他本人應該知道才對。

她轉向來自體內世界的兩個孩子。

「你們呢？什麼都不知道？」

「我們只看見在大皇宮時他離開餐桌，在那之後，就什麼都不知道了。」勞倫斯擔憂地說明。

平時衝動無厘頭的瓦倫緹娜卻刻意避免回應。她的腦袋裡只想著一件事：奧斯卡對阿爾弗瑞德．鮑登和鮑登所揭露的陰謀非常在意。他會不會又去了羅浮宮，希望多探聽一些？她感到一道沉沉的目光壓在身上：魏特斯夫人的綠色小眼睛環繞她的臉，來回掃視。

「不，」她終究這麼說，「我也不知道。」

魏特斯夫人嘆了口氣，走到薇歐蕾身邊。女孩已躲進某個白日夢境。巴特只能用可靠的臂膀環住她的肩頭，默默不語。老夫人不在乎薇歐蕾的神遊狀態，用對其他人一樣的態度跟她說話。

「我們會找到他的。」她露出溫和的笑容告訴她，「一點都別擔心，好女孩。一點都不需要。妳懂我的意思，對吧？對，妳有聽懂。」

出乎眾人意料之外，奧斯卡的姊姊抬起眼，點點頭，然後又回到另一個遙遠，令她安心的世界。

「夫人。」原本退避在後方的露薏絲喊她。

魏特斯夫人回頭。露薏絲與瓦倫緹娜和勞倫斯交換了個眼神，下定決心。

「今天早上，奧斯卡的心情不太好。他獨自悶在角落裡。或許他只是決定不去接待會，溜去巴黎市內閒逛？」

老夫人寧願相信露薏絲的想法是錯的。大使館這場約見太重要了。

「那樣的話，他應該會先通知我們。藥丸先生確實喜歡隨心所欲，但還不至於如此。」

「您在開玩笑嗎？魏特斯夫人！」伊莉絲一本正經地評論，「奧斯卡．藥丸缺乏嚴謹的程度沒有極限。」

魏特斯夫人嘆了口氣。

「好了，」她說，「接待會將在一個鐘頭後舉行，你們去準備出發吧！至於我們，安娜瑪莉亞，我們必須有十足把握才行。無論如何，我們得再次確認看看這個男孩是不是還困在卡洛塔的體內——或甚至在羅傑體內，誰知道呢？」

摩斯緊張僵直了一下，那點動靜沒逃過女長老的法眼。

「這樣可能需要檢查很久。」莎莉提醒，「第三體內世界很大，而且我可以告訴你們，會有很長一段時間，醫族在寧芙仙女和馬托斯．左伊德神父那兒都很不受歡迎……」

「這個妳不用擔心，孩子。」女爵安慰她，「我們甚至不需要前往安布里耶就能偵測那少年是否在他們的體內。好，包在我身上，我會讓他們到大使館來。」

漆著美國國旗的巴士穿過令人眼花撩亂的協和廣場，駛入加百列大道，停在大使館入口附近。

所有人下車，通過安全檢驗閘門，接受仔細的檢查；就連將由艾登獻給大會的美國代表團紀念禮物，那只漆著歡樂谷市徽的木盒，都要經過X光掃描。

艾略特穿著淺黃色的合身西裝，筆直地站在門口迎接，彷彿招待一群人來家裡喝杯餐前酒似的。他熱情十足，撲向誰也不認識的崙皮尼夫人，給她一個大大的擁抱——對女爵，也只能盡量做出擁抱的動作：她的體型本來就壯碩，又穿了一套繁瑣的夜藍色日本和服，與梳得光潔整齊的紅棕髮髻對比鮮明。

「真是太令人高興了！」年輕助理欣喜地說，「我最親愛的朋友們！你們就像來自大西洋對岸的救世主一般，大家都迫不及待。」

他帶領他們穿過雄偉的米灰色石造建築，經過會客廳和露台，一直來到後院的花園。花園中已架設一頂美國國旗圖案的棚帳，擺好幾張桌子，許多賓客以熱烈的掌聲歡迎他們。莎莉對上流社交與吃魚肝油的程度差不多，表現出嫌惡抗拒；伊莉絲則僵直得像跟柱子，對眾人的噓寒問暖回以：「你們真的覺得非要踩在花壇裡不可嗎？」儘管如此，艾略特仍盡職地致詞介紹了一番。

在受邀貴客之中，蒂拉光彩奪目。她穿著一件亮片上衣，設計感十足的棉質短裙，腰間繫上一條絲巾，搭上同色系亮面短跟包鞋，襯得雙腿無比修長。一頭波浪般的秀髮披瀉，飄蕩在肩頭與背上。她樂意與人交談，眨動長睫回應讚美，從容自在地演繹美式優雅。

露薏絲與父親稍晚到場，一襲純白收腰背帶洋裝，白色平底鞋，頸間垂著一條小小的心形金墜子，項鍊的樣式簡單大方。她面露微笑，所有人都轉頭看她，為她著迷。勞倫斯與瓦倫緹娜心照不宣地互望一眼，誠心讚賞，一如為自己一般地為好友感到驕傲，很高興她創造出如此迷人的效果，奧斯卡那裡得不到回報的愛在此得到平反。露薏絲步下三級台階，與他們會合。

「怎麼樣？」

「什麼都沒有。」瓦倫緹娜回答，「沒有消息。」

露薏絲的眼底掠過一抹擔憂陰影。她暗暗觀察眾賓客，很快地跳過蒂拉以及擋在她面前的摩斯，認出澤布里安斯基家的天才兄弟。傑瑞米正在對一位財經專家講解他的計畫，嘉莉在一旁嗤之以鼻；馬提跟薇歐蕾評論著會場的布置，巴特默默跟在後面。高大的達拉躲在餐點桌旁。莎莉，可能會被誤認是使館裡的保鑣。艾登與文化專員交談甚歡。最後，及膝百褶裙，扣得整整齊齊的襯衫，為了這次宴會從頭到腳打扮得一身海軍藍的伊莉絲，她堅持要求外燴師傅讓她進去視察廚房。

奧斯卡始終不見人影。

栽跟頭

「在這裡，沒有人會來打擾您。」艾略特搖著食指保證，「否則，相信我，我一定跟他拚命！」

「不必到那種程度。」魏特斯夫人回應。漂亮的卡洛塔陪在她身邊。

艾略特離開走遠。老夫人轉頭看看崙皮尼夫人的姪女：從抵達之後，她似乎就在猜想自己來這裡要做什麼。幾分鐘前，女爵已經處理了羅傑的部分，一無所獲：奧斯卡不在那裡。

「親愛的，」魏特斯夫人對年輕女子說，「我對您比您對我了解得多，我們欠您一些解釋。」

五分鐘之後，頭昏腦脹的卡洛塔在大使閱讀室的休憩床上躺下。

「你們今天有好幾個人進入了我的體內？」

「沒錯。」魏特斯夫人回答。她已經暗下決心，一旦少婦做完該做的事之後，她一定要潛入少婦的第五世界賽瑞布拉，抹去這段談話的記憶。

「而且您認為……」

她沒把話說完，垂下目光，聚焦在自己的肚子上。

「還不確定。」魏特斯夫人糾正，「不過，事實上，我們之中有一個人恐怕……困在您的私處，遲遲未歸。」

卡洛塔抬起頭，表情不悅。

「假如您能進去把他找出來，我會很高興。因為，像這樣，知道他在我裡面，我覺得不太舒服。而且，可能引起我先生誤會。」

「這是我們兩人之間的秘密。」魏特斯夫人安慰她，「過一會兒之後，一切都能搞定。」

她展開布拉佛先生在出發前交給她的披風。披風籠罩在金色光暈中，在空中飄浮了一會兒，落在卡洛塔身上。

「無論在哪一個小宇宙，大長老的披風都能偵測到醫族鍊墜的存在。」老夫人解釋。

特別是小藥丸的鍊墜，她心想，他的墜子跟溫斯頓的連結在一起。

五個體內小宇宙世界以三度空間的立體方式呈現在神奇的天鵝絨布上，真實迫人。魏特斯夫人輕輕用自己的金字母撫過，球體開始自轉；每轉一圈，便顯現一個小宇宙：黑帕托利亞的高山和地底，然後是兩國世界的埃俄羅斯風神之城、險峻的峽谷和密特拉的海底宮殿。最後，女性的三號小宇宙，安布里耶雙翼。什麼都沒有，偵測不到任何鍊墜的蛛絲馬跡。

魏特斯夫人確認之後，抽開披風。突然間，一股恐怖的疑慮油然而生，她又重新思考一番。

「不，他總不會……想想，沒有戰利品，那男孩哪有本事施什麼巫術去……？」

她甚至不敢做出完整的假設，但為求安心起見，再度把披風蓋在卡洛塔身上。老夫人繃緊神經，拿鍊墜在小宇宙球體上來回撫過好幾遍，喚出第四體內世界——也是她駕馭得最好的世界。她緊張地偵測這個世界內有沒有出現一個小M字，表示有一個鍊墜在這片區域，但什麼也沒找到。她猶豫了一秒，最後又讓球體再繞一圈，顯現其中最神秘、最危險的，最後一個小宇宙：賽瑞布拉。感謝老天，那裡也一樣，沒有偵測到任何鍊墜。

「難保那孩子沒有那個本事。」她鬆了一口氣，放心了。

她終於拉下天鵝絨布披風，還卡洛塔自由，微笑感謝她，卻沒收起鍊墜。

「您沒有需要我的地方了？」年輕女郎問。

「我？沒有。但是，為了您，還有。這是為了您好。」她一面說，一面聚焦注視女郎的前額，「請容我……」

卡洛塔後退幾步，戒備起疑。

「容您做什麼？」

她所得到的答案只有一道眩目的閃光。

幾分鐘之後，剛從賽瑞布拉回來的魏特斯夫人看著卡洛塔躺進一張舒適的沙發床，沉沉熟睡。十五分鐘後，等她醒來，她的記憶中將不再有與老夫人會面的任何痕跡，更不會記得女長老在她體內尋找奧斯卡的事。在閱覽室醒來時，她會搞不清楚自己怎麼會來到這裡，然後一心只想去花園找她俊美的丈夫。

魏特斯夫人無聲無息地出了房間。摩斯沒說謊：他的隊友——也是死對頭——在上次體內入侵任務之後，的確已經離開安布里耶。然而，從午餐開始就沒有消息。這豈不是更令人擔心？

魏特斯夫人的話奇妙地打動了薇歐蕾，甚至給了她安慰。

她總算又能回到地球上，跟巴特說話，與馬提聊藝術——暗戀她的前者最不樂見這個狀況，寧願躲起來生悶氣。她找了他一會兒，沒找到；弟弟失蹤的事因而讓她再次苦惱起來。

從很小的時候開始，雖然她年長一歲，但他若不在，她就茫然迷惘。她愛作夢，想法另類，這種個性阻絕了她做好稱職「大姊姊」的可能性，而失去父親一事更讓這種情況雪上加霜：奧斯卡沒想到要為姊姊做的，賽莉亞都請他幫忙了。做母親的不自覺牽起了姊弟間的羈絆。別忘了還有姊姊，奧斯卡。看好姊姊，奧斯卡。奧斯卡，你很清楚不能太放心姊姊。奧斯卡，我可以信賴你嗎？

奧斯卡充當起監護人，不折不扣地扛下所有功能：當拐杖，一根夠結實的棍棒，不讓她跌倒；一個指標，在薇歐蕾從她所謂的「下面的世界」回來時，不致迷失方向。從中午開始，這個監護人就被拉走了。而巴特，她的救生筏——即使這幾天他本人為此患得患失——也遍尋不著。

她握住一個漂亮的鍊墜。那是不到一個星期以前，庫密德斯會裡那位石臉老先生送她的。鍊墜讓她感到平靜。這已經不是第一次了。特別是在旅行途中，或者在艾菲爾鐵塔頂樓，當她看見奧斯卡被困在電梯車廂內時，有好幾次，這金屬的觸感讓她奇妙地心安。而今天，此時此刻，這墜子甚至發熱，並發出更亮的光。她緊緊握住，放進格子褲口袋，挨著啪嗒，不肯鬆手。

她在賓客之間遊蕩，見人就笑，與對樹木和椅子笑沒兩樣；最後終於走進華麗的大使館內，避開熱鬧嘈雜。啪嗒警醒地直起身，從口袋跳到地面，跑進一條走廊，滿是非常古典的繪畫與掛毯。狗狗在一扇門前停下，焦躁不耐。薇歐蕾彎下腰，撫摸牠發亮的琥珀色鼻頭，然後仰起頭，壓下門把。

房間沐浴在十分恬靜的光線中。啪嗒不死心地猛把她往裡拉。她走了進去。房裡有很多書，就像他們巴比倫莊園家的客廳一樣：幾張粉色調的布面沙發、一座藏書間，以及木質家具、灰色的厚窗簾，還有一張休憩沙發躺椅。

而在這張沙發床上，有一位年輕女子，彷彿睡死了一般。撞見她在場，薇歐蕾卻一點也不驚訝，俯下身來。啪嗒則站在一個軟墊上，注意觀看。

「夫人，我在您旁邊作個夢，不會打擾到您吧？我作夢通常不出聲，您可以繼續安睡。」

卡洛塔只含糊地嘟噥了幾個字，更往柔軟的靠墊裡陷入一些。薇歐蕾微笑起來，直起身。她想轉身前往另一張沙發，涼鞋鞋尖卻在地毯上絆了一下。她抽出插在口袋的手——握著鍊墜的那一隻——睜大那雙奇幻的紫色眼睛，差一點喊出聲……並一頭栽到睡美人的肚子上。

幾分鐘之後，魏特斯夫人回到這條走廊，打算查看卡洛塔的身體狀況，覺得似乎聽到房內有聲響。她謹慎地將門微微開啟。女郎的姿勢與她先前離開時一樣：躺臥昏睡。她輕哼了一聲，然後繼續沉睡。魏特斯夫人放心了，關上門，踮起腳尖悄悄離開。

難道是趕時間的關係？還是因為愛徒失蹤以來就操煩過度？總而言之，比起微微睜開眼皮卻又隨即闔上的卡洛塔，原本那麼敏銳機警的魏特斯夫人也好不到哪裡去，竟然沒發現書桌上，一只漂亮的手帕盒裡，躲著一隻小狗，動也不動。

而且，更奇怪的是，她甚至沒發現閱覽室內點點微光閃耀。那是某神秘部族成員熟悉的綠光閃過後不久可察覺到的現象……

跟他一樣

奧斯卡眼睜睜地看著摩斯消失，把失去了鍊墜的他丟在這片駭人的原野，處處皆是亢奮的演化航行員和失序的寧芙仙女；他本以為自己的死期已到。

一部分寧芙戰士已被眾多航行員哄誘：他們樂得勾搭女性，無暇理會一名小醫族，更無心追捕。但歐毛娜大祭司終究拉回了女戰士們的理智。

「我們需要那個少年，聽懂了嗎？一定要抓到他，要保護我們神聖的O屋，這是唯一的機會！」

奧斯卡已轉頭往回跑：遠處地平線上，他發現一片陌生的海灘，假如奇蹟出現，他能跑到那裡的話，能不能找到一艘船？眼前似乎只有一條路：朝神廟逃跑。也許，在山丘的另一側，會有一面緩坡帶他到安全的地方。到了那裡，他再慢慢思考，找出盡快脫離體內世界的方法。他沒忘記自己負責保管的那項珍貴物品，他必須把它交到一個男人手上。關於那個男人，他只知道一件事：他是世界上最有權勢的人；而若要見到那個人，唯一的機會就在今晚。今晚，為了種種理由，人人應該都緊張地期待見他……蒂拉的臉孔浮現在腦海，另外還有姊姊、好友們，以及魏特斯夫人。是的，為了心愛的女孩，他必須逃脫這場圍獵行動。

場面陷入難以置信的混亂，他趁機溜到階梯上；多虧一身演化航行員的打扮，沒被發現。他推開十來個撲上前來的寧芙仙女，開始攀登。很快地，階梯已經淨空。他深知半山雲霧的厲害，小心翼翼地鑽入其中，蜿蜒前行，終於在多雲的空中看出神廟的輪廓。再加油一下，就快到安全的地方了。

他氣喘吁吁地踏上翠玉地板。神廟內一個人也沒有：由女祭司領隊的遊行盛事動員了所有寧芙。他繞了歐毛娜的金盃一圈，走上曾冒出O屋和雙翼寶座的祭壇，悄悄地溜進兩行高大的廊柱之間，走到神廟另一端，心怦怦地跳：再往前幾公尺或許就得救了。他衝刺了幾步，猛然停住。

原先因努力奔逃而漲紅的臉倏地慘白無色。

在他面前，一片蒼茫，令人驚心暈眩的蒼茫。他看看左邊，又望望右方：自己位於一座萬丈高崖之上，周圍沒有任何藏身之處。他徬徨無助，閉上眼睛幾秒，拒絕束手就縛：別的地方一定有出路。

他循原路回頭，一直走到階梯前，然後快步躲在一根廊柱後方。山丘下，最下面的幾級台階上，歐毛娜召集所有女戰士，正回頭朝神廟奔來。奧斯卡查看附近的形勢：後方，懸崖對面，有兩座十分樸素的建物位於神廟邊緣，應該是寧芙仙女們起居就寢之處。他快步奔向第一座建築。大門緊閉。他跑向第二座建物——也一樣門戶深鎖。他很快就發現：沒有別的方式能進去。寧芙的歌聲逐漸傳到神廟，愈來愈清晰。頂多再過幾分鐘，他就必須正面迎對，任她們宰割。一陣冷汗從他的背脊滑落。他翻搜帕洛瑪研究單位的皮囊工具包：那些武器都無法讓他抵擋多久，而且恐怕會對卡洛塔的小宇宙造成損傷。再加上其中多項武器必須搭配鍊墜才能發揮作用。

他正絞盡腦汁尋找其他解決之道，突然感到有人拍了他肩頭一下。他驚跳一旁，轉過身來。

「奧斯卡！終於找到你了！」

奧斯卡不敢相信自己的眼睛。

「薇……薇歐蕾？姊姊？在這裡？可是……」

薇歐蕾撲進他懷裡，他也緊緊擁住她，暫時忘記，他們兩人目前身陷多麼棘手的窘境。欣喜若狂的女孩終於離開他的懷抱

「我到處找你……不過，我必須承認，我一點也不知道是在什麼地方找到你的。」她環顧四周，「這裡很漂亮，感覺上我們好像在一場夢裡。」

她湊向呆愣的弟弟，用交換秘密的語氣問：

「我們身在一場夢裡嗎？」

奧斯卡無法回答，自己的腦子裡也湧上一連串問題。

「真有趣。」薇歐蕾又說，一面撫摸著一根光滑的翠玉廊柱，「這是我第一次不知不覺地作夢……最特別的是，也是第一次有你陪我一起！謝謝你來！」

「我不知道這是不是一場夢。」奧斯卡仍不敢相信這是事實，最後只好回答：「不過，見到妳，我從來沒有這麼開心過！」

她笑了起來，很高興自己讓他這麼開心。

「只要妳加個油，」少年又說，「告訴我妳是怎麼來到這裡的：那是讓我們離開的唯一途徑。」

他被一種熟悉的亮光吸引，垂下眼睛，扳開薇歐蕾的手指：在她的掌心裡，一顆鍊墜熠熠生輝。奧斯卡驚愕地注視姊姊，再也顧不得無情逼近的寧芙陣隊。

「薇歐蕾，這顆鍊墜……」

「是你的嗎？我不曉得啊！」她說著就把墜子遞給他，「或許是因為這樣，所以，在布拉佛家的時候，那位老先生的半身像才把它交給我。你猜怎麼了？他竟然把墜子放在嘴裡保管。」

「老先生的半身像？」奧斯卡驚呼，不敢置信，「查爾斯老爺爺！字母守護神！他只會把鍊墜給……」

他終於明白他們遇上了什麼樣的機緣。他抓起鍊墜，戴在薇歐蕾的脖子上，握住她的雙手。

「薇歐蕾，我親愛的姊姊，瘋瘋癲癲的姊姊，天才一般的姊姊……」

「這些都是？」薇歐蕾訝異地問，「到底有幾個人？」

「我的姊姊只有一個。」奧斯卡笑著說，要她放心，「不過，妳知道怎麼了嗎？我的姊姊是醫族！妳是醫族耶！薇歐蕾！跟我一樣，也跟……」

他猶豫了一下，擔心姊姊的反應。

「……跟爸爸一樣。」

薇歐蕾茫然地微笑了一下，東張西望，拿不定主意。

「所以，這不是一場夢。」

「不是，這是真的。這是妳的鍊墜，妳在卡洛塔的體內。我不知道妳是怎麼進來的，不過，妳確實在這裡。」

薇歐蕾眉頭深鎖，擔心起來。

「你的意思是說，我永遠再也不能作夢了？」

「當然可以！」

「而在人體裡面，」她又問，目光越過弟弟的肩頭，「一定都會遇到這麼多位女士嗎？」

奧斯卡轉過身。神廟的另一側，歐毛娜現身，身邊聚集了一大群寧芙仙女。她的臉因憤怒而扭曲變形。

「撲上去抓他們！」大祭司狂吼。

寧芙們前仆後繼地衝來，其中一人撞倒了金盃，盃裡的東西潑散一地；液體灑在翠玉石板上，形成一個意想不到的圖案：一個盃口，盃腳上纏著一條蛇，頂端有個M字。奧斯卡盯著熟悉的醫族蛇盃，轉身對姊姊說：

「我們必須回去，薇歐蕾。我有非常重要的東西要轉交給一個人。妳準備好了嗎？」

他拉開連身衣，拿出披風。那一瞬間，永生難忘的美妙瞬間，他暫時忘卻大難臨頭，滿心濃濃的感動，輕輕將披風披在姊姊肩上。

「這件本來是他的。」他細聲呢喃，「傳給了妳也傳給了我。」

不知從哪裡吹來一陣氣流，掀起披風，然後像羽毛般落在少女肩頭。薇歐蕾籠罩在朦朧閃爍的金光中。那雙攝人心魄的眼睛，配上披瀉在綠寶石天鵝絨上的紅髮，她宛如從童話故事中走出來的火焰公主。衝上前來的寧芙仙女們也紛紛停下，心悅誠服。於是，奧斯卡掀起披風褶襬，緊緊靠在姊姊身邊。兩人神采飛揚地互望一眼，超越時空與情境之限制。

「跟他一樣。」她終於說，「我們跟他一樣。」

奧斯卡點點頭，哽咽無言。然後，他們專注地凝視醫族蛇盃的圖案。一道無與倫比的眩目閃光照耀神廟，帶他們回到一個較令人安心的世界。

世界上最有權勢的人

大使館裡的接待會接近尾聲，艾略特不斷穿梭賓客間，用神秘探員的表情，只為傳播一則消息：

「他來了。他們告訴我們，他馬上就到了……」

魏特斯夫人必須努力抑制愈來愈高漲的緊張情緒。奧斯卡始終沒出現。德洛姆先生已經報警，警方已在城內仔細搜索。男孩的外貌特徵都已傳散出去，但至今沒有任何下落。自他失蹤以來，她確認了一件事：在羅浮宮的不朽之身廳內，奧斯卡確實從聖母和她兒子手中拿到了寶貴的精神支柱。這個年輕人究竟是怎麼了？聖物還好嗎？人和物的狀況都令她不寒而慄。不過，她依然信任奧斯卡；而萬一，很不幸地，他發生了什麼事，她也確信他一定會把支柱妥善藏好。

在代表團這邊，奧斯卡的朋友們不斷地往門口張望，期待看到他出現。就連蒂拉也焦躁難耐，不甘願地走向瓦倫緹娜、露薏絲、勞倫斯和歐馬利兄弟。

「你們……你們知不知道奧斯卡在哪裡？」她問，痛恨赤裸裸地披露自己的感情，於是刻意避開他們的目光。

「不知道。」露薏絲回答，沒有絲毫敵意，「沒有人知道。」

「我們本來還以為妳能多提供一點訊息呢！」瓦倫緹娜補上一句。

蒂拉把手藏在背後，藏住那不由自主的輕輕顫抖。

「不。」她終於回答，「當然，他可能有想告訴我，不過……不過我應該是沒聽到。」

她的臉上閃過一抹陰影，近乎哀傷。她決定轉身離開。

「哇！」瓦倫緹娜大驚小怪地嚷道，「那簡直就是真愛！」

「假如我不回應妳，妳不會怪我吧？」露薏絲忍不住說，擠出一絲苦笑。

瓦倫緹娜握住她的手。

「對不起！我什麼時候才能學會別那麼笨拙遲鈍？」

「完蛋，沒救，無藥可醫。」勞倫斯搖著頭說，早已看開。

連接露台的門再次開啟，一個男人現身：他體型魁梧，穿著完美體面，黑色套裝衣領有一圈低調的綠寶石條紋滾邊。魏特斯夫人直接朝他走去。

「讚美老天，您來了，溫斯頓。」

他向她微笑致意。

「我本希望能守在暗處，然而情勢迫使我做別的安排。除了情勢以外……還有一名十四歲的少年。」

他嘆了一口氣，問出了在飛機上反覆折磨他的那個問題：

「找到他了嗎？」

「沒有。」

「所以，他身上的那樣東西也……」

魏特斯夫人差一點就脫口責備他念茲在茲的是精神支柱，而不是他們的族人，何況那並非無關緊要的人。但是她閉嘴沒說：他的想法是對的。

「我當初跟您提過：這樣的安排不夠謹慎。」

「做了就做了，翻舊帳也沒用。」他冷冷地反駁。

她不再追究。

「大使的特別貴賓到了嗎？」醫族大長老問，一面婉拒奉送上來的一杯酒。

「還沒。」她回答，「但已迫在眉睫。」

就在這個時候，瓦倫緹娜突然竄出來，雙眼晶亮。

「布拉佛先生！」女孩嚷了起來，「您來了！您放心，我過得很好。甚至可以說，自從看見您之後，簡直好得不得了！」

無論如何，她燦爛的笑容和大膽率直的舉止還是讓大律師心情放鬆了些。他正準備回應，背後卻傳來一個尖銳刺耳的聲音。

「晚安，」有著一對細長淺藍色眼睛的男人說。他骨瘦如柴，穿著萬年不變的那款套裝長褲，和立領毛裝式外套。

「晚安，弗雷徹。」魏特斯夫人答腔，「原來您也在巴黎。」

「我們大家都需要在這座美麗的城市度過一段美好的時光。」沃姆回應，目光在人群中找尋。

他的視線固定在他要找的人身上：摩斯對他點了點頭。勞倫斯、巴特、傑瑞米和露薏絲朝他們走來。

「魏特斯夫人，」勞倫斯插話，憂心忡忡的模樣，「我可以跟您說句話嗎？」

「在這裡說就行了。」

勞倫斯轉頭面對目光黯淡的大個兒，鼓勵他開口。

「從半個小時以前，我就一直找不到薇歐蕾。」巴特說明狀況，「我到處都仔細尋找了，沒人看見她。」

魏特斯夫人閉上眼睛，不敢置信。布拉佛先生火冒三丈。

「監護代表團的老師呢？我要跟他談談。」

「企鵝校長和阿特伍德女士要到惜別晚會才來。」傑瑞米回答。他總是什麼都清楚，「我們是跟那個討厭的高個兒來的，那邊那個，魯斯托可夫，還有一個代班的女人。但是，我們都還沒進到大使館呢！他們就已經消失無蹤。」

「他們在哪裡？」大長老大發雷霆，「我要見他們，他們該負責照顧這些青少年才對啊！混帳！」

「找不到，他們也不見了。」傑瑞米宣稱，「他和他的那個女性朋友，都不見了。不久之後，這次花園派對大概就會只剩五個人。」

沃姆冷眼旁觀，浮起一抹諷笑，幾乎是滿意的表情。

「我們的醫族新血出問題了是嗎？感覺上，只要事情與他們有關，什麼都不能如你們所願。或許這是管教不嚴的緣故？」

貝妮絲．魏特斯不想擴大事端，故意忽視他的輕率無禮。

「我會處理。」布拉佛先生表示，「我會跟好友法蘭斯瓦．德洛姆一起看看能做什麼。」

「我父親在大會客室裡。」露薏絲告訴他，「那我們呢？」她焦急地問，「我們能做什麼？」

「待在這裡，別再亂跑。」魏特斯夫人回答，一面走開，想離沃姆愈遠愈好。

「魏特斯夫人！」

老夫人轉過身來：艾登站在她面前，不安地東張西望。他暗示了一下，請她離開人群，來到一大片修剪雅致的灌木叢後面。男孩攤開手心，露出他找到的那個引人擔心的物件。

「我回到巴士上，去看魯斯托可夫有沒有在車上，結果在一張座椅下找到這個。」他說。

他的掌心裡，一個M字金環微弱地亮著。魏特斯夫人拿起醫族鍊墜，目光茫然望著災禍連連的使館花園。無論奧斯卡人在哪裡，她的愛徒身上沒戴鍊墜。

溫斯頓．布拉佛越過露台，打算去找好友德洛姆；就在此時，所有的門都大大敞開。艾略特忽然冒出來，手忙腳亂，身後跟著一大串戴著墨鏡的黑衣男子，頭掛耳麥，隨時互相聯絡。一陣風掀開其中一人的西裝衣襬，露出他斜揹在胸前的武器。保鑣們各自站好崗位：有的沿著整座露台排列，有的在花園裡，散布在賓客之間。艾略特這次毫無困難地吸引眾人關注。

「各位親愛的朋友，我要請我們年輕有為的代表們到棚帳下集合，並請其他人讓出一條路讓他們通過。」

客人們分散開來；空氣中突然飄過一陣騷動，幾乎觸碰得到那般明顯。魏特斯夫人往人群中搜尋，抱著最後一絲希望，瘋狂地期盼看見愛徒現身。然而，無比絕望地，她終於放棄。艾略特等少年們聚集到棚帳下，請他們排成一列；他自己則跑到露台上，清清喉嚨，開口宣布：

「各位女士、小姐、先生們，大使與夫人非常榮幸，非常高興地歡迎……美國總統及總統夫人大駕蒞臨。」

全員到齊

少年代表們的目光朝門口望去，驚愕不已。總統伉儷現身，後面跟著兩個笑容滿面的女孩，在熱烈掌聲中步上露台。他比在電視上看起來更高大——也較年輕；在黝黑的膚色襯托之下，笑容閃亮。他表現得跟接受訪談或走入群眾中時一樣放鬆，一手插在口袋裡。反觀第一夫人，儘管總退在丈夫後面一點，仍流露高傲的氣質，禮貌地微笑，神情較為緊繃，令人感受到她的決斷能力。莎莉湊向伊莉絲：

「這才叫女人。」她說；對夫人，比對她威望十足的配偶更加敬佩。

第一夫人向前一步與主人招呼：她穿著米白色的套裝，敞開的外套下露出最近微微隆起的圓肚。人群開始交頭接耳。賓客發現媒體剛披露的事實：總統伉儷即將有第三個孩子。

「在使館前方，我們受到了一點耽擱。」總統解釋，「說來奇怪：有一對男女，根本就是自己撲到了車輪下；接著出現一陣火紅的爆炸，然後，咻！那對男女就消失了，人間蒸發。」

這些話只有大使聽見，他把這件事當成荒謬的小插曲，呵呵笑了幾聲。總統不等主人介紹，逕自步下台階，與溫斯頓·布拉佛和已前來會合的法蘭斯瓦·德洛姆拉近距離。

「日安，溫斯頓。」他笑容滿面地招呼。

兩人熱情地握手。

「沒想到會見到您。」總統低聲補上一句。

不等大長老回應，他又趨前與法國律師致意；接著轉向少年代表團。看一眼就夠了：十一個人。只有十一名少年。今天，沒有一件事按預期計畫進行。有那麼一瞬間，他試圖從布拉佛難以捉摸的眼神尋找答案；隨即邁步往棚帳走去，第一夫人和兩個女兒跟在他身後。

他與摩斯握手，沒有多加逗留；然後，比較認真有力地握住巴特的手。他跟傑瑞米開玩笑，徵求他對國家財務的意見。他親吻蒂拉的手背，跟莎莉擊掌，請達拉以後引述所有美國總統時要記住他的名字。他請妻子先幫他整理好領帶，然後才正經八百地向伊莉絲致意。他遺憾地告訴天才雙胞胎：他的智商比體重低；提議請馬提重新思考白宮的裝潢設計……然後在隊伍盡頭停下。

「你們全員到齊了嗎？」最後，他詢問馬提。

「不，還少了跟我一起代表美國藝術的薇歐蕾，以及她的弟弟，象徵自由的那一位。」

「自由啊……甚至自由到不來赴約的地步？」

「不，先生。」一個聲音從他們背後響起，「我們只是遲到了而已……但就算是用全世界的黃金來換，也絕不願意錯過這次約見。」

所有代表一起回頭：眾目睽睽之下，薇歐蕾和奧斯卡從一片樹叢中冒出，上氣不接下氣地朝少年隊伍狂奔而來。魏特斯夫人喜出望外，溫斯頓·布拉佛鬆了一口氣——而摩斯則面無血色。賓客之中，弗雷徹·沃姆怨恨地瞪了他一眼，如變魔術一般隨即消失。啪嗒從露台跑來，欣喜若狂，奮力跳上一張椅子，然後落在奧斯卡的肩頭。醫族少年把一面小心摺起的綠寶石天鵝絨布藏到背後。

總統走到他面前。

「您叫什麼名字，年輕人？」

「奧斯卡·藥丸。」

「好吧，奧斯卡·藥丸，假如您只在時間上計較自由，那美國就完了。」他笑著說，「還有您，雙眼如此神奇的小姐，您是哪一位？」

「薇歐蕾·藥丸。」女孩回答，「噢，我的眼睛並不神奇，」她一面說，一面翻找她的鍊墜，「不過……」

奧斯卡及時阻止她。

「現在呢，這件事就當我們兩人之間的秘密，薇歐蕾。」他悄聲對她說，臉上則若無其事地微笑，「我晚點再跟妳解釋，馬上把它收好……」

這個動作沒有人發現——除了剛好站在他們正前方的魏特斯夫人以外。老夫人驚愕得睜大了眼睛。

「好吧，我同意。」女孩對總統說，「那麼，就說是我的眼睛很神奇好了。假如您願意的話，我可以告訴您怎樣變神奇。」

總統笑了起來，完全聽不懂她古怪的回答。

「您代表的是藝術，對吧？」他說。

薇歐蕾對總統夫人伸出手，高聲讚美：

「噢，不，先生，您美麗的夫人比我更具藝術代表性。」她指著總統夫人的肚子說，「這是最美的藝術作品。」

第一夫人也笑了起來，準備回應，但張嘴卻發不出聲音。她一隻手摸著肚子，彎下腰，呼吸短促，抓住丈夫的胳臂。一聲驚慌的尖叫傳遍人群。有人連忙搬了張椅子過來，她靠坐上去，無法言語，臉色慘白。

「快！需要醫生，快找一個醫生來！」總統要求。

布拉佛先生、魏特斯夫人和女爵急忙上前。

「總統先生，這裡剛好有一位比誰都優秀的醫生。」魏特斯夫人向總統介紹安娜瑪莉亞．崙皮尼，女爵已經拿出她的鍊墜。

「放心信賴她吧！」布拉佛先生也掛保證。

老夫人轉身對大使說：

「請把第一夫人帶到一間通風的房間——而且要隱密安全。」

總統夫人被放置在一張舒適的長沙發上，平躺下來。房間門窗緊閉，受到保鑣們森嚴的監視。

房間內，代表團中所有醫族成員瞬間到齊，外加瓦倫緹娜、勞倫斯和露薏絲，以及奧斯卡的好朋友，如歐馬利兄弟。只有艾登缺席；他忽然消失無蹤，卻也沒人注意。總統坐在妻子身邊，安慰她。

「親愛的，試著描述妳的感覺，告訴我們哪裡不舒服。女爵需要多知道一點資訊。」

崙皮尼夫人披上大長老的披風，準備出發。

「別讓她太累了。」魏特斯夫人插話，「安娜瑪莉亞知道該往哪裡去。」

「在……在我的腦袋裡。」第一夫人微弱地回應。

崙皮尼夫人停下動作，深感納悶。

「在您的腦袋裡？您想說什麼，親愛的？」

「有個聲音……有個聲音在我的腦袋裡。好奇怪……它……它在跟我說話。」

所有人都噤聲不語，一顆心懸在第一夫人的嘴唇上。

「我聽見一個男人在說話。」她慌亂徬徨地朝丈夫看。

「沒事，大概只是太慌張的關係……」

「不，」布拉佛先生說，「告訴我們您聽見了什麼？一個字一個字地照著說出來。」

「他……他說這是一場……一場恐怖攻擊。」

恐怖攻擊

房裡一片寂靜，氣氛不寒而慄。所有人專注凝聽，目瞪口呆。

「他說他在我的身體裡。」她接下去說，「這是什麼意思？我到底發生了什麼事？」

奧斯卡立刻明白事態之嚴重急迫。腦子裡有一個聲音。一場恐怖攻擊。一個病族在美國的第一夫人體內。為什麼這麼做？

「請您冷靜下來。」魏特斯夫人懇求，「仔細聽這個聲音。我們必須知道他對您說了什麼。」

總統夫人閉上眼睛，仍不肯放開丈夫的手。

「他提議……一次交易。用一個年輕醫族手上的東西……換我孩子的生命！噢！天啊！」

她緊閉雙唇，彷彿想堵住那些強迫她聽說的話語。一顆豆大的淚珠沿著臉頰滑下，她連忙拭去。她必須堅強起來。她一手撫摸腹部，另一手緊握丈夫的手，為自己打氣。

「他要求……一項……一項精神支柱？」她說，「他說的是一項精神支柱。他要擁有它的那個人去找他，並把東西交給他。到……我的身體裡，去……安布里耶。我不確定聽的對不對，他說，假如那人不單獨赴約，他……」

她的聲音哽咽起來，再也忍不住了。

「……他就要殺掉我們的寶寶。噢！親愛的，這到底是怎麼回事？這不可能是真的，我不懂！」

奧斯卡握拳，目光注視夫人的腹部。

「我們的孩子……」總統夫人反覆說著，「不可能，這一定是一場惡夢，我要醒來。」她低聲喃喃。

丈夫輕撫她的臉頰，抬起頭，望向溫斯頓．布拉佛。大長老面無表情，轉身問奧斯卡：

「支柱在這裡嗎？你有帶在身上嗎？」

奧斯卡深呼吸一口氣，掀開披風一邊的褶襬，露出內袋。鼓脹的口袋顯示裡面有東西。

「對。」他極度冷靜地說，「正如您先前的要求。」

「那麼，你去，去把東西交給他。現在就去。」

所有醫族，年少的和年長的，都轉頭望向布拉佛先生，驚愕不已。就連總統先生本人也對這樣極端的決定感到訝異。

「溫斯頓，您確定這是正確的抉擇嗎？」

「不。」他坦承，「但他們可能殺害寶寶，甚或您的妻子。所以只能放手一搏。」

總統沉思了好一會兒，轉身面對奧斯卡。

「您代表的是自由，對嗎？」

奧斯卡點點頭。

「那麼，您也有選擇的自由。我不想強迫您去冒生命危險。」

「我去。」奧斯卡片刻也不猶豫，「為了我們大家的自由。」

他轉頭面向魏特斯夫人。

「我已經失去鍊墜。」他對摩斯投以憤恨的眼神，儘管並未掌握任何證據。

女導師走到他面前，攤開掌心：金字母閃耀著前所未有的光芒。

「你把它遺失在車上了。」她用責備的語氣說。

「不。」少男回應，「要是沒戴鍊墜，我之前怎麼能去安布里耶？那是因為——」

「以後再說，奧斯卡。」老夫人打斷他，「我想，你眼前的任務比較重要。」

奧斯卡戴上項鍊。他的死對頭躲在房間最裡面，傲慢地迎對他的瞪視。奧斯卡對總統伉儷說：

「我想，我的字母也做出了跟我一樣的決定。」他揚起勇敢的微笑，「我們要走了。」

「那麼，祝你們兩位好運。」總統回應，滿懷希望。

奧斯卡向好友們揮手。他們臉上的表情可比全世界給他的鼓勵。薇歐蕾快步走向他。

「我跟你去，奧斯卡。但是……我很沒用。」她說，深感抱歉，「我已經不知道上次是怎麼跟你會合的。所以，你直接帶我去吧！」

「不。」他說，「妳留在這裡。我必須單獨前往，妳剛才也聽到那個聲音是這麼說的。」

「可是我好喜歡兩個人一起作夢！」女孩哀求，「而且……我是你的大姊姊，應該要陪你去！」

奧斯卡並不害怕迎戰眼前等他完成的事，但薇歐蕾這番話讓他的心狂跳起來。直到今天，一次也沒有，她從未曾以可以讓他依賴的姊姊自居。

「我會回來的。」他答應她，「然後我們再一起作夢。我不見得有妳那麼厲害，但是……我們會一起作夢。」

啪嗒在這間沙龍裡顯得嬌小迷你，立在奧斯卡面前，低嗚起來。醫族少年蹲下，輕輕撫摸牠。

「不，你也一樣，留在這裡。而且你要照顧薇歐蕾。」他悄聲對牠說。

狗狗轉身朝女孩歡樂地吠起來，排解她的擔憂，往她身上磨蹭。奧斯卡調整好披風，附在姊姊的耳邊：

「假如看見蒂拉，別告訴她我去哪裡，但要跟她說我很快就會回來，還有……」

他想找個合適的說法。

「……說在那之前你會夢到她。」姊姊撫摸著啪嗒，替他出意見。

他對她微微一笑。

「也沒錯。對，就這樣告訴她。」

巴特走到薇歐蕾身邊，溫柔地帶她離開弟弟。

「他承諾會回來。我相信他。」大個兒對好友投以信任的眼神，堅定地說。

奧斯卡轉身面對總統夫人，深呼吸，在一道眩目的閃光中消失。

美國之腹

在這個當下，惹他憂心的是風。

奧斯卡環顧四周：他位於綠野神廟的平台上，正門的三角楣下方。四下無人，不見寧芙仙女們的影蹤。階梯下方，歐毛娜的聖盃聳立，從中冒出可觀的煙柱，隨著狂風氣旋傳散。比起他前幾次入侵安布里耶雙翼所見，今日的帶狀雲霧更加濃厚：遮蔽了沃產平原，並不斷朝原野另一端的丘陵山頂上升，直達另一座神廟。又一陣狂風吹來，露出一個雲洞；奧斯卡瞥見展現在面前的壯闊景觀。

在一片片豔紅的花海中央，彷彿憑空冒出來似的，多了一座大湖。而在湖面上方，懸浮著一個橢圓球體，光芒萬丈。奧斯卡認出一顆已受孕的O屋。巨大的卵殼上，各種文字、圖案、藍圖，以及複雜的公式，彷彿一條條閃亮的光帶，上下左右地快速跑動。少男專注凝視蛋殼表面。O屋不斷冒芽，分裂出幾十個與夥伴們已取得的戰利品相同的小卵，脫離，浮起，啟程前往目的地：一座島，從湖水中央浮出的一座非比尋常的島。

因為，在這座島上，處處生機與活動。整座島都還只是建造中的工地，山丘剛從平地隆起，礦坑地底挖出通往四面八方的廊道，條條河流匯集於湖中。千百名寧芙孜孜不倦，在吊車頂端，礦坑深處，湍流波濤之中辛勤工作。小小的圓卵如雪花輕輕飄落，這裡一些，那裡一點；女工頭們採集之後，利用功能強大的電腦讀取受精O屋裡的珍貴資訊——其中集結了源自安布里耶島的資料和安布里耶雙翼現有的訊息。

就像這樣，五個奇妙的小宇宙逐漸誕生：然後變成人類的五個體內世界。創造皆美——而其中最美的莫過於安布里耶的創造，也就是一個嬰孩的誕生。醫族少年讚嘆得說不出話來。

猛烈的陣風迫使他離開大自然與生命構成的壯麗風景。奧斯卡眺望遠方，煩惱擔憂：大朵大朵的烏雲聚集，來勢洶洶地擴散至平原上方，遮蔽湖面與小島，驅走煙霧。他想起第一次入侵安布里耶雙翼奪取O屋時，神奇的煙霧消散後，引發了多麼恐怖的結果：一場毀滅性的暴風雨鋪天蓋地，席捲行進路徑上的一切。

「假如這一切都被摧毀，豈不是太可惜了嗎？對不對，藥丸？」

奧斯卡猛然轉身。

「魯斯托可夫！原來您當我們的監護教官是為了監視我們！沒錯吧？」

「厲害，你真的很優秀。」病族揚起滿意的邪笑嘲諷，「不過，知道得有點太晚了。現在，情勢操縱在我手中……」

他伸出一隻戴著手套的手，嘴裡唸唸有詞，掌心的紅字母發出一股渦流。歐毛娜的煙霧被捲入其中，沿著階梯而下，襲向原野。魯斯托可夫又對著奧斯卡伸出另一隻手，臉上的表情凶狠，從這趟法國之旅一開始就散發的惡意全數畢露。

「精神支柱呢？」他既貪婪又惱怒地要求，「快給我。」

奧斯卡覺得心臟快要跳出來了。要如何拖延時間？怎麼解決？他四處尋找線索、提示，任何可能觸發靈感的東西。魯斯托可夫似乎猜到了他的想法。

「別掙扎了，藥丸。無論你怎麼做，我都比你強，你不可能有時間阻止安布里耶……以及美國總統未出世的孩子遭受摧毀。你能想像結果會怎樣嗎？全世界都會知道。」

「好。」奧斯卡說，盡量拖延時間，「就算您贏了這一回合，也馬上會被逮捕。您會被關進那裡，那才是您本來該待的地方：黑山監獄。」

魯斯托可夫放聲大笑。

「你真令人感動。現在，把你身上的東西給我。相信我，我這個人不是很有耐性。而等我失去耐性，事情就會變得很慘。」

他收攏手指，握緊P字；氣旋變成結實的龍捲風。帶狀煙霧消散，原野上的花朵折腰，湖面掀起凶險的波瀾。一記悶響，彷彿喃喃哀怨，從島中發出。寧芙仙女們驚恐地看著烏雲在她們頭頂上方不斷堆積。天色轉黑，沉沉迫人；各處工地的節奏都減緩。好幾座起重吊臂靜頓不動。寧芙女工們慌張失措，紛紛離開建構中的埃俄羅斯宮殿。

奧斯卡掀開披風。

「動作放慢，藥丸。」魯斯托可夫命令，提高警覺，「我警告你：你逃不出我的眼睛。」

奧斯卡屏住呼吸。不，不要發抖，他對自己說，彷彿能隨心控制自己的身體；抬頭挺胸，不要避開他的目光。

「我必須解開這個囊袋。」他說，「支柱在裡面。」

「那麼，把它扔過來。」對手回答，極度不信任他。

「囊袋固定在我的皮帶上，我必須解開。」

魯斯托可夫猶豫了一下，然後點頭表示允許，臉頰肌肉抽動，可看出他有多麼咬牙切齒。狂風陣陣之下，披風纏起；奧斯卡不得不彎下腰，才能好好動作。就在這個時候，他瞥見翠玉地板上的倒影。

大祭司的煙霧聖盃。就在他後方，距離只有幾公尺。

他深呼吸，打開緊扣在腰帶上的囊袋，一手遮住帕洛瑪部門的字樣，不讓魯斯托可夫看見；另一隻手探入袋中。沒有時間翻找，他必須立刻抓到剛才想到的那個小藥包；否則可能招致敵人疑心。腦海記憶中，影像以令人暈眩的速度一幅幅閃過。底部，左邊？他放手一搏，探入囊袋最深的地方。一無所獲。

「你在做什麼？手拿出來，把腰帶給我！」

就在這個時候，一聲尖銳的叫聲響起，一隻迷你小狗從袋中跳出來。雖然奧斯卡親口命令牠留在大使館，牠卻還是在他出發前一刻偷偷躲了進來。啪嗒像顆橡皮球似的從地上彈起，咬住魯斯托可夫的腿。男子低下頭，猛力搖晃小腿，想甩開那團右眼上有一圈斑點的白色小東西。狗狗的尖牙刺穿他的長褲，發出低吼，僵持了三或四秒：足以讓奧斯卡在囊袋中搜尋，挖出藥粉，丟到敵人的臉上。魯斯托可夫痛苦地大喊，「遁無形」比任何強酸還厲害，讓一切原形畢露，無所遁形。他本能地用雙手摀住臉，剛才引發的旋風立即減弱。奧斯卡很清楚這持續不了多久，只要魯斯托可夫伸長手臂，風災又將展開。只有一個方法能消滅他的惡念。

男人一聲嘶吼，盲目地張開掌心，胡亂引發陣陣狂風。奧斯卡向後轉身，撲抓聖盃，當成飛盤一樣擲出。魯斯托可夫痛苦難當，奮力勉強睜開眼睛。視力恢復後，儘管眼皮灼熱如火燒，他仍想尋找死敵少年，憤怒得發狂。然而他唯一看見的是一只金盃飛越而來。他閃避不及，黃金聖盃擊中他的胳臂，盃中的內容物潑灑在他頭上，胸前一大片，雙腿大量沾染。一接觸到他的皮膚，液體化為蒸氣，歐毛娜煙霧將他團團圍住：他被困在一只彷彿充滿濃密棉絮的煙罩裡。

奧斯卡利用披風遮護頭臉，觀察偵伺敵人的變化動靜。魯斯托可夫站起身，雙眼依舊充血。但他的臉部肌肉放鬆了，身體也是，自覺一切變得新奇，彷彿身在一個完全陌生的地方。然後，他開始微笑；接著，呵呵傻笑，完全不知道在笑什麼，倒像是歡樂的笑，幸福的笑。他轉頭看奧斯卡。少年準備回擊，一隻手已按在伽瑪雷射切上。不過，這項武器沒用上：敵人突然溫和起來，轉身面向平原，往前走了幾步。

「多麼……多麼美啊！」奧斯卡目瞪口呆地看著他流露陶醉的神情。

煙霧的效果比他想像中的還強大。魯斯托可夫拖著不穩的腳步，又往階梯靠近一點。他似乎中了千百種迷幻藥的毒，深深遲鈍起來。

「還有這座島……那麼生氣勃勃，那麼多采多姿，我真想去。真想去……幫她們。」

他往奧斯卡這裡轉過頭來，顯露鬼迷心竅的眼神，又說：

「我愛她們，對，就是這樣，我愛她們。」

踉踉蹌蹌地，他又再次面向小島。

「我全部都愛，愛那些女人，是一種完整而絕對的愛。我要去見她們，加入她們，屬於她們。你聽見了嗎？」他高聲大喊，眼睛突出，彷彿猛然領略上帝的恩典似的，「我要去找她們，愛她們每一個人，現在就要！」

魯斯托可夫一鼓作氣，衝進雄偉的階梯。高大的軀體先是從一階滾到另一階，後來像個木偶一般，一路彈跳到山下，身上僅殘留最後一點迷煙纏繞的痕跡。這時，他終於從魔法中醒了過來。重力拖著他的身體滾落，長長的哀號持續了好幾秒，直到頭顱受到致命的撞擊。受重力加速度影響，關節皆已鬆脫的軀殼繼續滾下，在幾百公尺深的階梯下方摔得粉身碎骨，一灘血水濺入豔紅的花海中。

奧斯卡移開摀在嘴邊的披風，凝望高大病族的殘骸。他抱起啪嗒，忍著不去責怪牠不乖乖聽話，竟擅自躲進披風裡。過了一會兒之後，決定轉身離開。

他嚇得後退一步，說不出話。

在他面前站著一個女人，一頭夾雜銀白色的黑色長髮，身上裹著一件托加長袍。在她後方，聚集了幾百名寧芙仙女。但這一次，沒有人流露殺氣。

歐毛娜平靜地看著他。他彎腰鞠躬，轉頭看看階梯下方的屍體，又望望小島。

「他想摧毀島嶼。」他解釋，「所以我才趕來。沒有別的目的。」

大祭司手一抬，打斷他的話，並把他從頭到腳打量了一遍。

「我知道。」她說，「我們剛才躲在神廟後面，祈禱在他造成的破壞之後還能活下來。一般而言，對我們來說，醫族在此出現並非好事；不過這一次卻恰好相反：你拯救了小島，也救了我們的小宇宙。」

「可惜還有許多其他病族。不過我們會再回來支援的。」

她搖搖頭，並不相信。

「同時回來奪取我們珍貴的O屋。別說不是這樣，幾個世代以來皆如此。我們必須跟你們的大長老談談。在那之前，」她說，「我知道你還缺少一樣東西。」她的目光落在奧斯卡功勳腰帶上的第三個皮囊。

她不等奧斯卡回應，即刻伸出雙手，吟唱起一首柔和的歌謠；寧芙們很快地跟著唱起來。遠處，一顆剛從受精卵分裂出的新鮮球體似乎聽見了歌聲，改變行進方向，朝神廟而來。它越過原野，乘著一小團雲霧，緩緩往大祭司的位置緩緩上升。等卵細胞距離她只剩幾公尺時，女祭司雙臂朝天空高舉，斜張成花冠的形狀，等來自子宮的圓卵進入。她收起手臂，走向奧斯卡。

「打開你的第三個皮囊，醫族男孩。」

奧斯卡欣喜若狂，遵從她的指示打開囊袋。歐毛娜將各式記錄在殼上滾動閃亮的迷你O屋小心翼翼地放進去，闔上囊袋。

「你拯救了受孕O屋和嬰孩，甚至也救了母親。流產可能有致命的風險。這是我們該給你的回報。」

第一次，他看見她露出笑容。啪嗒不停扭動，吸引他注意。他把狗狗放下來，牠立即朝金盃走去：盃底，最後幾滴液體聚集，形成M字蛇盃的圖案。

「別遺忘任何人，」歐毛娜給他忠告，「祝你回程順利。」

奧斯卡蹲下來，狗狗鑽進披風內袋。等他再站起身，歐毛娜已經不見人影。山丘下，花朵逐漸覆蓋奧里克．魯斯托可夫的遺體。他的惡靈不會再附身在其他人體上，妖法也將永遠消滅，因為他死於一副軀體之內，埋藏於美國之腹最深處。

禮尚往來

當奧斯卡現身在使館密室，大家的反應不一：有人鬆了一口氣，卻也有人為失去了精神支柱而暗暗惋惜。

「感謝老天！」魏特斯夫人脫口讚嘆，「至少你還活著！」

奧斯卡轉身對第一夫人。

「您不再有任何危險了。」他向她保證。

這一次，少年代表們，除了摩斯以外，全都高聲歡呼，圍著奧斯卡向他道賀。露薏絲不敢——真情流露地——表現出內心的喜悅；奧斯卡在艾菲爾鐵塔下的反應記憶猶新。不過，她容光煥發，跟瓦倫緹娜和勞倫斯一樣神采飛揚。大長老在奧斯卡的好友群中開出一條路走來。

「支柱呢？」他單刀直入地問。

奧斯卡掀開披風，帕嗒的小腦袋從內袋探出來，可愛到爆。薇歐蕾把牠抱進懷裡，想辦法要牠轉述奧斯卡的「夢境」。

「我身上沒有別的，只帶了帕嗒。」奧斯卡驕傲地宣布。

布拉佛先生卻顯得很不高興。

「你是說，你沒把精神支柱帶在身上？果然，」他冷冷地直言，「從來沒辦法確定你說的是不是真話。」

無端受到不公平的指責，奧斯卡很委屈，望著大人們的面孔，希望有人能為他說話。魏特斯夫人示意他冷靜。溫斯頓．布拉佛改口。

「你成功地消滅了威脅總統和夫人的病族，同時還保存了精神支柱。誰還能要求更多呢？謝謝你，奧斯卡。」他正經八百地說，雖然語氣已經和緩了些。

奧斯卡感到欣慰，回以微笑。

「假如支柱不在這裡，那會是在哪裡呢？」魏特斯夫人問，「我提醒你，」她轉身面向美國總統，「你必須把它交給一位重要人物。」

奧斯卡打開門出去了一下，再回來的時候，卻不是單獨一人：嘉莉．摩斯跟他一起走進房間，無懼哥哥憤怒的目光。

「為大家介紹我的盟友。」他說。

嘉莉笑容滿面，高興得飛上了天。

「終於！」她說，「總算公開承認了。你早就該這麼做了，奧斯卡．藥丸！」

布拉佛先生上前，打量這位十二歲的女孩。

「你是說你把支柱託給一個小女孩保管？你太粗心了，奧斯卡：她因此而置身險境，而東西也不安全。」

「喂，這位先生！」嘉莉氣沖沖地喊他，一如平時那樣囂張，「您這位先生，我覺得，我們不會變成朋友。總而言之，請避免給奧斯卡出壞點子，我可是費了九牛二虎之力才說服他改變心意的！」

「反正，我並沒有像您以為的那樣，把支柱交給嘉莉保管。她是我的盟友……也是我的保險箱。」

他轉身面對女孩。

「可以嗎？」

「儘管來吧！我同意他這麼做，您應該要感到高興才對。」她對大長老滔滔不絕地說教，「我差一點就拒絕了，就為了想讓您學個教訓，不要那麼大男人主義！」

奧斯卡不浪費時間，伸出鍊墜，瞄準嘉莉的鼻孔，快步出發。

他在一座遼闊的拱頂大廳中央站起身。微藍的光線從高大的玻璃窗透進來，滿室生輝。他鬆了口氣，朝大廳盡頭轉身。一個身穿精紗罩袍的男人坐在寶座上，注視著他。奧斯卡快步跑過大廳，來到埃俄羅斯風神王面前，彎腰鞠躬。這位君主掌管嘉莉第二體內世界中的氣息國。他用畢恭畢敬的語氣稟告：

「陛下，我來此是為——」

「我知道是為了什麼。」蓄著黑色長鬚的國王打斷他，「你是來取回寄放在我這裡的東西。」

他垂下眼簾，望著奧斯卡囊袋內的第二項戰利品。

「第二項戰利品內含有埃俄羅斯氣息的醫族有權要求任何事。」

年輕的君王——比奧斯卡在老雷歐尼體內認識的那位年輕得多——伸手探入罩袍中，拿出一項包裹在綠寶石絨布中的長型物品，遞給醫族少年。男孩小心翼翼地接過來。

「謝謝您，陛下。」

「氣息國永遠站在你這邊，奧斯卡．藥丸。好好記住這一點：或許有一天你會需要。」

奧斯卡又行了個禮，並未將國王所說的話放在心上；在君主殷切的凝視之下，匆匆地來又匆匆地離開。

他跑過宮殿為他敞開的一道道高闊大門，來到高踞在城邦與幫浦海上方的懸崖平台。下方的大橋、沙灘、風景一望無際，驚心動魄，但他知道大家都在等他。現在該找出蛇杖圖案。他在波濤中搜尋，看看海上是否出現蛇盃的圖案。這時，一個女人的聲音響起。

「當初，想到要跟蹤你遊覽羅浮宮，還真是個好主意，奧斯卡．藥丸。你想不到吧？發現不朽之身們給了你什麼東西之後，我有多麼高興！還有那個小丫頭，出現的時機剛剛好……若非如此，萬一你沒把這項精神支柱藏在她體內，而放到別的地方，我又怎麼能知道呢？」

奧斯卡凝視遠方那個人影，腦中浮現短暫模糊的影像：萬國廳內唯一的女性遊客，同樣的長捲髮，同樣的身形。還有一名警衛在打瞌睡……

「您是什麼人？在嘉莉的體內做什麼？」

「你不需要知道。」拉薇妮亞反嗆，「有件事是確定的：我不是魯斯托可夫那種笨蛋。」她說，「而且，如果你出現在這裡，那就表示，他已經被你做掉了。」

她轉身面向矗立在幫浦海灘遠處的西風塔群，對掌控呼吸動力的巨大風扇伸出火紅的P字手套。

「那麼，這一次，對你、對我，都將一決勝負。把支柱給我，要不然這個丫頭就會窒息。你有五秒鐘的時間來照我的話做，過了之後，你就要為她的死而內疚。除非你在意的只有你老爸的死……」

她放聲大笑，那尖銳的笑聲簡直把奧斯卡逼瘋。目標就近在眼前，卻宣告失敗。而且，最慘的是，還得聽這個女人出言羞辱。他想到嘉莉甘為他犧牲生命的義氣，更拒絕去冒這個險。他把精神支柱放在地上，心如死灰；女人步步逼近，他則慢慢後退。她走下橋，來到平台，奪取了聖物，洋洋得意。

「我這個人真是太好心了，還讓你平安活著離開。而這是為了讓你出去後能親自作證：我叫奧斯卡．藥丸，我弄丟了一項醫族的精神支柱。」

這一次，她又高聲大笑起來，在一陣紅色煙霧中消失，獨留奧斯卡兀自悔恨。而直到這個時候，拱橋下方的洶湧渦流之中，浪花才終於畫出了醫族蛇盃的圖案。

「我失去了它。」他黯然坦承。

魏特斯夫人不敢置信地走上前來。

「我不懂，奧斯卡，你不是把它藏在這個女孩的體內了嗎？」

「有個女人……身材高大，棕髮深膚，不朽之身們把聖物交給我的那天傍晚，我曾在羅浮宮遇到她……她全部看見了，跑到嘉莉體內等我。」

「高大的棕髮女人，像吉普賽女郎是嗎？」傑瑞米問。

奧斯卡點點頭。

「就是她跟魯斯托可夫在一起！兩個人同時不見人影！」歐馬利加的弟弟喊了起來。

「拉薇妮亞．席古埃。」魏特斯夫人插話，若有所思，「她是史卡斯達爾的女友。所以，她還活著……」

「魯斯托可夫侵入第一夫人的體內，跑進安布里耶。」艾登歸納出來龍去脈，「而她，她則埋伏在嘉莉體內，等你到來。」

布拉佛先生走到奧斯卡面前。男孩不得不迎對他的目光。然而大長老的臉上甚至沒有失望的表情，與他上次入侵任務回來時截然不同。

「她揚言要殺掉嘉莉。」奧斯卡說明原因，沮喪崩潰，「我別無選擇。如果只關係我自己的性命，我絕不會向她的威脅低頭。」

「別太自責。」大長老寬厚地微笑，「你已經做了該做的事，甚至更多……」

他轉身對其他少年們。

「我想，你們大家都飽嚐冒險犯難的經歷了。」他說，「現在該休息了，並準備惜別晚會的節目。」

所有人都跟著魏特斯夫人和崙皮尼女爵出去，圍在奧斯卡身邊，一路安慰他。魏特斯夫人走到薇歐蕾身邊。

「好女孩，妳願不願意告訴我是誰教妳體內入侵術的？」

「我不知道您說的是什麼。」薇歐蕾實話實說。

「妳找到奧斯卡的時候，的確是在……」

她猛然停頓，與崙皮尼夫人互望了一眼。

「我想的跟您一樣，貝妮絲。」女爵說，「她直接進入了第三體內世界，而卻從來沒學過入侵術，也沒有來自前兩個小宇宙的戰利品……」

「一名跨宇宙醫族。」老夫人壓低嗓門說，「一名跨宇宙醫族！所以，這個族群還存在……薇歐蕾！」她執起女孩的手，「妳知道嗎？妳是醫族和世界的希望使者！」

「不是啦！」薇歐蕾露出最美麗的微笑回答，「不過，我很喜歡希望。希望有點難畫，也不容易拍攝，只是這樣而已。」

巴特為自己喜愛的女孩驕傲極了，雖然他不確定知道她到底是什麼身分，只默默牽著她往花園走，沒有多問——純粹感到高興和驕傲。

崙皮尼夫人看著她走遠。

「我就知道。」她說，「從第一眼看到她的時候，我就知道了。她對我們來說可是非常珍貴啊！貝妮絲。至於她的弟弟，我敢打賭，他也一樣，還有許多天分沒被挖掘出來……他們畢竟血脈相連。」

她的眼神詢問著魏特斯夫人。

「對他的能力我已不再懷疑，一如您對他的姊姊一樣。」老夫人含蓄地回答，「他天賦異稟。我只祈禱，他不需要在最糟的狀況下證明這一點。」

她回頭望向剛才離開的房間。

「抱歉，安娜瑪莉亞，我得先丟下您一會兒。這件事對我來說還沒結束。」

阿斯克勒庇俄斯蛇杖

「恭喜您，溫斯頓。」總統向他道賀，「您走了一步險棋，而且還有些意想不到的狀況，不過一切總算順利進行。」

「我沒想到您的夫人也受到牽連，非常抱歉。」

總統的妻子走到醫族大長老面前。

「我是第一夫人，容我提醒您。」她說，臉色還很蒼白。「這也是我角色中的一部分：為美國冒險。您和您的族群每天都為我們冒著生命危險。」

總統伉儷向他道別，在堪稱無敵艦隊的大批保鑣簇擁之下，離開房間。在他本人也正要出去時，聽見有人喊他的名字。

「溫斯頓。」

不知何時，魏特斯夫人已站在門邊。

「麻煩您撥幾分鐘給我。」

布拉佛先生走回房內，關上門。

「總統先生向您道賀了。」她說，「可見，一切都如您所願。所以，我更有理由相信有些事情您瞞著我。我有權利要求您的解釋。」

大長老雙手背在身後，在廳內來回踱步。

「如果我的計畫能順利進行到最後一步，那時，您將會感謝我徹底執行，也會原諒我對您有所隱瞞。」

「這麼說吧！今天，現在，我還沒準備好可以原諒您，但我願意聽您說。」

他請她坐下。

「是這樣的，」他說，「其實，精神支柱從來不在藥丸手上。」

魏特斯夫人坐進一張沙發，驚愕得說不出話來。

「怎麼回事？但我還以為……」

「這麼以為的不只您一人，而這正是我的目的：我要黑魔君和他那些惡靈手下也相信。為求安心，我不能把計畫告訴別人。愈少人知道，成功運作的機會愈大。」

「您竟然曾經疑心我可能會洩露出去？」老夫人反駁，極為惱怒不快。

「不。我只知會了美國總統，是他命令我保持緘默。在此時刻，我們的敵人無所不在，貝妮絲。今天的狀況就是證明。」

「總之，您成功地讓病族以為小藥丸身上擁有我們的一項精神聖物……您利用他當誘餌。」

她用責備的語氣說。

「您不是一直告訴我：您相信他能成大事？對呀，這就是他為族群所執行的第一項重大任務。」

她沉默了一會，回到質問的邏輯脈絡。

「那麼，奧斯卡．藥丸在摩斯小妹的體內藏了什麼？被搶走了什麼？因為，您既然刻意吸引病族上鉤，不可能無緣無故。您的計畫究竟是什麼，溫斯頓？卸下面具，坦率地一次說出來吧！」

大長老避開魏特斯夫人審問的目光，把玩著一樣小東西。

「蒙娜麗莎和聖母交給他的是……阿斯克勒庇俄斯蛇杖。」

魏特斯夫人驚跳起身，彷彿沙發著了火。

「阿斯克勒庇俄斯蛇杖！溫斯頓，您簡直是瘋了！難道您不知道您可能讓那男孩遭到什麼樣的危險？他很勇敢，同樣地，好奇心也很重，而……」

「這正是測試他成熟度的機會。」大長老冷冷地斷言。

「但是為什麼要這麼做？」

「您還不懂嗎？與其消極防守等待，我們應該採取攻擊，貝妮絲。今天，」他滿意且滿懷希望地說，「我們也是，在他們以為對我們進行了駭人的威脅之時，其實我們也做出了我們的恐怖攻擊，而他們的確中了圈套！」

「所以他們帶走的是阿斯克勒庇俄斯蛇杖，而非我族的精神支柱。」老夫人懂了，「這就是您想要的。」

彷彿要把最後一塊拼圖排好似的，她停頓了一下，然後繼續：

「您可曾預料到他們甚至會在總統伉儷體內攻擊美國？」

「不曾。」布拉佛先生坦承，「我本來預料他們早已搶走蛇杖，早在藥丸把東西藏在女孩體內之前。」

魏特斯夫人忍不住露出欣慰的微笑。

「承認吧！他讓您刮目相看。您也想測試他，不是嗎，溫斯頓？看看他有多大的能耐。就算置他的生死於險境也在所不惜。」

「高興點吧！」布拉佛對她說，語氣也緩和了下來，「就目前的情勢而言，死的是黑魔君。您的愛徒為消滅地球上最邪惡的害蟲做出了貢獻。他做到了他父親未能完成的事。」

魏特斯夫人不願貿然踏入與維塔力相關的範疇。

「而萬一病族沒能奪走蛇杖，您會怎麼做？」

「我就讓總統先生保管它。」

老夫人想知道的都聽到了，於是起身往門口走。

「讓我去安慰一下奧斯卡。」她在門口前停下，「他不該落得白白苦惱的下場，何況為了表揚他們的惜別晚會即將舉行。」

「好吧！」大長老同意，「安慰他吧！假如他沒辦法承受挫折的話。」他故意逗她。

「別再故意讓人以為您是那麼殘酷的人。那麼，第三項支柱呢？」她問，「您打算藏在法國的那一樣？」

「原字母？遠離危險，妥善藏好了。」大長老神秘兮兮地回答，「如預料進行。」

在此同時，羅浮宮館長為一名年輕人開道，一路領他到萬國廳。他已暫時禁止任何人進入，並封閉了所有出入口。

「那麼我先行告退了，您有十分鐘的時間。」

「已非常足夠。」

所有門都關上。艾登．史賓瑟，醫族少年，大長老的密使，手中持著鍊墜，直接朝蒙娜麗莎走去。

於此牆後，顯現吧！不朽之身！
對我們宣告更美好的人生。

展牆與畫作皆消散無蹤。

不朽之廳內，美麗的義大利女子維持她最喜愛的姿態，雙手交疊，挺起胸膛。她的微笑是不是變得比較明顯？她向艾登點頭致意；少男滿心感動，將一只樣式極為簡單，漆著歡樂谷代表色的木盒遞給她。那只盒子裡本來應該裝著一篇由美國團全體代表署名的文章，從踏上旅程之初，他就小心珍貴地存放在隨身背包中。蒙娜麗莎的雙手穿過隔在少男與她之間的透明屏障，捧起木盒，放在面前的桌上。廳中其他牆面後方，所有不朽之身屏息以待，注意力懸在她的動作上。

她打開盒子：第一位醫族大長老的鍊墜，千古流傳，閃閃發光，照亮整座展廳與畫廊。

她闔上掩人耳目的盒匣。

「把我的話轉達給溫斯頓．布拉佛：無論需要存放多久，它將被妥善收藏，在這裡。」

復仇

拉薇妮亞重新出現在她進入嘉莉體內之前所在的位置：使館的柵欄鐵門前。她冷靜地邁步，以免引人注目；一直走到停靠在路邊的車前。她打開副駕駛座的車門，坐了進去，用力關上。

「可以走了。」她對司機說，連看都沒看他一眼。

「到手了？」巴特斯問，再也忍不住了。

她就只等他開口問，終於轉頭用輕蔑的神情說：

「當然，在我這裡。」

她把珍貴的物件放在後座上，然後兩人一路無言，不再交談。

開車出巴黎城是件極其磨人的苦差事。他們朝諾曼地前進，不過很早就離開高速公路，行駛省道。過了十五公里左右，巴特斯轉入一條凹凸不平的小路。車子終於在一道生鏽的鐵柵門前停下，門上鐵鍊深鎖。門後，植物似乎早已荒蕪，一如那座透過林木之夜隱約可見的美麗小屋。

車輛停進一株樺樹垂下的葉叢，兩人下車，一起走到厚重的大門前。拉薇妮亞從包包裡拿出一把鑰匙，打開了門。兩人進去後，立即謹慎地關上門反鎖，然後才踏入會客廳。

所有窗遮緊閉，僅有的幾道光線在黑色亮光漆牆面上構成條紋。唯一的一抹色彩是紅色滾邊：裝飾在長沙發的扶手、地毯邊緣、門框上。寬闊的廳內空無一人。

「他應該在樓上。」拉薇妮亞說，「在這裡等我。」她專橫地命令。要不是她在上樓之前把包裹在天鵝絨布裡的支柱聖物遞給他，他真想把她打醒，讓她本分一點。樓梯走到一半，她回頭張望，似乎後悔如此信任他。她打量著安東・巴特斯，試圖從那張陰森帥氣的臉上探測出他的意向——卻一無所獲。他微微一笑。

「他也在等，妳讓他久等了。」他說。

她朝精神支柱望了最後一眼，彷彿在對巴特斯提出警告，然後上樓消失。她警戒存疑是對的。

巴特斯垂眼望著手上的東西，心跳比平時猛烈。他知道，對強大的醫族來說，每一項精神支柱都有其重要意義。黑魔君之所以想全部得手，並非只為了消滅敵族，必然也為了奪取醫族無庸置疑的超能力。如果就連公認已損毀的第四項支柱也落入他的手中，誰還能與之為敵？

各種想法湧入腦中。為什麼？他為什麼要把這樣精神支柱交給黑魔君？若是失去了這些聖物的法力，黑魔君會變成什麼樣？而他，安東・巴特斯，若是擁有了支柱，他的能力又將如何？他聽見樓上傳來聲響。要做就要快，現在立即決定。但在那之前，至少應該先過目一下。

他解開包裹精神支柱的絨布，到了最後一層，他感覺出一個長型結構物，凹凸多結，纏著一條繩索。他掀開僅剩的一褶。

當他認出手中的物品時，雙眼睜得幾乎迸裂。

一切迅雷不及掩耳。他鬆手放下木杖，將綠寶石天鵝絨布扔過去蓋在上面，但已太遲了：纏繞在棍身的長蛇伸展鑽溜，在空中搖擺揮動，不斷變大。不久後，閃閃發亮的暗色綠鱗蟒蛇已長到駭人的尺寸：比人還粗，長達十公尺，在廳內盤旋扭動，豎立在獵物面前。巴特斯步步後退，驚懼恐慌，很快地已貼上牆壁，沒有任何退路可逃。戴著手套的那隻手胡亂揮舞，一道血紅從P字噴出，正面打中大爬蟲的臉，唯一的效果卻是激怒蟒蛇，使牠狂暴到了極點。巴特斯又試圖攻擊了兩次，都毫無效用：無人能抵擋阿斯克勒庇俄斯之蛇。神話中——也是醫族供奉的醫藥之神，如兩顆發亮綠寶石的空洞雙眼盯住病族。蟒蛇迅猛異常，像纏繞蛇杖一般地纏住巴特斯的軀體，絞緊碾壓。巴特斯痛苦吶喊，卻沒發出任何聲音：他的頭顱沒入蟒蛇大口之中，被一口咬斷，身首分離，血湧如泉。大蟲鬆綁，屍體——僅剩的部分——如斷了線的木偶般垂垮。牠溜到地面，一口吞掉血淋淋的殘骸；幾秒鐘之後，體型恢復原來的尺寸。

小蛇滑行到門口，從門板下方鑽出去，消失無蹤，只留下飽餐之後的一片狼藉。

站在樓梯上，拉薇妮亞發現大廳空無一人，立即全面警戒起來。她掃視一圈，發現地上的綠天鵝絨布與一灘血水，當場驚愕不已，呆立在階梯上。一隻戴著黑手套的手把擋在路上的她推開：拉茲洛．史卡斯達爾，病族黑魔君，緩慢穩當地步下階梯。

「巴特斯？」拉薇妮亞驚惶失措地呼喊起來，「巴特斯？你在的話，就立刻出來！」

史卡斯達爾湊近天鵝絨布，然後環顧四周。他直起身，握緊拳頭。

「巴特斯這個混帳背叛了我們！」拉薇妮亞氣憤欲狂，尖叫怒吼。

「閉嘴。」她的愛人喝令。

廳內一個角落滾出一根木杖。拼花地板上，血跡一路蜿蜒到門邊；彷彿……他的眼中閃過一道紅光。

「阿斯克勒庇俄斯蛇杖。」黑魔君喃喃地說，「妳帶回了阿斯克勒庇俄斯蛇杖！」

他跟著紅色波浪曲線走，目光落在一隻鞋上。本來，那可能會是他的鞋和他的血，若非巴特斯的好奇心——或瘋狂的野心，誰知道？——招來了原應獻給他主子那條蛇激烈的攻擊。一股狂怒驀然湧上。

「溫斯頓．布拉佛。」他咬牙切齒地說，「你要了把戲，但是輸了。現在，輪到我了。我將展開恐怖的復仇。但是我呢，我不跟你玩。遊戲結束了：從今以後，正式開戰。」

他轉過身來，瞪視他惡毒如蛇蠍的女伴。

「**宣戰！**」黑魔君怒吼。

驚奇之廳

「我以為這只存在於書裡。」艾登陶醉地說。從抵達之後，他的目光就沒離開過天花板，也不怕脖子斷掉。

至於奧斯卡，聽了魏特斯夫人最新的解釋之後，他總算釋懷振作，現在也一起讚嘆豪華的鏡廳。因為，出乎眾人意料之外的大驚喜：舉辦惜別晚會的地點竟然是一個最神奇的地方：凡爾賽宮——在路易十四統治後的法國輝煌時期，這裡是國王與王后們精美奢華的居所。

「各位明日世界的閃耀星星，願你們在這裡尋得太陽王的光芒！」艾略特穿戴那個時期的服飾大喊；膝上褲、緊身衣以及撒了粉的假髮一樣不少，就以這身打扮接待從遊覽車上一波波湧來的世界各國代表團。

艾略特的致詞以這句響亮的「晚會開始！」總結，上千名青少年聚集在鏡廳，以及底端的兩間展廳：分別代表戰爭與和平。少年們熱烈鼓掌，並把他抬起來拋高；把他當成搖滾巨星似的，從鏡廳這端傳拋到另一端。

「你聽見達拉的解說了嗎？」勞倫斯插話，深受震撼。「她先前很快地讀了一份摺頁說明，然後就記下了所有數字。」他從口袋掏出一張紙，唸道：「長七十三公尺，寬十點五公尺，十七扇窗，三百五十七面鏡子。他們是怎麼辦到的？真了不起！」

奧斯卡旋轉了一圈，對他們每一個動作透過鏡面反射出的千百個影像深深著迷，彷彿置身於一個巨大的萬花筒中。這讓他忘了身上那套出自法國名設計師之手的禮服令他多麼不自在，儘管他穿起來完美極了。他在一面鏡子裡瞥見自己的身影：領口敞開的白襯衫，凸顯闊肩的收腰西裝，繫鞋帶的黑皮鞋，他看起來像個大人。所有男孩都被招待進入設在城堡廣場上的大衣帽間一趟——但比方說，勞倫斯裝扮出來的效果就不怎麼可喜可賀，反而讓人聯想到一隻每天被餵得飽飽的企鵝。還好，他自認為打扮得很得體，所以也沒有人勸他換一套。

年輕的紳士們急躁起來：大會宣布，小姐們即將抵達——最後的試裝和化妝必然令她們遲到。為了她們，大會徵召了好幾組化妝師、髮型師、裁縫師和設計師，個個來自巴黎最頂尖的造型團隊。許多知名的高級時裝品牌都承諾提供最美的款式，凡登廣場上著名的珠寶商們也同意出借店中的飾品。

艾略特感動的情緒已恢復得差不多，這一次，穿著象牙白小晚禮服冒出來，宣布所有人都翹首盼望的事項。

「先生們，請熱烈歡迎各位的女伴。」

原本，直到現在，舞台上的管弦樂團一直演奏著柔和的古典樂，這時則換上了一名狂野的DJ。〈Pretty Woman〉這首歌的樂聲開到最大，鏡廳的氣氛炒得火熱，和平沙龍的門大大敞開，世界各國代表團的女孩們走了進來。

那簡直是一場連續不斷，盛大、奢華無度的時裝秀：絲緞、塔夫綢、薄紗，長短禮服，若隱若現的手法，鮮豔的彩色或可愛的淡粉，深黑對比亮白，實在令人目不暇給。大部分女孩幾乎都沒被自己的代表團隊友認出來，女大十八變的模樣只把男孩們看得目瞪口呆。

對美國代表團來說，最讓人瞠目結舌的是跳開場舞的瓦倫緹娜。

她穿著一件金絲馬甲小禮服，腰間繫著一條絲綢寬緞帶，在背後打了個大蝴蝶結。下身的傘形裙襬展開，長度剛好在膝蓋上方，露出細長優美的小腿和亮片高跟鞋。她的一頭紅髮披瀉而下，流暢地微微捲曲，與臉上的淡妝相得益彰，整個人流露出意想不到的女人味。男孩們都愣住了，彷彿看見一個來自陌生世界的外星人，這時才發現：一直跟他們混在一塊的她是個女孩，其實是個……有著少女身材的女孩，而且，身材很美。看見他們的呆樣，她不禁哈哈大笑。

「別臭美了，各位男士：我的每一支舞都只保留給一個男人，希望他能從使館無聊的晚宴脫身。」她說，並深深嘆了一口氣。

「其中一首是否可以分給我？」傑瑞米問，生平第一次漲紅了臉。

緊接在她後面，伊莉絲突然現身，裹在一襲野蠶絲豎領長袖黑色貼身禮服中，活像一根硬邦邦的木頭。她拒絕色彩、花布、短裙、透明禮服，當然也不要任何「聖誕節的裝飾」——她對設計師這麼說，一面拿起緞帶、珍珠、亮片對著人家的臉揮舞。

設計師毫不猶疑，立刻挑好衣服。至於化妝師，他則獲准替她抹上一層淺色粉底，刷了一下睫毛，塗上火紅色的唇膏。她的髮色極為烏黑，比看上去的長得多，梳捲成一個非常工整的髮髻，固定在頭頂上。唯一另類的部分：一雙黑色亮漆尖頭鞋，細跟高得令人暈眩，想必是為了紀念她在蛋蛋二號那段難忘的回憶。總之，刻板嚴肅，卻偏向蛇蠍美人的風格。

……她所不知道的是，當她不爽跟在後面的女孩走得太快，轉身去斥責時，同伴們全都嚇壞了：背部全裸，從頸部一路開到腰下，只有一層幾乎什麼也遮不住的薄紗。設計師應該還在為報復成功樂不可支吧……

相反地，莎莉出現時，沒有人感到驚訝：她一身剪裁完美的褲裝，套上一件米白色男式短上衣，雙手插在褲袋裡，仿高跟豆豆鞋，男孩般的超短髮，珍西寶風。

「只有兩件，還好是我的尺寸。」女孩鬆了口氣，「我好怕最後不得不穿裙裝。」她說，「為了搶這套西裝小禮服，我可以大開殺戒。嘿！奧斯卡，我們撞衫了！那應該來比個腕力一決勝負，不是嗎？」

「如果妳想的話，晚一點我再來奉陪。」奧斯卡回答，目光探尋著另一個女孩，充滿好奇及迫不及待。

薇歐蕾的到來讓他暫時忘卻了自己焦躁等待的目標。

一句話，姊姊令人無比驚豔。她毫不猶豫地選了一件綠寶石色的低胸晚禮服，圓領貼身，身後搖曳著長長的拖襬。設計師費盡唇舌，好不容易說服她放棄黃色或淡紫色的鞋款——她甚至提議一腳穿一色，一如從小就養成的穿搭習慣。

「這是為了區分我的兩隻腳啊！」她對造型師解釋，「可憐的腳腳們，兩隻長得那麼像……」

髮型師只需強調她那頭耀眼的波浪紅髮，秀髮優雅地垂落肩頭與背後，使她看起來像個一九五〇年代的女明星。巴特的眼睛冒出星星，差一點心臟病發作。

「你還好嗎？」薇歐蕾問他，頗為擔心，「你看起來好蒼白。」

「好，還好。」他對她說，「我沒想到會看見妳……這個樣子。」他笨拙得令人感動。

奧斯卡一直等到最末幾位女孩走完，才終於望見他的女神——難道她是故意的嗎？願望成真，完全彌補了等待的煎熬。蒂拉出現在門口，對少男來說，時間從那一刻起停止。她緩緩向前，宛如走在自己宮殿中的王后；而這再合理也不過了：她好比一位王后那麼美。

她穿著一件深紅色的絲緞褶襬長禮服，蝴蝶結繫於粉頸之後，裸露曼妙的肩頭與背部，強調出纖細的腰身，裙身從緊實的臀部自然垂落，直到鑲綴寶石的紅色細高跟鞋鞋尖。眼部的晚宴妝容十分濃暗，將在她眼中舞動的金色眸子襯托得閃閃發亮；頭頂框著鑲著紅寶石的髮箍，秀髮如瀑布披瀉。

她在奧斯卡面前停了一下，確認成功地營造出效果之後，繼續向前走向餐檯。他連忙跟上去。

「妳真的好美。」他對她說。

「而你，你真的好忙啊！最近。」

「我知道，企鵝校長……需要我把一份大家都要簽名的文件重新修改一下。」少男扯謊，「不過我有請薇歐蕾通知妳。」

「她建議我去夢中跟你會合，諸如此類的說法。」

奧斯卡忍不住微笑起來。蒂拉卻仍然板著臉。

「我有點受夠要一直追著你跑了，奧斯卡。」

「妳不需要再跑了。今天晚上我們要一直在一起。」

他低頭想吻她，她卻撇過頭去。

「小心我的妝。」

他退開來，深感失望。她心軟了，總算露出微笑，撫摸少年的臉。

「等一下。」她說，「我必須再維持幾分鐘美貌。我們晚點再見？」

「這一次，先跑走的是妳。」奧斯卡埋怨。

「你活該，不是嗎？」她說，聳聳肩，「待會兒見。」她拉起他的手說，然後又任那隻手從她手中溜走。

他看著她離開，從數不清的鏡中尋找她的身影，臉色突然沉下來。她去找了摩斯，那傢伙手舞足蹈地吸引她注意。怎麼能怪她呢？最近兩天，他都偷偷摸摸地溜走；其實，他本來還擔心會遭到更冷酷絕情的對待。最後，狂歡的人群湧入設在鏡廳中央的舞池，散布在擺滿山珍海味的餐檯旁，他終於失去了她的影蹤，於是決定去找其他好友們。

他發現，他們的代表團附近聚集了一小群人潮，便湊近看個究竟。人群中央，馬提・丹帕薩，上身穿著緞面西裝，下身穿著平時的牛仔褲，正在餐檯的桌布上，用極具個人色彩和現代風格的方式，重現天花板上的一幅畫作。在侍者們驚愕的目光下，他用驚人的速度，高超的手法，噴灑各種香料和食用色素。這個舉動吸引了薇歐蕾；她走近桌旁，也加入自己的巧思，用麥粉粒、橄欖、濕紙巾和軟木塞重現一尊鏡廳裡的雕像。所有人都熱烈鼓掌，大家開始有節奏地高呼他們的名字。

其中有人喊出，「親一下！」人們又跟著起鬨；巴特立即滿臉通紅。他推開所有人，一把扯下桌布，結果那些作品散落一地。他站在原處，無法動彈，雙肩垂下，幽怨地瞪著馬提。薇歐蕾徬徨無助，最後只好望著他們飛散支解的作品殘骸。

「這樣也很漂亮。」她對巴特說，語氣聽起來不太有把握。

「不，這樣不漂亮。我又不是藝術家，我什麼都不是，但至少我很真誠。如果不是真心的，我不會讓妳以為妳的感情對我很重要；我也不會讓妳以為我對別人有意思！」

奧斯卡連忙介入，把巴特拉到一旁。

「你是怎麼了？他們只是……」

「我不在乎他們做什麼，也不在乎你姊姊，好嗎？」少男粗野地推開他，「從一開始，他就繞在她身邊打轉；而她，他做的所有事她都愛得不得了。我呢，就好像我根本不存在似的！」

他用手指著人群，並走向薇歐蕾。

「妳愛跟這個神經病做什麼就做什麼，我想要幾個女孩就有幾個，在這裡，我不需要妳，妳聽見了嗎？我不需要妳了！」

他從聚集看熱鬧的青少年中掃出一條路，像一陣旋風似的離開。薇歐蕾的眼眶中充滿淚水，大家都很尷尬，一哄而散。奧斯卡走到姊姊身邊。

「別擔心，他很容易發脾氣，但我確定他說的沒有一句是他想的。」

「如果沒有那麼想，怎麼能那麼說呢？」女孩茫然地問，「我光是不把心裡想的講出來，有時候，就已經夠難的了……」

他又安慰她一會兒，把她託給瓦倫緹娜和勞倫斯；自己則離開去找蒂拉。姊姊的話聽起來如雷貫耳，說得對極了：不忠實表達自己的執著是不對的，特別是在感情方面。他發現，除了為一再缺席找些笨藉口之外，自己從來沒有真的向她表達過心裡對她的感覺。這是頭一遭，他覺得保守和害羞的障礙已煙消雲散；他，做得到。

他在鏡廳裡到處仔細尋找起來，始終找不到。但他不放棄：見到蒂拉，跟她說話，這已變成令他雀躍不已的急事。他注意到通往花園的大落地窗門已經開啟，於是從距離最近的門走了出去，在露台上張望。蒂拉也不在那裡。他步下台階，踏上碎石路，選擇成排高大樹籬之間的第一條小徑，走進去試試看。園徑兩旁沿途設有路燈，燈光十分亮黃，不時阻斷昏暗的狀態。他正想折返，一角紅衣吸引了他的目光。他一下子激動起來。她獨自在此，等在兩叢灌木之間。

距離不過幾公尺了，他卻發現有個人影壓在她身上。

當世界崩潰

視力逐漸適應昏暗後，他看清那不是影子，而是一個人。有個人貼著蒂拉。

一股迥異的感受全面侵襲奧斯卡：心中瞬間湧上一種鬱悶不安，驅走了原先的迫不及待與雀躍欣喜。他的呼吸急促起來，下顎緊繃，一時間立在原地，動也不動。後來，一股內在的力量鼓勵他往前，朝她走去。風吹動樹枝，光線打在赫拉西歐的俊臉和運動員的身軀上。他摟著蒂拉的腰。而她踮起腳尖，雙臂纏住他的脖子。

他們擁吻起來。

他們狂熱地、激情地擁吻著。赫拉西歐的手在奧斯卡觸摸過的裸背上遊走，梳著奧斯卡曾輕撫的髮絲。這傢伙搶走了他的蒂拉，擁著她的同時，也偷走了他曾享有的一切感受。

他感到胸口一陣椎心刺痛，喉頭發緊。他好想說話，吶喊，但口中發不出任何聲音。他好想撲向赫拉西歐，把他痛打一頓；但他的雙腿像深深插入土的樁柱，而手臂跟腦袋一樣，完全沒有回應。唯一的感覺是一股巨大無邊的，難以描述的痛苦折磨。

結果是蒂拉先發現了他。赫拉西歐望著她，她輕輕推開他，短暫地猶豫了一下，朝奧斯卡走來。

一直走到肌膚輕觸那麼近。他閉上眼睛，只想留下她，抹去巴西男孩的存在。蒂拉的聲音把他拉回現實。

「聽我說，奧斯卡，我需要……需要一個在我身邊的男朋友，不玩一陣風來無影去無蹤的遊戲，你懂嗎？我要一個強壯實在的人，不是一個跟我說他累了然後就不見人影，派他姊姊來傳話給我的人。」

她嘆了一口氣。奧斯卡想回應，但蒂拉的語氣表示得比她說的話更清楚——聽起來沒有挽回的餘地，彷彿在宣判一個已做好的決定。

「該怎麼跟你說？我對你有感情，但在我們交往之前，你在我心中有另一種形象……唉，甚至不能說我們真的在一起了，你也同意吧？」

奧斯卡深深注視她的金色眸子。他好希望能從中讀到跟巴特一樣的眼神，告訴他她說的也不是她心裡想的，局面並未全盤破滅。但她最後一句話粉碎了他的希望。

「我愛你……非常愛，你知道的。我們這樣比較好。而且，在這裡，還有很多其他女孩喜歡你。我確定那個……」

她不想把話說完，寧願微笑代替。奧斯卡深深吸了一口氣，像是已憋氣了十分鐘那麼久。他目光不離地注視著她，緩緩後退，斷然轉身，平靜朝城堡走去。

彷彿有一股冰冷的液體灌入他的四肢，蔓延全身，直達深受連串陰鬱與矛盾想法摧殘的大腦。他像個機器人似的越過玻璃落地門，回到鏡廳。他試著振作起來，維持應有的尊嚴，告訴好友們，他想早點回去。

就在這時候，和平廳的大門開啟，讓一位遲到的少女進來。入口附近忽然安靜下來，接著，讚嘆的竊竊私語宛如撒粉一般傳開。就連心灰意冷的奧斯卡也朝這裡看了看。然後，看見了她。

她穿著一襲米白色裸肩刺繡禮服，背後的腰部以下，層層塔夫綢皺褶如花冠般展開到腳踝。她烏黑亮麗的秀髮旁分，梳成髮髻高高盤起，用鑲著細珍珠的髮夾固定。妝容明亮，杏仁圓眼拉長，凸顯顴骨，弧度完美的唇部只上了唇蜜，使她的笑容顯得無比燦爛。她纖細的粉頸下，被馬甲托高的少女美胸上方，閃耀著一顆心——這次是一顆鑽石心。

露薏絲就是女神化身，整座鏡廳的時間彷彿都凝結停止。

勞倫斯跌坐在一張椅子上，睜大了眼睛，忘了呼吸。人群散開，讓她在一片低聲讚賞中通過。她朝美國代表團走來，大家立即像大明星的熟識好友一般，立即把她簇擁在中間。薇歐蕾恢復了笑容。

「這簡直是一張希望的照片。」她說，大概沒人真的懂她在說什麼。

「日安，奧斯卡。」露薏絲打招呼，掛著她那獨特非凡的微笑，「這套禮服幾乎跟披風一樣適合你。」

「妳好漂亮。」他認真地說，幾乎發不出聲音。

她瞬間臉紅了一下。

「那就好。」她說，「因為我不會經常這樣穿：去上瑜伽或嘻哈舞的課，這可不是理想的裙子。」

有個想法在少男心中逐漸成型：一個隱含復仇苦澀的想法。他不加思索地說出口：

「妳……今晚，妳願不願意當我的女伴？」

露薏絲吃了一驚，正想回答時，目光望見了奧斯卡身後的遠方。她的臉色黯淡下來。一對非常亮眼的情侶剛越過連結庭園的玻璃門。女孩笑著，容光煥發；男孩驕傲地摟著她的腰。露薏絲放棄觀賞蒂拉和赫拉西歐歡樂秀恩愛，嚴肅地注視眼前的少男。

「我的回答恐怕出乎你的意料之外，但我不是備胎，也不是在你被別的女孩傷害時給你用來擦眼淚的手帕。你怪別人不好，但忘了自己先照照鏡子。你是個自私的傢伙，奧斯卡．藥丸。即使我在你眼中不算什麼，也總比這個好。」

她離開走遠，又轉過身來。

「說真的，我為你感到可憐。你假裝關心別人，事實上，你只在利用他們。一個不願意尊重他人的人，最後只會落得孤獨的下場！」

奧斯卡深受屈辱，垂下了眼睛。等他再抬起頭時，傑瑞米、艾登和勞倫斯都在。沒有同情也沒有偏見，他們就像朋友該做的那樣待在那裡。

「我先回去了。」奧斯卡對他們說，「我們回去後再見吧？你們再把之後所有節目講給我聽。」

他們讓他離開。

他走向出口，瞥見巴特遠離人群，獨自待在露台的一個角落，眼神失落。今晚，難道每段感情都要如此悲慘地結束嗎？其中必然有幾段值得挽回。他走向大個兒。

「巴特……」

被喊的人抬頭看了一下，隨即又陷入沉思。

「我只是想告訴你，你錯了。」奧斯卡不死心，「你給自己灌輸了錯誤的想法。」

巴特嘆了口氣。

「我不是藝術家，用這個，我做不出什麼美麗的東西。」他伸出兩隻大手說，「但是……或許我有別的優點。」

他終於迎對奧斯卡的目光。

「你知道，有時候，愛薇歐蕾並不容易。但我就是愛她，愛她這個模樣。」

「那麼就告訴她啊！」奧斯卡回應。

「不，」大個兒少男說，「已經完了，結束了。」

奧斯卡明白長期活在弟弟影子下的巴特偶爾也會端起自尊。他不再堅持，留下他離開。然後，他發現了自己在找的目標：一個出來透氣的陌生女孩，獨自一人，躲在沒有人注意的地方。他拿起鍊墜，亮光一閃，就消失無蹤。

巴特訝異他怎麼這麼快就走了，竟然不多關心自己一點。幾分鐘之後，奧斯卡又現身。他朝那個女孩看了一眼：她什麼也沒發現。今天，至少，這件事他還會：成功施展體內入侵術。他垂眼看自己緊握的雙手。手掌中，渦流閃亮旋轉，輕撫他的掌心。

他正想回到大個兒少男身邊，卻改朝鏡廳走去。蒂拉暫時抽身去找飲料，順便出來涼爽的花園透透氣，獨自一個人。他猶豫了一下。她就在那裡，離他好近，逃不出他的掌心，隨時可倒入他的懷抱，獻上她的真心。利用一點煙霧就能得到她的心。他因為擁有魔法而失去了她；那麼，抓住這個難得的機會，難道不是公平的回報？

這時，他的腦海中卻再度響起露薏絲的話；他比自私還不如。於是他猛然覺悟：那麼做並不是要去贏得女孩的芳心，是去剽竊。

他避開她，決定依循最初的想法。他悄悄地走到巴特身後，距離他只有幾公分時，張開合攏的雙手，吹了口氣。歐毛娜煙霧籠罩好友的臉面。大個兒男孩感到迷惑，淺淺地浮起訝異的微笑，接著坦率地笑起來。他轉身走向鏡廳，在人群中搜尋。他的目光捕獲薇歐蕾一頭火紅的秀髮，陶陶然地穿越大廳，走到她面前站定。

「我會的只有愛妳。」他單刀直入地說，「這是我唯一會做的事，但我做得很好。」

她淚流滿面，同時卻也笑了起來。巴特把她擁入懷中。

「妳為什麼哭？」

「那只是剛才在我眼角剩下來的一點東西。所以，假如你把我當成彼此相愛的人那樣親我一下，我剩下的就只有幸福了。」

他忘卻鏡廳，忘卻人群，用他愛她的方式親了她。

奧斯卡移開目光，離開凡爾賽宮。

人們圍繞在露薏絲身邊，讚賞不絕於耳；史文傾心不能自拔，貪婪地注視著她，對她說著一大堆有趣好玩的事情；但露薏絲望著奧斯卡離開，無力對抗悲傷啃噬她的心。

人生教訓

他出了地鐵，沿著塞納河河畔走。

已經很晚了，但河堤上還滿是遊人，手牽著手，呢噥調笑。這些情侶幸福的模樣並未令他悲傷，反而讓他認清事實，看清自己幾個月來一直在逃避的事。對方並不愛他，是他一廂情願地建立了這段關係。然後，他只一直在想辦法滿足自己單方面的感受。

他慢慢明白，這一切都是在他前幾次安布里耶之旅後不知不覺地發生，而他也逐漸學會區分：成長變化中的身體表現與心靈是兩種不同的領域，經常相隔得十分遙遠。他確信，當心靈與他的安布里耶島說起同一種語言，他終能品嘗幸福的滋味。

其實，今天晚上，他並不比蒂拉高貴到哪裡去。他的態度卑劣，甚至想利用一個人去誘發嫉妒和愛慕。露薏絲在最後一刻保護了她自己，而如今全盤想想，他反而感到輕鬆——即使，很奇怪地，現在，當他對蒂拉不再抱任何希望，露薏絲的倩影卻勾起他一些複雜微妙的感覺。他決定放空一下：今天，腦袋裡堆積了太多情緒與失落。

他嘆了一口氣，來到了羅浮宮前。

與這座美術館相關的雜亂回憶，（假的）精神支柱，那許多不朽之身，以及其中一位，阿爾弗瑞德．鮑登所揭露的秘密，也紛紛湧上心頭。他一樣把這些事通通趕出腦袋，無法心平氣和地面對。要冷靜分析，等到回美國之後吧！回程就在明天了。

他走上人行道，步上一座跨越塞納河的優雅橋梁，此橋連接羅浮宮方形廣場和巴黎第六區。這條通道的名字他一看就喜歡：藝術橋。橋上擠滿了人。一些尚未成名的藝術家為遊客速寫畫像；戀人們慵懶地倚在欄杆上；一群群年輕人隨興坐在橋上野餐；人們一面聊天討論，一面邁步走在木板地上。奧斯卡抬頭望天空：今夜晴朗，一朵雲也沒有。橋彷彿是介於人間兩個世界的過渡之處，這種氣氛使他逐漸平靜。這時，他聽見一個似曾相識的聲音。

「做得好，奧斯卡。」

在他身邊，倚在同一道欄杆上的，是羅浮宮那對神秘的老夫婦。也就是所謂的使者。他已經不再感到驚訝。反正，在巴黎這座城裡，似乎什麼事都可能發生——也都可能破滅。

「什麼事情做得好？」奧斯卡回應，「今天，所有的一切都很糟。」

「你救了一個未出生的胎兒和他母親的性命。」老先生提醒他，「而且，多虧了你，黑魔君想必已經不在了。」

奧斯卡聳聳肩。

「我失去了其他東西。」他說，不想深入細節，「對我很重要的東西。」

「那麼，」老先生的妻子走到奧斯卡旁邊插話，「我們會說：做得好，為你的勇氣和頑強喝采。你知道，頑強是一項優點。當然，前提是你沒有因此而盲目。否則，那就變成頑固了。」

奧斯卡注視一艘通過橋下的遊船；船上的遊客們歡樂地揮手。

「說到盲目，可以說，我曾經盲目過。」他鬱悶地說。

她挽起他的胳臂，熱情地靠著他，對他微笑。

「曉得自己盲目已經很好了。」老先生對他說，「你也從中汲取了人生的教訓，這是最重要的。這甚至是兩天來的第二次：在羅浮宮裡，你學到了美是言語無法形容的；而現在，你知道你有可能被自己的感覺蒙蔽。」

他笑了起來。

「你運氣很好：我們兩個這一輩子從來沒在這麼短的時間內學到這麼多！」

「頑強與真愛，」老太太若有所思地重提這兩個詞，「我們這一生就是這麼過的，也希望能傳給我們的兒子。」

「對他有用嗎？」奧斯卡問。

老太太目光芒然地望著遠方。

「就某方面而言，有。」她的老伴回答，「對於自己的信念，他始終執著到底。你也一樣，奧斯卡；你應該要從經歷過的事情中得到最大的益處。願你貫徹從中所學到的教訓。」

「貫徹所學到的教訓。」奧斯卡輕聲重複這句話，以便玩味其中的意義。

他轉過頭，東張西望：再一次，四周只剩他一人。他往橋上的人群中搜尋，一無所獲。跟第一次的相遇一樣，老夫婦憑空消失。一如夜幕降臨城市，倦意終於襲上他的身心。明天就要離開巴黎了，他還沒整理行李，所以得一大早起床。該回勃艮地街去了。

他上樓，探入自己的房間；啪嗒乖乖地等著他。奧斯卡坐在床邊，和衣而臥，把狗狗摟在懷裡，這個熱呼呼的小軀體給了他撫慰；今晚那些恐怖的壓力變得比較容易承受。一人一狗互相依偎，一起睡著了。

上午十一點，德洛姆先生的司機奧利維來接他們。

稍早，大律師去事務所上班以前，奧斯卡、薇歐蕾、瓦倫緹娜和勞倫斯已向他告別，並且誠心誠意地感謝他在這段時間的接待。

「這間屋子的大門永遠為你們敞開。」他向他們保證。

現在，他們聚在玄關，行李箱和旅行袋裡裝滿紀念品或書籍。奧斯卡和薇歐蕾替媽媽選了一幅攝影海報，這幅作品將一九五〇年代的蒙馬特永遠凝結在那個時空。

「這會讓她想到她最愛看的那些電影。」薇歐蕾這麼說。

道別的時刻來臨。

瓦倫緹娜對露薏絲提出嚴重恐嚇，假如下次她不陪她爸爸一起到美國出差的話，就要對她進行恐怖的懲罰。

「而且，相信我，我有三頭六臂。醫族大長老跟我私交匪淺。」她說得理所當然。

露薏絲擁抱了薇歐蕾，也和善地摟了摟勞倫斯。男孩不敢正視，一路臉紅到耳根。

「巴黎，以後我一想到它，」他對她說，「也就會想到妳。」

奧斯卡睜著疲憊的雙眼望向女孩。

「可以說你這趟旅行並沒有真的休息到。」她對他說。

他對她微笑了一下，下定決心。

「我們可以去院子走走嗎？一分鐘就好？」

其他人識趣地自動消失，趁機去幫忙奧利維把行李抬進後車廂。

「我想跟妳道歉，還要向妳說謝謝。」離其他人遠一點之後，奧斯卡對她說。

「謝謝？」露薏絲訝異地反問，「為什麼？」

「為了妳對我說的話。昨晚，妳打開了我的雙眼，不少事情豁然開朗：關於別人的、我自己的，還有……」

「還有？」

「……關於妳的。」他注視女孩，眼神殷切——而且是以前沒有過的。

她向後退了一步，多半是出於自我防衛。她曾殷殷地期盼，也落得深深的失望。奧斯卡卸下她的心防。

「我們是……朋友？」

對他的笑容，她也報以微笑，不知道這個問題究竟是讓她鬆了一口氣，還是讓她難以應對。

「對，」她終究回答，「對，我們是朋友。」

尊重：就目前來說，這是他想讓她感受到的態度。然而，那對神秘友人給他上的第二課人生教訓浮上腦海。聽從感覺引導，貫徹到底。即使是剛剛萌生的感覺？他猜，老太太會這麼告訴他：尤其是在剛剛萌生的時候，好讓那情感有機會滋長茁壯。他俯下身，親吻露薏絲的臉頰。對兩個普通的朋友來說，或許，這個吻太久了一點。他閉上眼睛，任由一種全新的溫柔感受襲上心頭。露薏絲抬手伸向自己的臉頰，阻止了他的動作，輕輕觸碰奧斯卡的胳臂。

「我們會再見面的。」他僅這麼說，「我知道。」

一聲狗吠嚇了他們一跳。啪嗒從奧斯卡的背包裡冒出來。露薏絲湊上前撫摸。

「奇怪，我覺得牠好像也同意。」她說，「我們會再見面。」

她抬頭站直，步上往門口的三級台階，轉頭面向少男。

「那麼，**au revoir**，奧斯卡。」再見，她用法文對他說。

似曾相識

「我做不到。」奧斯卡焦躁起來。

「再試試看！」他的姊姊堅持。

奧斯卡凝神專心，隨後又放棄，轉頭對放在他右耳旁的那雙腳。

「就是沒辦法。」他說，「一片到處皺起泡泡的天花板，永遠也不可能讓我作什麼夢！不知道妳是怎麼辦到的。」他說著坐起身。

不是他不肯做。先前，他可是沒怎麼抱怨就接受了薇歐蕾的提議，兩人躺在客廳的花布長沙發上，頭對腳，腳對頭。啪嗒窩在兩人之間的狹小空間仰臥，似乎參與著同樣的實驗。薇歐蕾也坐起身，覺得很掃興。

「努力一點！就連啪嗒也做到了！你知道嗎？隨時隨地隨便用什麼東西都能作夢是很方便的一件事！怎麼說也不比施展體內融合術累人。」

「是體內入侵術，薇歐蕾。妳是醫族，至少要記住這個字。」

「好了，暫時停止超自然和跨銀河系實驗，吃個點心如何？」賽莉亞從隔壁的廚房提議，「我呢，我想吃可麗餅。」

「可麗餅OK。」奧斯卡說。

賽莉亞在爐子前忙碌時，他搬出一本相冊，開始翻閱。

他們已經從巴黎回到家，由於時差的關係，清晨四點以前都睡不著，但一睡就睡到中午，好好補了一覺。然後，下午剛開始，他們就去「報告」：這是賽莉亞愛用的字眼，每次邀孩子跟她講述事件的時候都這麼說。奧斯卡極為戒慎小心地談起薇歐蕾——這也不是她自己能左右的——至今才被揭發的秘密。

「那時候，薇歐蕾和我，我們在第三體內世界，」他說得好像不當一回事似的，「寧芙仙女們已經從平原湧來，而……」

「奧斯卡？」

「嗯？」

「把你剛剛告訴我的話再說一遍。」賽莉亞停下手中正在忙的事，頭也沒回地要求，「不過，說慢一點，一個字一個字說清楚，這樣你才會曉得，你剛才宣告的災難，天大的壞消息，有多麼嚴重。」

薇歐蕾跟他互換了個擔心的眼神；弟弟正準備另外換個角度來說，賽莉亞卻打斷他的興頭。

「不，再等幾秒，讓我幻想這只是你口誤，拜託。因為，我有預感，聽細節一定比聽簡報更糟。」

兩個孩子都噤聲無言，因為她轉過身來了，眼中充滿了淚水。

「我給你們五分鐘，回來的時候，把新鍊墜一起帶過來。」她說，張開雙臂。

最初的感動過了之後，其實只有奧斯卡一個人能描述：薇歐蕾跟賽莉亞一樣專注地聽，彷彿他講的不是她，而是另一個他們都認識的女孩。可麗餅端上來，稍微和緩了連串刺激驚險的故事。薇歐蕾決定回去繼續從事她最愛的活動，逕自躺在長沙發上，不再理會媽媽和弟弟。

「假如巴特打電話來，」她說，「跟他說我很快就回來。」

賽莉亞向奧斯卡投了個詢問的眼神。

「她自己會告訴妳。」他說。

「那你呢？你沒有什麼要告訴我的嗎？」

奧斯卡垂下眼睛。

「沒有，我想沒有。已經沒有什麼可說的了。」

他的媽媽微笑起來，坐到他身邊。

「恭喜你了，兒子。」

「假如妳知道是怎麼一回事，就不會恭喜我，反而會賞我一巴掌了。」少男坦承；憂傷的情緒沉甸甸地壓迫著他。

「你運氣很好，」她說，雙手合掌。「我是一個非暴力主義者。不過，這一切聽起來跟第一次失戀相似度驚人。」她說著把他擁入懷中，「所以，恭喜你。」

奧斯卡不由得微笑起來，推開她。

「我不會看得太嚴重的。」

「你錯了。你知道，這類的事情就像某些疾病，沒有疫苗，一定要感染發作一次，下次才知道又得了。你永遠不會完全免疫，但你會知道病發的時候該如何抵抗。瞭了嗎？」

他聳聳肩，並未完全被說服，即使那種說法的概念確實站得住腳。他繼續翻閱家庭相簿，從中間打開，一面瀏覽一面尋找剛才沒看完的照片，目光突然停在一張頗為古老的生活照上。他驚愕不已，取下相片，移到光線下仔細觀看。畫面上有他的父親維塔力青少年時期的模樣；圍在他身邊的是一位修長優雅褲裝女子和一名頭髮剛開始花白的男子，穿著休閒套裝。奧斯卡想像了一下這兩人添了皺紋白髮的長相，立刻認出他們。

「這……我認識他們！」這項發現太震撼，他脫口驚呼。

「你認識誰了？」賽莉亞問。

「他們！跟爸爸在一起的這兩個人。」他把相片遞給她看，「在巴黎的時候，我見過他們！甚至跟他們說過話！」

賽莉亞湊近照片，只看了一眼就回應。

「我不信。」她說，十分堅定有自信。

「為什麼？」

「因為他們已經失蹤好多年了。自從你爸過世之後，你的祖父母就從來沒再捎來任何音訊。我甚至不知道他們是否還活著。而且，我也不知道我們家還有他們的照片。」

奧斯卡沉浸在深深的感動中。他的祖父母，還活得好好的。老夫婦的話和對他的關心終於有了意義。宛如泡泡浮出水面一般，喜悅之情湧上心頭；但同時夾帶一股深深的懊惱，可惜沒有早點知道，沒能多把握那個機會。然而，某種感覺告訴他，他一定會再見到他們。這股簡單的信念，即使毫無根據，也讓他感到安慰。

他把那張照片放進口袋，闔上相本，不多堅持。

「妳肯定是對的。」他對媽媽說，「應該是我搞錯了。」

把手從口袋中抽出來的時候，他摸到一頁部分燒焦了的紙張。他在中午之前還曾重讀一次。鮑登所揭發出的陰謀，他進行中的調查事項，逐漸回來佔據他的心神。此時，祖父母所說的話在腦海中響起：頑強，這項性格指引了他們的人生，「你也一樣，奧斯卡，你應該貫徹你的信念。」爺爺曾對他這麼說。

正如他們的兒子，他的父親。而現在，想必是把這件事徹底弄清楚的時候了。他默默地微笑起來。啪嗒從沙發上一躍起身，擋在主人和門口中間。奧斯卡明白這隻神奇寵物的意思。他彎下腰，輕輕推走牠。

「不，啪嗒，當然要。必須這麼做。」

他帶上門，跨上單車，前往一場他已夢想過千百次的對決。

疑心是毒

「您殺了我的父親。」

字句宛如槍響，在陰森森的城堡大廳爆發，迴盪在牆壁之間，上衝藻井天花板，沿著精心布置的長廊通道，直達堡主的耳裡。

弗雷徹．沃姆無聲地輕笑，笑得全身抖動。他向前一步，又一步，下定決心，步下樓梯。走到最下面一階時，他把那雙拉到太陽穴那麼細長的眼睛瞇得更小，注視昂然挺立在大廳中央的少男。

「一名藥丸來到沃姆堡。這還真是你父親從不曾賜予我的榮幸。他太自滿，不屑給我們賞個臉，我猜。或者是太忙於布局他的野心。」

「別想汙衊他的形象。我不會相信的。其他人相信您，但我不信。」

「你跟他真像。」沃姆用他那刺耳的聲音說，「多麼勇敢！多麼威風！看看這位英勇的騎士，不惜找上門來向我挑戰！」

奧斯卡素知對手善於運用修辭，操控文字與操控人心一樣技巧高超。他已堅定意志，不輕易上當。

「您讓人強烈懷疑他是主謀，設計一場陰謀陷害他。黑魔君的信件，」他的語氣嚴肅，非比尋常。「是假造的。那些信都是您寫的，我知道。」

沃姆的臉色凶狠起來。

「這些小把戲，我很快就膩了，年輕人。」

「這不是把戲！」奧斯卡忍不住嚷起來，「是真相！您不希望他進入長老會！」

「那麼，提出如此嚴厲的指控，也該要有證據才行。」沃姆回應，語帶威脅。

「我只有一封父親寫的信。但我會找到其他證據，一定會找到，就算犧牲生命也在所不惜。今天，我來，就是要告訴您這一點。」

沃姆雙手背在身後，緩緩朝他走來。奧斯卡發現，現在，他幾乎跟顧問長老一樣高，而肩膀更比他寬闊得多。沃姆並不驚慌，繞著奧斯卡走了起來。男孩原地不動，立定在黑色大理石地板上，站在少數幾道從窗遮與窗簾之間透進來的光線之中。

「黑魔君寫給你父親的那些信，我都讀過。長老會裡的所有成員全都讀過。大長老也一樣。」短暫的停頓之後，他說：「是他把信轉交給我們的。」

現在，他走到了奧斯卡背後。男孩跟著轉過頭去。融入深色牆壁背景中的沃姆看上去只剩一條窄瘦的剪影。

「我還以為你很聰明。」男人說，「你從來沒有對溫斯頓·布拉佛產生過疑問？」

「我為什麼要那麼做？」醫族少男打斷他，「別企圖把你的罪名加在別人頭上。」

「才怪，你當然想過那些疑點。」沃姆繼續說，彷彿奧斯卡剛才並沒插話似的，「收到那些匿名信的是誰？裁定你父親是叛徒的是誰？最後，尤其重要的：誰會害怕一名年輕有為的醫族進入長老會……除了剛被任命的大長老本人之外？」

奧斯卡意志動搖，閉上了眼睛。記憶中，阿爾弗瑞德‧鮑登，藉著露薏絲之口，與沃姆發出共鳴。溫斯頓‧布拉佛：在提及黑魔君的信件時，醫生確實吐出了這個名字。

察覺到他的防衛武裝出現裂縫，沃姆釘下最後一槌。

「你可以繼續相信在這件事裡他是無辜的。很正常，大家對他幾乎一無所知，而你知道的比別人還少。」

他壓低了音量，聽起來卻比任何時候都清晰。

「然而，你曾經那麼接近禁忌之湖……」

禁忌之湖。

奧斯卡搖擺不定，突然覺得需要立即離開這個充滿壓力和惡意的地方。他掉頭轉身，擦過沃姆身旁，盡可能平靜地走向門口。大門在他出去後關上。

從書房窗戶的縫隙望出去，沃姆看著他消失在路上，薄薄的唇角揚起隱隱的微笑。現在，挖掘吧！年輕人。他心中自語；我知道你辦得到。剝掉秘密的表層，去那至今無人去過的地方。為我工作，撼動這座基石……讓布拉佛搖搖欲墜。

別去那裡！

七月的晚上，天色還很亮。於是，就在當天晚上，回家以前，奧斯卡推開了庫密德斯會的雕花鐵門。

他在屋宅前方站了一會兒，目光盯住三樓的窗。布拉佛先生的書房。他決定按門鈴。

出現在門口的是雪莉，她開心得不得了。

「我還在期盼您能趕快過來跟我們說說這趟美妙的旅行呢！」她嚷了起來，急著得到題材，好在明天上市場時就能炫耀巴黎的事，彷彿她本人親自去過似的。

「勞倫斯和瓦倫緹娜什麼也沒跟您說嗎？」奧斯卡詫異。

「他們累壞了，可憐的寶貝們！您知道的，來自體內世界的人，他們的體力或許不如我們。雖然，只要看到那個丫頭橫衝直撞活蹦亂跳的樣子，又會懷疑他們是不是真的那麼脆弱。」

「彭思呢？」

「今天休假。布拉佛先生則把自己關在書房裡，應該今天一整晚都會在那裡度過，您知道他的習性。就是因為這樣，您的兩個朋友可以趁機好好休息。您去叫醒他們吧！晚飯就留在這裡跟他們一起吃嗎？我準備了一頓慶祝大餐。」

「不可能。」奧斯卡回答，「我媽會掐死我。五天沒看見我們，對她來說真是一場大悲劇！」

「壞男孩，別這樣笑她！我很能體會她的心情！您知道她那時候多麼擔心您啊……」

「我不能待在這裡聊個沒完，只是過來跟您打個招呼。」奧斯卡扯了個謊，但心裡真的很高興見到她，「我可以上樓去我的房間嗎？」

「當然！房間乾淨得像新的一樣，我每天都去又刷又擦的，就當您馬上要回來住一樣。」廚娘說，語調中有一絲小小的遺憾。

奧斯卡避開廚房，登上二樓，沿著走道來到他位於左邊廊道盡頭的房間門前。一個聲音喊住他。

「你要做什麼？」

聽起來並不咄咄逼人，但語氣堅決。少男朝頭頂上方的壁上小凹室裡的半身雕像望去。他訝異地注視賽蕾妮亞的石膏像，以前從沒聽過她說話，也從來沒怎麼注意她，即使在取得第一項戰利品之前，他曾在庫密德斯會度過了一整個暑假。勞倫斯和瓦倫緹娜兩人也一樣，無論對她或屋宅裡的其他雕像，他們都絲毫不曾在意，也從來沒聽過雕像說話。這時，他發現那女孩的半身像起了微妙的變化：容貌似乎比較成熟，線條比較精緻，橢圓的臉蛋輪廓明顯。現在，她像個美麗的十八歲女孩，或許還稍微再年長一點。

「日安。」他回應。

雕像的語氣和緩下來。

「日安，奧斯卡。也對，我應該先打個招呼的……」

奧斯卡露出微笑。

「我只是經過而已，我想找勞倫斯和瓦倫緹娜。」

「你們三個人看起來很要好。」

他似乎看見石膏像上刻出一道哀傷的微笑。

「你們真幸運。」她對他說，「請好好把握啊。哪像我一個人，孤單無聊地待在這座凹室裡……」

「賽蕾妮亞！」

這個喊聲來自三樓，奧斯卡毫無困難地認出是誰：那是羅妲，鎮守在三樓樓梯間凹室的半身像。三樓是布拉佛先生專用的樓層。喊聲低沉，不需多說即盡顯威嚴。賽蕾妮亞一聲嘆息，表情凝結。

「大家幾乎互相不認識。」她輕聲說，「真可惜，生活在這個屋子裡的人其實並不多啊……」

「感覺上您已經認識我。」奧斯卡頗為低調地說，以免羅妲聽見，「但我剛剛才知道妳的名字。」

雕像已恢復原先的靜止不動，不再回應。奧斯卡聳聳肩，準備走開，又聽見賽蕾妮亞壓得很低的聲音響起。

「你會回來看我嗎？」

奧斯卡轉身朝她走回去。

「跟我說說你在體內的旅行，還有所有遇到的事。」賽蕾妮亞悄聲說。

「我答應妳。」奧斯卡回答，心裡輕鬆了些，「那妳呢？妳會多跟我說些妳的事嗎？」

賽蕾妮亞僅點了一下頭。奧斯卡對她友善地揮揮手，便朝房門走去。他沒有開門，反而站在門前，盯著門上的銅牌。

「阿爾弗瑞德，您的魂魄也在這面銅牌裡嗎？」

「阿爾弗瑞德？哪位阿爾弗瑞德？」石膏像少女問，似乎被激起了好奇。

「賽蕾妮亞！」羅妲再次從樓上吼她，「有些事我們都很清楚，而在我看來，大長老也是！妳想爛在他的書房裡，還是永遠在地窖裡度過？」

「不！」賽蕾妮亞驚恐地喊起來，「樓梯間裡已經那麼少人經過，要是被送到書房或地窖，我想我會死掉……」

她閉上眼睛。奧斯卡替她感到難過，但他必須專心處理阿爾弗瑞德的事。

「阿爾弗瑞德，我知道您是不朽之身，您的魂魄藏在您自己的畫像裡，在羅浮宮的不朽之身廳。但是，如果您有一部分魂魄也住在這面銅牌中，希望您能給我個信號。」

他等了一會兒，繼續又說：

「我希望您弄錯了。」他悄聲坦承，「但願大長老跟那一切沒有關聯……」

他焦躁地等待不朽之身顯現任何一點訊息，卻白費力氣了。

「阿爾弗瑞德，」少男再試最後一次，「別逼我去闖迷宮的另一邊。」他懇求，「我必須知道。告訴我，在那座湖裡我會找到什麼……」

不知不覺地，他提高了音量。

「不！」賽蕾妮亞悶聲驚呼，「不，奧斯卡，別去那裡！」

奧斯卡折返回走廊上，停在半身像下方。賽蕾妮亞的面容因惶恐而扭曲。

「別去那裡，奧斯卡，他永遠不會原諒你的，你懂我在說什麼嗎？別去……」

「賽蕾妮亞！」羅妲怒喝。

羅妲無法聽清楚她在說什麼，但顯而易見的是，她們得到的指令是不准說話，而她一心要賽蕾妮亞遵守規定。少女閉上了嘴；而這一次，奧斯卡明白自己不會再得到她任何消息。無論如何，他已經下定決心。

「必須這麼做。」奧斯卡喃喃地說。

他下樓，踮起腳尖，穿越玄關大廳，躲進大會客室沙龍。廳內無人，只有庫密德斯會永恆不滅的綠寶石火在壁爐內燃燒，劈啪作響，為這個地方帶來一點生氣。奧斯卡走向大鏡，沿軌道推開，露出通往醫族大長老秘密書房的門。

他把鍊墜貼在門上，手不禁微微顫抖。他明白自己現在所做的事有多麼嚴重。腦海中浮現那個字眼：「頑強。」這個字給了他勇氣——或激發了潛意識？——讓他推開解了鎖的門，進入小書房內。他環顧周圍，心跳加速，找到他要找的東西。他繞了桌子一圈，拿起領口的綠寶石天鵝絨上繡有金線那件披風。他無聲無息地關上門，把大鏡子拉回原位，溜出沙龍。

玄關大廳裡沒有障礙。他輕輕走到廚房，從那裡溜進庫密德斯會的花園。為了貫徹信念，不惜任何代價。

湖中的秘密

他先沿著清掃得乾乾淨淨的小徑向前，一直到這些聽從大長老指令的小路改變路徑，偏轉少男行進的方向為止。奧斯卡離開庭園小徑，繼續朝著先前設定好的目標前進。又高又長的草叢，警戒提防的花朵，擋住去路、張牙舞爪的荊棘，什麼都不能阻止他。他終於抵達瓦倫緹娜、艾登、勞倫斯和他幾個月之前算是偶然闖入的地點。

在他面前，跟上次一樣，忽然長出一片巨大的樹籬。奧斯卡知道那片高籬的背面藏著什麼：一座遼闊的移動迷宮，他曾經迷失其中。然而，他面不改色，站在樹籬前方。這時，一枝橡樹樹枝垂伸到地面，阻擋迷宮入口。

「吉祖，我知道你被下了命令。」奧斯卡說，「但我必須進去，我必須知道，你懂嗎？」樹枝微微顫動，但不肯抽離。於是奧斯卡拿出鍊墜，貼近披風。兩者一起短暫地閃了一下綠光：披風必然認證了與大長老對應過的鍊墜，連結始於長老把金字母配給奧斯卡之時。

「將此兩者一起握在我的手中，」當時，布拉佛先生說，「我的字母已與你的字母連結。你必須牢牢記住。」

今天，他記起來了，比任何時候都清楚。吉祖扭動起來，最後一次揮舞枝椏，終於認輸，挺起站直。入口淨空可過。奧斯卡輕撫粗壯的樹幹，表示感激。

於是，他左手握緊鍊墜，一鼓作氣，用盡全力扔進樹籬背面。鍊墜飛入藍天，然後消失在他的視線之外，掉落遠方，悶聲一響。少男裹上披風。披風掀開停留了一陣，然後才輕輕垂落他幾乎與布拉佛先生一樣寬闊的肩上。他走進迷宮。

最初邁出的幾步猶疑不定，很快就茫然迷失。然後，漸漸地，他感覺到披風有了動靜：神奇的天鵝絨布如他所願地朝他的鍊墜移動。他隨披風的指揮走了幾分鐘：有時推他，有時拉他，有時強迫他轉彎，有時要他往回，走入一條狹窄的引水道。他從陰暗的棚架下方經過，繞過一波波的女貞樹叢，穿越修剪成巨大鍊墜形狀的荊棘灌木叢。出現在一片稀疏樹林的空地上時，他早已失去方向感。草地上，他的金字母閃閃發亮。他連忙走過去，彎腰撿起後站直身子。

在他面前，一座平靜至極的大湖展開，水面光滑如鏡。整座湖畔，處處楊柳低垂，茂密如髮的垂枝浸入水中。堤岸上，蘆葦高聳；湖面上，荷花與睡蓮塗抹粉彩。湖中央以一座木橋連接岸邊。一座圓形石造涼亭傲視湖中央。亭閣結構十分簡單，細長的樑柱撐起一座圓頂。

奧斯卡從繡球花叢中掃出一條路，走近岸邊。湖水混濁呈墨綠色，彷彿自古以來就凝結不動。少男本已打算轉身離開，湖上兩個淺色塊吸引了他的注意。他還來不及看清楚，橫躺水面的亮塊已滑入湖底泥沼。

他決定沿著堤岸走到橋上。他伸出手，摸摸橋側的格狀欄杆：結構似乎夠堅固；於是走上橋面，提高警覺，注意一片死寂的湖面。踏上圓亭堅實的地面，他鬆了一口氣；轉身環顧一周，納悶好奇。鍊墜剛剛恢復了光亮。他靠近亭邊，站在兩根細柱中間。M字鍊墜射出一道光束，照亮湖面。彷彿被光吸引的昆蟲似的，那兩個淺色塊靠到涼亭邊，慢慢地，從墨綠的湖底浮到水面。

奧斯卡站在圓頂陰影下，好奇地探出頭去，驚愕地辨識出兩具女性身影，穿著洋裝長裙，手腳微微張開，漂浮在光暈之中。這座湖似乎曝現了兩名溺水的女性屍體。

她們的臉，蒼白無表情，浮出水面外。直到這個時候，醫族少男才認出羅妲，三樓那尊半身雕像。他動彈不得，呆愣地注視另一張臉：賽蕾妮亞，沒有知覺地漂浮著，長裙如花冠一般散開。

他背部貼靠一根圓柱，緊閉雙眼，冷汗從太陽穴和臉上滲出，涔涔流下頸背，濕透了的T恤變成一片結冰的礦脈。

羅妲露在水面上的嘴唇率先動了起來。

「溫斯頓，我的摯友，好丈夫，跟我說說話。」

靜默湧上奧斯卡的喉頭，比人群的喧鬧更震耳欲聾。他艱難地吞嚥口水，屏住呼吸。

「爸爸？你來了？我知道是你，我認出了從你鍊墜發出的光。」

奧斯卡俯身近看：賽蕾妮亞的臉部稍微豎了起來。她的雙眼仍然緊閉，但剛才那句話的確是從她嘴裡冒出來的。

溫斯頓，我的好丈夫。

爸爸。

一陣輕笑響起。

「你好壞，竟然還躲起來。早知道的話，當初淹死的那天，我就不會選擇讓魂魄住進沉在水底的這副軀體裡。」賽蕾妮亞又說，「也不會附在走廊那尊雕像上。我會選擇你書房裡的沙發之類的東西，這樣就能常常跟你在一起。」

「溫斯頓，」羅妲也說，「我已經有兩天沒見到你了，很掛念你。你去旅行了嗎？怎麼不回答呢？」

奧斯卡知道她們不會死心的。他鼓起最大的勇氣，靠近兩名溺者正前方的涼亭邊，走入光亮中。

羅妲的雙眼猛然睜開。

「您是什麼人？」她驚呼。

「爸爸？」賽蕾妮亞又試探地喊了一聲，「這……」

奧斯卡終於又說得出話了。

「抱歉，我是奧斯卡・藥丸；妳們不認識我，我……」

羅妲兩眼翻白。

「您在這裡做什麼？**滾！**」她怒吼。

「為什麼？」賽蕾妮亞悲傷欲絕，「為什麼？」

奧斯卡很想向她們解釋，好好地道歉，但已經來不及了。兩副軀體沉入她們永遠的墨綠水棺材，深陷湖面，直到完全消失為止。

少男喘著氣，連忙行動，想跑出涼亭，離開這個受詛咒的地方。千鈞一髮之際，他緊急抓住兩旁的細柱。那座橋與兩具軀體一樣，沉陷在青綠色的湖底。他被困在亭閣裡，囚在禁忌之湖中央。他的目光慌張失措，繞了亭子一圈。周遭恢復了死寂，這樣的寂靜更令人深深不安。

湖心，軀體消失之處，發出一聲轟隆，然後又一陣恐怖的水泡翻騰，阻斷他的搜尋企圖。

不能改變的決定

一柱惡水從湖面濺起，打落在圓頂涼亭上，力道嚇人。泡沫消失後，羅妲和賽蕾妮亞就在水面下，動也不動。

奧斯卡滿懷希望地靠近——但那希望瞬間就破滅。兩團身影從遺體脫離，豎立，並不斷變大，在空中舒展開來，形成巨大變形的羅妲和賽蕾妮亞。她們衣衫襤褸，不停淌水；四肢如腐爛朽木，手指烏黑扭曲，殘缺的面容布滿裂痕。一聲淒厲的尖叫劃破寂靜。兩頭怪物飛起，各降落在圓頂涼亭的兩側。

奧斯卡本能地保護自己，退到涼亭中央，躲在柱子後面。

來自羅妲遺體的魔女發出陰森森的哭號，手臂在空中揮掃。尖尖的爪子咻咻掠過奧斯卡的臉，撕破石柱表面。另一波攻擊來自後方。醫族少男只來得及撲到地上，躲過利爪。一個反射動作，他的手放上腰際：功動腰帶還有帕洛瑪實驗室的救命工具包，全都留在家裡；他的武器只有鍊墜和大長老的披風。他迅速展開披風，揮舞鍊墜。披風變成一面透明盔甲，看得見憤怒女妖們朝小涼亭奮力猛攻，直向他來。

兩隻妖怪如脫韁野馬般狂暴。石塊飛濺，利爪不斷彈打神奇披風，永不毀損的外殼竟出現裂痕。想必牠們是大長老某項厲害魔法的產物，為了保護這座湖和湖中的秘密。披風撐得住嗎？

第一道裂縫給了他恐怖的答案。他伸出鍊墜，光束穿過隙縫，正面擊中其中一頭怪物。痛擊的成果只是暫時延緩怪物下一次的出手，而且比先前幾次更猛烈。不過，奧斯卡已藉著這短短的空檔，移開披風，讓錬墜飛繞在自己周圍，用光畫出閃亮的直線和橫線。網眼縮小，形成一面新的屏障，阻隔敵人。怪物們加強攻勢：尖爪摧毀石柱，劃破他綠寶石色的護幕，湖面成為無情的戰場。

最後一次攻擊，兩妖合力，將護幕撕成兩半。奧斯卡整個人無死角暴露。敵人們發出無比劇烈的怒吼，高高聳立，殺人不眨眼的雙手大張。他躺臥在地上，背貼潮濕的石板，雙手揮舞錬墜。下一擊必然致命，但他必須奮戰到最後一刻。

「夠了！」

一道金綠色的眩目光束橫越天際，擊中其中一名女妖。她發出野獸般的哀號，向後退開。

第二隻怪物轉頭望向堤岸，舉起手臂，準備攻擊。

「你們可以回湖底的軀體裡去了。」那低沉沙啞的聲音對牠們說。

奧斯卡閉上眼睛，任雙臂垂落，上氣不接下氣。他擠出最後一絲力氣站起身；兩名憤怒的女妖退回羅妲和賽蕾妮亞已沉沒消失的軀殼裡。小橋奇蹟般再現，濕漉漉地滴淌著水。少男提心吊膽地過橋，抵達堤岸後無力跪下。

他感到一個巨大的陰影壓在肩頭；抬起頭時，眼中所見的景象幾乎與湖中水妖一樣嚇人。布拉佛先生一動也不動地豎立，身穿襯衫及背心，顯得無比魁梧；他的右手緊握錬墜，另一隻手則握緊拳頭，手臂從壯碩的身軀微微張開。他的臉色緊繃，緊閉的雙唇忿忿地顫抖；而那雙眼睛，比頭髮還漆黑，流露出全世界凝聚在一個男人身上的所有怒氣。

「站起來！」他咬牙切齒地說。

奧斯卡使盡全力起身。他發現魏特斯夫人也在，退居後方。她的表情嚴厲而冷酷，搖了搖頭。他終於體認到自己犯下了多麼嚴重的行為。

「我應該讓你被那兩隻怪物碎屍萬段才對。」大長老說。

「我可以向您解釋這一切。」奧斯卡試著找機會。

「**閉嘴！**」布拉佛先生怒喊，「閉嘴，走開，離開這個地方！」

奧斯卡垂頭喪氣地走向迷宮，樹籬逐漸開啟，指引他出去的路。他在魏特斯夫人面前停下腳步，深感抱歉，卻一句話也說不出口。

「你這是做什麼？奧斯卡？你僭越了可以忍受的範圍，連我也沒辦法再替你辯護。」

大長老依舊面對涼亭背對著他，威嚴的聲音再度響起。

「我叫你離開，而且不要再回來，奧斯卡．藥丸。你聽懂了嗎？別再踏進庫密德斯會一步，永遠不准。」

少男閉上眼睛，用力倒吸了一口氣，消失在被他強行侵犯的秘密花園中。

他呆立在窗前，花園百年大樹樹影籠罩，茶已涼。

豪宅三樓的書房內，貝妮絲．魏特斯將茶杯擱在書桌上，走到他身邊。

「溫斯頓，容我懇求，」她柔聲說，「您應該再重新考慮這項決定。您不是個意氣用事的人。」

他轉過頭來，嚴厲地瞪著她。

「意氣用事？您這樣看待我的反應？只是意氣用事……」

「我完全了解您的感受。但是您必須原諒他。」

「絕不可能。」

「我確信，他並非故意要傷害您。」

「這就是我擔心的地方：他可以僭越所有規定，只為他自己，為他自身的利益。無論您怎麼想，他永遠也無法成為一名好醫族。」

魏特斯夫人很能感同身受，任由大長老發洩怒氣與痛苦。

「您認為他有沒有可能……發現其他那些事？」

「不可能。」布拉佛斬釘截鐵地說。

她吁了口氣，放心了；跟他一樣。還好湖裡的秘密沒被揭露更多。她友善地挽住他的胳臂。

「但是，現在，他知道的已經太多了。」他的語氣無比沉重。

「溫斯頓，他才十四歲。在某些方面是大人，還有些部分仍是小孩。應該再給他最後一次機會，讓我們知道他為什麼會採取這樣的方式。」

「無論為的是什麼，都不能替他的態度開脫。」大律師表示。

「他從來沒有過父親，一定是以為在這裡可以找到答案。我會去問他。他生下來就受這個苦啊，老朋友。誰能比您更能體會失去所愛的沉痛？」

他卸下老夫人握著他胳臂的手，保持風度不粗魯。

「我不耽擱您的時間了，貝妮絲。」他對她說，沒有商量的餘地，「您應該還有很多事要忙。」

魏特斯夫人移開目光，低調地離開書房。

另一封信

賽莉亞輕撫信件被燒毀的部分，擺在桌上。

她靜待激動的情緒過去，然後專心凝聽兒子對她所坦承的一切。難得這一次，薇歐蕾沒有逃避，她靜靜地聽完整段敘述，隻字片語都沒遺漏。

「你懷疑醫族大長老的忠誠度。」少婦整理出重點，「你想找出答案，可是沒找到，反而侵犯了他的個人隱私。對我來說，這件事比較嚴重。」

奧斯卡撫摸著伏在他膝頭上的啪嗒，沒有答話。賽莉亞站起身，注視孩子們一會兒，走出客廳。

「你們過來。」她說。

他們不多問，只乖乖照做。

賽莉亞在玄關的櫥櫃中翻找了一下，拿出一把鑰匙，插入玄關盡頭那扇門的門鎖。她打開門，奧斯卡和薇歐蕾跟著她走下地窖。

她點亮燈光；一盞非常昏黃的燈泡，掛在天花板上搖搖晃晃。姊弟一起環顧四周：他們的童年都在這裡，零散混亂——一些玩具、一張床、一輛娃娃車、海灘玩沙的水桶、裝滿衣服的行李箱、好幾排書架。賽莉亞走過這座過去的世界，並未多加注意逗留；一路來到地窖最深處，在一根樑柱前方站定。她搬開幾個紙箱，拉下一條蓋布，露出一只木箱。奧斯卡認識這只箱子，在奧斯卡的特異能力揭露之前，賽莉亞把丈夫的披風和腰帶存放在這裡面，後來傳給了他。

她掀開箱蓋，在放滿文件和照片的盒子、雜物工具、一台老收音機和千百種小玩意兒之間翻找。有一陣子，她甚至忘了來這裡的目的，帶著淡淡的愁緒拿起各種東西。薇歐蕾本能地伸手搭在媽媽的手臂上。賽莉亞對她微笑，繼續找她想找的目標，最後在一只歲月痕跡斑斑的皮公事包中找到。她拿出一個信封，上面只寫著一個名字：賽莉亞。她打開信封，攤開一頁信紙。厚信紙上，字跡整齊，下筆堅定。她沒說話，默默把信遞給孩子們。奧斯卡注視她好一會兒，只等一個信號，一則訊息。

「讀吧！兩個一起讀。」她說。

奧斯卡與薇歐蕾互看一眼。姊姊偎在他身邊，緊緊抓著他的手臂。啪嗒鑽到他們中間，溫柔地舔著他們的手指。姊弟倆低頭讀信。

「親親吾愛，

我在這裡，寫下這些話給妳。這個地方，我只想忘記；我無法說出這是哪裡，但我不會久留。這封信到妳的手中之前，想必已被其他人讀過。我多麼希望只有妳能讀到它，因為它是為妳一個人而寫的；一如我多麼希望我的生命僅獻給妳一人。

命運卻另有安排。

妳要信任醫族，以及其他妳認為是造成我們不幸的那些罪人：他們別無選擇。我知道妳心中纏繞多少叛逆及恨意，妳無法想像我有多麼清楚。但是，相信我：他們都是為妳好。為全人類著想。這個世界奔向毀滅，唯有他們能拯救。危險緊迫盯人，我很難過自己無法在場保護你們。布拉佛先生、魏特斯夫人和其他成員會代替我完成心願。」

奧斯卡中斷閱讀，抬眼望向母親。

「對溫斯頓．布拉佛的過去我從來一無所知。」她對他說，「也不曉得他曾經遭遇那些悲劇。而且，跟你一樣，我也曾懷疑他，質疑他的正直清廉。對我來說，他囚禁了我的丈夫，可以說，是他判了我丈夫的死刑。我也一樣，曾經恨他入骨。直到今天仍是。但是，這封信改變了某些事：儘管再恨他，我決定聽你們父親的話，信任大長老、魏特斯夫人，以及醫族的決定。要不然，我怎麼能把我最寶貴的孩子們交給他們？你們也一樣，應該聽從父親的意見，信任這些人。」

奧斯卡看著他剛才從客廳桌上拿來的另一封信——從父親的書中發現的那封焚毀的殘稿。

「那樁陰謀怎麼辦？」少男徬徨地問。

「兇手們會付出代價的。」賽莉亞說，「在那之前，這封信最可能栽贓的是布拉佛先生而非別人，你自己已親眼見證。也難怪你父親想燒掉它。是他燒的，也可能另有其人。」

奧斯卡把燒毀的信放進口袋。

「我想，剛才那封信你們還沒讀完。」賽莉亞又說，眼中晶瑩閃爍。

姊弟倆靠在一塊兒，一起握著信紙。

「賽莉亞，我的愛，妳不在，我好空虛。在彼界，空虛存在嗎？他們打擊我們的人生，但我對妳的愛，沒有任何事物，沒有任何人能摧毀。

告訴我的薇歐蕾：我像她出生那天一樣愛她，也像一個本來可以與她共度許多年的父親一樣愛她。也請妳告訴我的兒子：等他出生後，長大後，他的父親就算沒見到他出生長大，也全心全意地愛著他。

告訴他們，我多麼希望能用一生陪伴他們，看他們振翅翱翔，持續以他們為傲，如我現在已經感受到的一樣。

我不知道醫族死後靈魂都去了哪裡；但我們總能找到一個溫暖幸福的所在，再見面，互聽衷曲，互訴心聲。那個地方叫做夢境；真愛會為我們造出相聚的夢境。

我的愛妻，我的孩子們，對你們，我只有一個請求：請別為我哭泣。如果懂得沒有所謂真正的離別，死就不算什麼。想到你們，想像你們的模樣，我微笑，我歡喜；而這些，沒有人能奪走。

我在，我依然將在你們的身邊，以各種形式，保護你們。

給妳，我的愛，我親愛的賽莉亞；給你們三人，我最棒的家人。獻給你們，直到永遠。

維塔力」

奧斯卡把信摺好，交還給母親。他在她身邊坐下，伸出胳臂環住她；薇歐蕾坐在另一邊，撲進她懷中。啪嗒輕輕嗚咽一聲，跳上賽莉亞的膝頭，蜷曲成一團。

他們就這樣待在那裡，一句話也沒說，好久好久。

短短兩字

他下了單車，把車架好，走向雕花鐵門。

他拿出鍊墜，貼近刻蝕在門上的M字，但門扉絲毫不為所動。就連鐵門也不要他了。

他抬頭望向三樓的窗戶：窗簾緊閉。二樓的窗簾拉開一條縫，奧斯卡瞥見雪莉的臉。她兩眼通紅，眨個不停；把手放在唇邊，像是有話要告訴他。但她終究僅點點頭，垂下眼睛；窗簾又放下拉上。

奧斯卡決定按門鈴；沒有人回應。他嘆了口氣，拿出一個信封，塞入信箱，然後跨上單車離去。

有人敲書房的門。溫斯頓．布拉佛離開窗邊，彭思走了進來。管家向前，遞上一個長方形的銀托盤，大長老拿起放在上面的一封信。等到再度獨處，他才拆掉封口，打開信封。

他從信封裡拿出一張像羊皮紙的手寫信，部分燻黃，部分焦黑。他好奇地解讀信上的字跡。他把信放在桌上，沉思了一會兒，重新再讀了一次，然後放進一個抽屜，用鑰匙鎖上。正準備扔掉信封時，他發現裡面還有一張小紙卡。他拿出卡片，翻過面來：上面寫了短短兩個字，和一個名字。

抱歉。

奧斯卡・藥丸

和你一樣

奧斯卡推開生鏽的小門，鐵門吱嘎慘叫。他仰頭望著小徑兩旁的大樹，猶豫了一下。啪嗒從他的口袋中跳出來，吠了幾聲，開始往前跑；少男不假思索地追了上去。籃球鞋下，碎石路沙沙作響，在這種地方聽來似乎令人難以忍受。葉叢中的風聲沙沙蓋過鞋底沙沙，他向前直行，不左顧，不右盼。

一塊非常簡單的石板放置在地上，他在前方停了下來，狗狗在那兒等著他。石板上的刻文也非常簡單：

維塔力・藥丸

墓碑上甚至沒有日期。想必是賽莉亞拒絕刻上，因為她拒絕接受這件事有開始和結束。我對妳的愛，沒有任何事物，沒有任何人能摧毀，這是他寫給她的誓言。

奧斯卡蹲下，伸手放在石板上。墓碑冰冷髒汙。他拿出鍊墜，貼在大理石板上。石碑綻放全新光彩，但瞬間即逝。

「我從來沒來過這裡，因為……」

他猶豫著，停頓不語，然後終於下定決心。

「……因為我還沒準備好。後來，我遇見了爺爺奶奶，他們要我聽從感受引導。這麼做並沒有真的為我帶來好運，不過我毫不後悔：感受引導我來到了這裡。」

他拿出父親的照片；由於經常抓在手中，相紙已處處折角泛黃。

「既然你就在附近，在這幾噸塵土下方，或許我不需要對著照片說話。我是來告訴你，我學到了兩堂課：一堂關於美，另一堂更重要，是關於愛的盲目。我很想跟你聊聊蒂拉，還有另一個女孩，但是這個故事很複雜，而且很長。我也想說說媽媽的事，以及薇歐蕾，她也是醫族。還有，講講我的自私。不過，你一定沒時間聽這麼多。所以，我只想告訴你，有兩件事我絕不會變：我會繼續頑強拚命，繼續聽從我心裡的聲音。」

他站起身，抱起啪嗒，溫柔地擁在懷裡；目光不離刻在石碑上的父親名字。

「和你一樣。」

國家圖書館出版品預行編目(CIP)資料

藥丸奧斯卡・第六部, 大長老的陰謀 / 艾力・安德森作 ; 陳太乙譯. -- 初版. -- 臺北市 : 春天出版國際, 2019.08
面 ; 公分. -- (D小說 ; 25)
譯自 : Le secret des Eternels
ISBN 978-957-741-232-4(平裝)

876.57

D小說 25

藥丸奧斯卡 第六部 大長老的陰謀

Le secret des Eternels

作者	艾力・安德森 Eli Anderson
譯者	陳太乙
總編輯	莊宜勳
主編	鍾靈
出版者	春天出版國際文化有限公司
地址	台北市信義路四段458號3樓
電話	02-7718-0898
傳眞	02-7718-2388
E－mail	frank.spring@msa.hinet.net
網址	http://www.bookspring.com.tw
部落格	http://blog.pixnet.net/bookspring
郵政帳號	19705538
戶名	春天出版國際文化有限公司
法律顧問	蕭顯忠律師事務所
出版日期	二〇一九年八月初版
定價	290元

總經銷	楨德圖書事業有限公司
地址	新北市新店區寶興路45巷6弄6號5樓
電話	02-8919-3186
傳眞	02-8914-5524
香港總代理	一代匯集
地址	九龍旺角塘尾道64號 龍駒企業大廈10 B&D室
電話	852-2783-8102
傳眞	852-2396-0050

ISBN 978-957-741-232-4 Printed in Taiwan